I0817716

La anomalía

Novela

Biografía

Hervé Le Tellier es escritor, editor, matemático y un reconocido crítico literario. Ha colaborado con numerosos medios escritos y radiofónicos, entre ellos *Le Monde* y France Culture, y es considerado uno de los autores más prestigiosos del panorama francés actual con una extensa obra que combina poesía, teatro, novela y relato. Ha sido editor de autores como Raymond Queneau o Georges Perec. Desde 1992 es miembro del grupo de experimentación literaria Oulipo.

Hervé Le Tellier

La anomalía

Traducción del francés por
Pablo Martín Sánchez

Seix Barral

Obra editada en colaboración con Editorial Planeta – España

Título original: *L'anomalie*

Adaptación de la portada: Booket / Área Editorial Grupo Planeta
Fotografía de la portada: © Mária Švarbová

Bajo el sello editorial BOOKET M.R.
Avenida Presidente Masarik núm. 111,
Piso 2, Polanco V Sección, Miguel Hidalgo
C.P. 11560, Ciudad de México
www.planetadelibros.com.mx

Primera edición impresa en España en Booket: septiembre de 2024
ISBN: 978-84-322-4388-2

Primera edición impresa en México en Booket: octubre de 2025
ISBN: 978-607-39-3635-4

Impreso en los talleres de Grafimex Impresores S.A. de C.V.
Av. de las torres 256, Colonia Valle de San Lorenzo,
Iztapalapa, C.P. 09970, Ciudad de México
Impreso en México – *Printed in Mexico*

Y yo, que digo que sueñen, también estoy soñando.

Chuang Tse

El pesimista de verdad sabe que ya es demasiado tarde para serlo.

La anomalía, Victør Miesel

I

TAN NEGRO COMO EL CIELO (marzo-junio de 2021)

Hay algo admirable que supera siempre al conocimiento, a la inteligencia e incluso al genio, y es la incomprensión.

La anomalía, Victør Miesel

BLAKE

Matar a alguien no es nada del otro mundo. Basta con observar, vigilar, reflexionar mucho y, llegado el momento, vaciarse. Eso es. Vaciarse. Arreglárselas para que el universo se contraiga, para que se contraiga hasta condensarse en el cañón de un fusil o en la punta de un cuchillo. Eso es todo. No hacerse preguntas, no dejarse llevar por la furia, seguir el protocolo, actuar metódicamente. Blake sabe cómo hacerlo, y lo sabe desde hace tanto que ya ni sabe cuándo empezó a saberlo. El resto cae por su propio peso.

Blake hace de la muerte de los demás su vida. Que nadie le venga con lecciones de moral. A la ética responde con estadísticas. Porque a Blake que lo perdonen, pero cuando un ministro de Sanidad recorta los presupuestos, cuando suprime un escáner aquí, un médico allá y un servicio de reanimación acullá, ya se imagina que está acortando considerablemente la vida de miles de desconocidos. Responsable, no culpable, dicen. Blake es justo lo contrario. Y, de todos modos, no tiene por qué justificarse, le tiene sin cuidado.

Matar no es una vocación, es una inclinación. Un estado de ánimo, si se quiere. Blake tiene once años y aún no se llama Blake. Está junto a su madre, subido a un Peugeot, en una carretera comarcal cerca de Burdeos. No van muy rápido, un perro cruza la calzada, el impacto apenas los desvía, la madre grita, frena demasiado fuerte, el vehículo zigzaguea, el motor se cala. Quédate en el coche, mi vida, por Dios, quédate en el coche y no te muevas. Blake no obedece, sigue a su madre. Es un collie de pelo gris, el golpe le ha hundido el tórax, la sangre se derrama por el arcén, pero no está muerto, gimotea, parece el llanto de un bebé. La madre corre en todas direcciones, presa del pánico, tapa con las manos los ojos de Blake, balbucea palabras inconexas, quiere llamar a una ambulancia, Pero, mamá, si es un chucho, nada más que un chucho. El collie jadea sobre el asfalto agrietado, su cuerpo quebrado, retorcido, adopta un ángulo extraño, aquejado de espasmos que van debilitándose. El animal agoniza bajo la mirada de Blake, y Blake observa con curiosidad cómo la vida lo abandona. Se acabó. El muchacho pone cara de tristeza, o más bien de lo que supone que es la tristeza, para no desconcertar a su madre, pero no siente nada. La madre no se mueve, contempla petrificada el pequeño cadáver, Blake se impacienta, le tira de la manga, Vámonos, mamá, no sirve de nada quedarse aquí, está muerto, míralo, vámonos ya, voy a llegar tarde al futbol.

Matar es también una cuestión de capacidad. Blake descubre que tiene todo lo necesario el día en que su tío Charles lo lleva a cazar. Tres disparos, tres liebres, un auténtico don. Apunta rápido y bien, da igual que las escopetas estén hechas polvo, que los fusiles no estén bien regulados. Las chicas se lo llevan a las ferias, Anda, porfi, consígueme la jirafa, el elefante, el Game Boy, ¡sí, vamos, hazlo otra vez!, y Blake reparte peluches, consolas, se convierte en el terror de las casetas de tiro, antes de optar por la discreción. A Blake también le encanta lo que le enseña el tío Charles, degollar corzos, despedazar conejos. Entendámonos: no es que disfrute matando, rematando al animal herido. No es ningún depravado. No, lo que le atrae es el gesto técnico, la rutina infalible que se alcanza a fuerza de repeticiones.

A los veinte años y con un apellido muy francés, Lipowski, Farsati o Martin, se inscribe a una escuela de hostelería en una pequeña ciudad de los Alpes. No lo hace por descarte, ojo, podría haber estudiado cualquier otra cosa, también le gustaba la electrónica, la programación, era bueno con los idiomas, con el inglés, sin ir más lejos, le bastó un cursillo de tres meses en el Lang's de Londres para hablarlo casi sin acento. Pero a Blake lo que más le gusta es cocinar, esos momentos de vacío mientras elabora una receta, el tiempo que fluye sin prisa, incluso en pleno frenesí culinario, los largos segundos de calma viendo cómo se funde la mantequilla en el sartén, sofreír la cebolla, hacer un suflé. Le gustan los olores y las especias, le gusta crear combinaciones de colores y de sabores en el plato. Podría haber sido el alumno más brillante de la escuela, pero Carajo, Lipowski (o Farsati, o Martin), tampoco cuesta tanto ser un poco más amable con la clientela. Es un oficio de servicio, de servicio, ¿lo entiendes, Lipowski (o Farsati, o Martin)?

Una noche, en un bar, un individuo completamente borracho le dice que quiere contratar a alguien para que mate a otro tipo. Sin duda tiene sus buenas razones, algún asunto de trabajo, o de faldas, pero a Blake eso le da igual.

—¿Tú lo harías por dinero?

—Estás mal —responde Blake—. Mal de la cabeza.

—Te pagaré, y muy bien.

Le da una cifra de tres ceros. Blake se parte de risa.

—No. ¿Estás bromeando?

Blake bebe, lentamente, tomándose su tiempo. El tipo se ha desplomado sobre la barra, lo sacude.

—Oye, sé de alguien que lo haría. Por el doble de dinero. No lo conozco personalmente. Mañana te diré cómo contactar con él, pero no me vuelvas a hablar del tema, ¿entendido?

Esa es la noche en que Blake inventa a Blake. Por William Blake, a quien ha leído tras haber visto *El dragón rojo*, con Anthony Hopkins, y le ha gustado mucho un poema suyo: «Hacia los peligros del mundo di el salto: / desvalido, desnudo, chillando, / como un diablo oculto en una nube». Y, además, Blake es *black* y *lake*, negro y lago, genial.

A partir del día siguiente, un servidor norteamericano alberga la dirección de correo de un tal blake.mick.22, creada en un cibercafé de Ginebra. Blake compra en efectivo a un desconocido una computadora portátil de segunda mano, consigue un viejo Nokia y una tarjeta de prepago, una cámara de fotos y un teleobjetivo. Una vez equipado, el aprendiz de cocinero le da al tipo el contacto del tal «Blake», «sin poder garantizar que la dirección funcione todavía», y permanece a la espera. Tres días después, el hombre del bar le manda a Blake un mensaje embarullado, es evidente que desconfía. Le hace preguntas. Busca el punto débil. A veces deja pasar un día entre dos correos. Blake habla del objetivo, de la logística, de los plazos del encargo, y estas precauciones acaban de convencerlo. Se ponen de acuerdo, Blake exige la mitad por anticipado: la cosa ha subido a cuatro ceros. Cuando el hombre le habla de «causas naturales», Blake dobla la cifra y pide un mes. Convencido, ahora sí, de que está tratando con un profesional, el tipo acepta todas las condiciones.

Es su primera vez y Blake se pone manos a la obra. Es de por sí meticuloso, prudente, imaginativo al extremo. Ha visto tantas películas. No se hace uno a la idea de lo mucho que los asesinos a sueldo deben a los guionistas de Hollywood. Desde el inicio de su carrera, pedirá recibir el dinero del encargo y la información del contrato en una bolsa de plástico abandonada en un lugar determinado, un autobús, un local de comida rápida, un edificio en obras, un bote de basura, un parque. Evitará las zonas demasiado aisladas donde llame demasiado la atención, los sitios demasiado concurridos donde no podría identificar a nadie. Acudirá varias horas antes para vigilar las inmediaciones. Llevará guantes, capucha, sombrero, lentes, se teñirá el pelo, aprenderá a ponerse postizos, a hundir las mejillas, a hincharlas, tendrá decenas de matrículas de montones de países. Con el tiempo, Blake se ejercitará en el lanzamiento de cuchillo, *half-spin* o *full-spin*, según la distancia, aprenderá a fabricar bombas, a extraer el veneno indetectable de una medusa, a armar y desarmar en pocos segundos una Browning 9 mm o una Glock 43, pedirá que le paguen y comprará sus armas con bitcoins, esa criptomoneda irrastreable. Creará su propia página en la deep web, y la darknet se convertirá en un juego para él. En internet hay tutoriales para absolutamente todo. Basta con buscar un poco.

La víctima es un hombre, de unos cincuenta años, Blake tiene su foto y su nombre, pero decide llamarlo Ken. Sí, como el marido de Barbie. Buena decisión: llamándolo Ken, lo deshumaniza.

Ken vive solo. Afortunadamente, se dice Blake, porque un tipo casado y con tres hijos se lo pondría más difícil para encontrar la ocasión. Aun así, a esa edad hay pocas opciones para simular una muerte natural: un accidente de coche, una fuga de gas, un infarto, una caída accidental. Punto final. Blake aún no sabe cómo sabotear los frenos o manipular la dirección, ni dónde conseguir cloruro de potasio para provocar un paro cardiaco; tampoco ve claro asfixiarlo con gas. Se decide por la caída. Diez mil muertos al año. Sobre todo viejos, pero qué se le va a hacer. Y aunque Ken no tenga pinta de atleta, más le vale evitar un combate cuerpo a cuerpo.

Ken vive en la planta baja de un chalet, cerca de Annemasse, en un departamento independiente de tres habitaciones. Durante tres semanas, Blake se dedica a observar y a dibujar planos. Con el anticipo, ha comprado una vieja camioneta Renault, la ha acondicionado rudimentariamente, ha puesto un asiento en la parte de atrás, una colchoneta, baterías adicionales para la luz, y se ha instalado en un estacionamiento desierto desde el que domina toda la urbanización. Tiene una vista en picada de la vivienda. Por las mañanas, Ken sale hacia las ocho y media, cruza la frontera suiza y vuelve del trabajo hacia las siete de la tarde. Algunos fines de semana va a verlo una mujer, una profesora de francés de Bonneville, a unos diez kilómetros de distancia. El martes es el día más pautado, más previsible. Ken vuelve antes que de costumbre, sale enseguida para ir al gimnasio, regresa dos horas más tarde, permanece en el baño unos veinte minutos, cena viendo la tele, se entretiene un rato con la computadora y se acuesta. Blake elige el martes por la noche. Le envía un mensaje a su cliente, según el código acordado: «¿El lunes a las 20 horas?». Un día menos, dos horas menos. El hombre tendrá una coartada para el martes a las diez.

Una semana antes de la fecha escogida, Blake encarga una pizza para el domicilio de Ken. El repartidor llama a la puerta, Ken abre sin vacilar y habla sorprendido con el chico, que da media vuelta con la caja. Blake no necesita saber nada más.

El martes siguiente se presenta él también con una pizza, observa un instante la calle desierta, se pone unos cubrezapatos antideslizantes, comprueba los guantes y espera un momento para llamar a la puerta justo cuando Ken salga de la ducha. Ken abre en albornoz y suspira al ver al repartidor con una pizza en las manos. Pero antes de que pueda decir nada, Blake suelta la caja vacía y le clava en el pecho la punta de dos garrotes eléctricos. Ken cae de rodillas aturdido por la descarga, Blake lo acompaña en su caída sin dejar de apretar, cuenta hasta diez, Ken ya no se mueve. El fabricante anunciaba ocho millones de voltios, Blake lo ha probado en su propia piel con un solo garrote y ha estado a punto de desmayarse. Arrastra hasta el baño a un Ken que gime y babea, le aplica una nueva descarga por si las moscas, y con un solo gesto, terriblemente violento —un gesto que ha repetido diez veces con la ayuda de unos cocos—, toma la cabeza de Ken entre sus manos, la levanta sujetándola por las sienes y la estrella con todas sus fuerzas contra el borde de la ducha: el cráneo se hunde, un azulejo se resquebraja al recibir el impacto. La sangre se esparce enseguida, escarlata y viscosa como un pintaúñas, con ese olor tan rico a óxido, la boca se le queda abierta, en una mueca estúpida, los ojos clavados en el techo, abiertos de par en par. Blake le abre el albornoz: las descargas eléctricas no han dejado marcas. Coloca el cuerpo lo mejor que puede, según la hipotética trayectoria que dictaría la gravedad tras un trágico resbalón.

Y entonces, al levantarse, le entran unas ganas irresistibles de mear. Jamás se lo habría imaginado. Hay que reconocer que en las películas el asesino nunca mea. Las ganas son tan acuciantes que hasta se le pasa por la cabeza usar el baño, aunque luego tenga que limpiarlo a fondo. Pero por poco inteligentes que sean los polis, o simplemente sistemáticos, si siguen metódicamente el procedimiento habitual encontrarán restos de ADN. Seguro. En fin, eso es lo que piensa Blake. Y, a pesar de los ruegos de su vejiga, prosigue con el plan bajo el suplicio. Toma el jabón, lo restriega con fuerza contra el talón de Ken, deja un rastro en el suelo y lo arroja en la dirección del supuesto traspié: el jabón rebota y acaba detrás del lavabo. Perfecto. El investigador estará encantado de encontrarlo, feliz de haber resuelto el enigma. Blake regula la temperatura de la ducha al máximo, la abre, orienta el chorro de la regadera hacia la cara y el torso del cadáver, evitando cualquier contacto con el agua humeante, y sale del baño.

Blake se acerca a la ventana, corre las cortinas, inspecciona por última vez la estancia. Nada indica que un cuerpo haya sido arrastrado varios metros, y un agua rosada empieza a inundar el suelo. La computadora está encendida, la pantalla muestra imágenes de césped inglés y de arriates con flores. Ken era aficionado a la jardinería. Blake sale del chalet, se quita los guantes, camina sin prisa hasta el scooter, estacionado a unos doscientos metros de la casa. Arranca, circula durante un kilómetro y se detiene a mear, por fin. Rayos, aún lleva puestos los cubrezapatos de algodón negro.

Dos días más tarde, un compañero preocupado advertirá a la policía, que descubrirá el fallecimiento accidental de Samuel Tadler. El mismo día, Blake cobra lo que faltaba.

Todo esto ocurrió hace mucho tiempo. Desde entonces, Blake se ha construido dos vidas. En una es invisible, tiene veinte nombres y veinte apellidos distintos, con sus respectivos pasaportes de múltiples nacionalidades, algunos de ellos electrónicos, conseguirlos es más fácil de lo que uno cree. En la otra, con el nombre de Jo, dirige discretamente una próspera empresa parisina de reparto de comida vegetariana a domicilio, con filiales en Burdeos, Lyon y, desde hace poco, Berlín y Nueva York. Flora, su socia y mujer, y sus dos hijos se quejan de que viaje tanto, a veces por tanto tiempo. Y no les falta razón.

21 de marzo de 2021,
Quogue, estado de Nueva York

El 21 de marzo Blake está de viaje. Corre bajo una fina lluvia, sobre la arena húmeda. Pelo largo y rubio, pañuelo en la frente, lentes oscuros, ropa deportiva amarilla y azul, la invisibilidad variopinta del corredor. Llegó a Nueva York hace diez días, con pasaporte australiano. El vuelo transatlántico fue tan espeluznante que creyó que le había llegado la hora, que el Cielo clamaba venganza por todos sus encargos. En una bolsa de aire interminable, la peluca rubia estuvo a punto de abandonar su cráneo. Y ahora lleva nueve días haciendo sus tres kilómetros de playa bajo un cielo gris, en Quogue, bordeando mansiones de diez millones de dólares, por lo menos. Se han inventado unas dunas, han bautizado la calle como Dune Road para no complicarse la vida, han plantado pinos y juncos para que ninguna mansión pueda verse desde la mansión vecina, para que ningún propietario tenga duda de que es amo y señor del océano entero. Blake corre con zancadas cortas, sin prisa, y de pronto, como cada día a la misma hora, frente a una formidable casa alargada de amplios ventanales, contrachapada con enormes listones de secuoya y cuya terraza se prolonga en una escalera que lleva hasta el mar, se detiene. Finge un jadeo, se dobla en dos aquejado de un supuesto dolor de caballo y, como cada día también, levanta la cabeza y saluda con la mano a un hombre de unos cincuenta años y constitución más bien fuerte que toma un café en el porche de su casa, acodado en la balaustrada. Un hombre más joven, alto, moreno, de pelo corto, le hace compañía. Se mantiene un poco apartado, apoyado contra el muro de madera, reconcentrado, vigilando la playa. Bajo la chaqueta, una pistolera invisible abulta la tela en su flanco izquierdo. Un diestro. Hoy, por segunda vez en lo que llevamos de semana, Blake se acerca a ellos sonriendo, remontando el sendero de arena, entre la retama y la hierba baja.

Blake se estira con parsimonia, bosteza, toma una toalla de la mochila, se seca la cara, saca una cantimplora y bebe un gran trago de té frío. Espera a que el hombre de mayor edad le dirija la palabra.

—Buenos días, Dan. ¿Cómo está?

—Ey, Frank —suelta Dan-Blake, sin dejar de jadear y acompañando con una mueca un supuesto calambre.

—Mal tiempo para correr —dice el hombre, que se ha dejado crecer un bigote y una barba gris desde el primer encuentro, hace justo una semana.

—Mal tiempo para todo —responde Blake, deteniéndose a cinco metros de ellos.

—He pensado en usted esta mañana, al ver el precio de las acciones de Oracle.

—Ni lo mencione. ¿Sabe cuál es mi pronóstico para los próximos días, Frank?

—No.

Blake dobla la toalla meticulosamente, la guarda en la

mochila, mete la cantimplora con la misma meticulosidad y saca de improviso una pistola. Primero dispara al hombre más joven, tres veces, el impacto lo lanza hacia atrás y se desploma sobre un banco; luego, tres veces a un Frank atónito, que apenas tiene tiempo de temblar, cae de rodillas y se da de bruces contra la balaustrada. En ambos casos, dos disparos en el pecho y uno en la frente. Seis en un segundo, con una P226 con silenciador, aunque de todos modos las olas han apagado el ruido. Otro encargo más, impecable. Cien mil dólares ganados sin despeinarse.

Blake guarda la Sig Sauer en la mochila, recoge los seis casquillos caídos en la arena y suspira mirando al guardaespaldas fulminado. Otra empresa que contrata a vigilantes de estacionamiento, los forma en dos meses y lanza al mundo real a simples aficionados. Si ese pobre tipo ha cumplido con su trabajo, habrá hecho llegar a sus jefes el nombre de un tal Dan, su foto, tomada de lejos, el nombre de la sociedad Oracle, mencionada fugazmente por Blake, y lo habrán tranquilizado tras haber comprobado que existe un Dan Mitchell, subdirector logístico de Oracle Nueva Jersey, un rubio de pelo largo bastante parecido a Blake, que 22 horas en vano se ha pasado examinando minuciosamente decenas de organigramas hasta encontrar un sosias plausible entre cientos de perfiles.

Blake reanuda la carrera. La lluvia, que cada vez cae con más fuerza, borra la huella de sus pisadas. El Toyota de alquiler está a doscientos metros, la matrícula es la de un coche idéntico que vio la semana pasada en las calles de Brooklyn. Cinco horas después tomará un avión a Londres, luego el Eurostar a París, bajo una nueva identidad. Si el vuelo de regreso es menos agitado que el París-Nueva York de hace diez días, puede darse por satisfecho.

Blake se ha convertido en un profesional, ya nunca le dan ganas de mear. En plena faena, se entiende.

Domingo, 27 de junio de 2021, 11:43 h,
Barrio Latino, París

Pregúntenselo a Blake, el mejor café de Saint-Germain se bebe en ese bar que hay en la esquina de la rue de Seine. Un buen café, y Blake se refiere a uno verdaderamente bueno, es un milagro nacido de la colaboración íntima entre un grano excelente, en este caso un Nicaragua recién tostado y finamente molido, un agua filtrada y blanda y un percolador, en esta ocasión un Cimbali, limpiado a diario.

Desde que Blake abrió su primer restaurante vegetariano en la rue de Buci, cerca del Odéon, acostumbra a venir aquí. Puestos a renegar de todo, mejor hacerlo en una terracita de París. En el barrio es Jo, de Jonathan, o Joseph, o Joshua. Incluso sus empleados lo llaman Jo, y su nombre no aparece en ningún sitio, excepto, claro está, en el capital del holding que controla la sociedad, inscrita en el registro mercantil. Blake siempre ha profesado el culto al secretismo, o mejor dicho, a la discreción, y cada día que pasa le demuestra que no está equivocado.

Aquí, Blake baja la guardia. Hace la despensa, va a recoger a sus dos hijos a la escuela e incluso, desde que tienen un gerente para cada uno de los cuatro restaurantes, va con Flora al teatro o al cine. Una vida banal, donde uno también se hace daño, pero solo porque, al acompañar a Mathilde a la cuadra del poni, se golpea por distracción con la puerta del box y se abre una herida en la frente.

Sus dos identidades son completamente estancas. Jo y Flora pagan el crédito de un precioso departamento a cuatro pasos del Jardin du Luxembourg; Blake posee cerca de la Gare du Nord un pequeño departamento de dos habitaciones que compró en efectivo hace doce años, en un bonito inmueble de la rue La Fayette, con las puertas y las ventanas tan blindadas como las paredes de una caja fuerte. Un inquilino oficial paga el alquiler y cambia de nombre todos los años, algo relativamente fácil teniendo en cuenta que ni siquiera existe. Hombre precavido vale por dos.

Blake se toma su café, sin prisas ni inquietudes. Lee el libro que le ha recomendado Flora, aunque no le ha confesado a su mujer que coincidió con el autor en el vuelo París-Nueva York del pasado marzo. Es mediodía, Flora ha ido a comer con Quentin y Mathilde a casa de sus padres. Blake se ha excusado en el último momento, pues esta misma mañana ha concertado una cita a las tres: un encargo, recibido anoche. Un asunto sencillo, bien remunerado, el cliente parece tener prisa. Antes deberá pasar por la rue La Fayette, para cambiarse de ropa, como hace siempre. A treinta metros de donde está, un hombre con capucha lo observa, con rostro inexpresivo.

VICTOR MIESEL

A Victor Miesel no le falta encanto. Sus facciones angulosas han ido suavizándose con los años, el pelo tupido, la nariz romana y la piel aceitunada recuerdan en cierto modo a Kafka, un Kafka vigoroso que habría conseguido superar la cuarentena. Es alto y aún delgado, aunque el carácter sedentario propio de su oficio lo haya abotargado un poco.

Y es que Victor escribe. Lamentablemente, a pesar de la buena recepción crítica de dos de sus novelas, *Las montañas vendrán a nosotros* y *Fracasos malogrados*, a pesar de haber recibido un premio literario muy parisino, de esos cuya faja roja no despierta, sin embargo, demasiadas pasiones, sus ventas nunca han superado unos pocos miles de ejemplares. A estas alturas ya ha asimilado que no es ninguna tragedia, que la desilusión es lo contrario del fracaso.

A sus cuarenta y tres años, quince de los cuales dedicados a la escritura, el mundillo literario le parece un tren grotesco en el que unos listillos sin billete se cuelan descaradamente en primera, con la complicidad de unos revisores incompetentes, mientras en el andén se quedan los genios modestos (una especie en extinción a la que no se hace ilusiones de pertenecer). Pero Miesel tampoco es un amargado; ha acabado por no darle importancia, se conforma con estar sentado en las ferias de libros firmando cuatro ejemplares en otras tantas horas; cuando un confraternal fiasco deja a su vecino de mesa con tanto tiempo libre como a él, charlan desenfadadamente. Miesel, que a primera vista parece alguien ausente y distante, tiene reputación de ser gracioso sin quererlo. Pero ¿acaso la gente realmente graciosa no lo es siempre «sin quererlo»?

Miesel se gana la vida con las traducciones. Del inglés, del ruso y del polaco, lengua en que le hablaba su abuela cuando era niño. Ha traducido a Vladímir Odóyevski y a Nikolái Leskov, autores decimonónicos que ya nadie lee. También ha hecho cosas disparatadas, como adaptar para un festival *Esperando a Godot* en klingon, la lengua de los crueles extraterrestres de *Star Trek*. Para no dejar tiritando su cuenta corriente, Victor traduce también del inglés *best sellers* entretenidos, de esos que dan a la literatura un estatus de arte menor para menores. Su profesión le ha abierto la puerta de los editores más prestigiosos, por no decir poderosos, sin que sus propios manuscritos hayan conseguido pasar del rellano.

Miesel tiene una superstición: lleva siempre en el bolsillo de los jeans una pieza de Lego, la más común, la de dos por cuatro, de color rojo intenso. Procede de la muralla del castillo fortificado que estaba construyendo con la ayuda de su padre cuando se produjo el accidente en la obra y la maqueta se quedó a medias, junto a la cama. El pequeño pasó mucho tiempo observando en silencio las almenas, el puente levadizo, las figuritas, el torreón. Tanto desmantelar el castillo como seguir construyéndolo en solitario habría supuesto aceptar la muerte del padre. Un día desenganchó una pieza de la muralla, se la metió en el bolsillo y desmontó la fortificación. De eso hace ya treinta y cuatro años. Victor ha perdido dos veces la pieza, y dos veces ha conseguido otra igual. Primero con dolor, luego sin remordimientos. Cuando murió su madre, el año pasado, metió la pieza en el ataúd y la reemplazó acto seguido. Ese pequeño paralelepípedo rojo no es su padre, sino más bien el recuerdo de un recuerdo, el símbolo de la filiación y de la fidelidad.

Miesel no tiene hijos. En el terreno sentimental, va de fracaso en fracaso sin perder el entusiasmo. A menudo distante, no acaba de convencer a las mujeres y aún no ha encontrado a ninguna con quien compartir su vida durante un largo periodo de tiempo. O quizá es que las escoge para no conseguirlo.

Mentira: encontró a *la* mujer hace cuatro años, en las jornadas de traducción de Arles: mientras daba una charla sobre cómo «traducir el humor en Goncharov», la vio en primera fila. Intentó mirarla solo a ella. Al terminar, un editor lo retuvo —¿Y si traduce para nosotros a la feminista rusa Liubov Gurevich? ¿Qué le parece? Una escritora estupenda, ¿verdad?— y no pudo escabullirse. Pero dos horas más tarde, mientras atendía pacientemente en la cola de los postres, se dio cuenta de que la tenía detrás, sonriendo. Lo cierto es que, en cuestiones de amor, el corazón es el primero en enterarse y lo clama a gritos. Desde luego, no va uno a declararse así como así, de buenas a primeras. No lo entendería. Mejor obviar que hemos caído en sus redes y darle conversación.

Al llegar al final de la zona de postres, a la altura de los *coulants* de chocolate, Victor se volvió y la abordó. Le preguntó, balbuceando, cómo se traducía «crema inglesa» al inglés, ya que *french cream* es la crema Chantilly. Sí, por desgracia no había encontrado nada mejor. Ella se había reído, educadamente, y había respondido *Ascot cream* con una voz ronca maravillosa, antes de volver a la mesa con sus amigas. Miesel necesitó su tiempo para entender que Ascot, como Chantilly, era un hipódromo, pero inglés.

Intercambiaron varias miradas cómplices, según le pareció a Victor, que se dirigió al bar de manera ostensible, con la esperanza de que ella lo siguiera, pero estaba enfrascada en una discusión a todas luces apasionante. Sintiéndose como un estúpido adolescente, se fue al hotel. No la encontró entre las fotos de los participantes, pero estaba convencido de volver a verla y se pasó toda la mañana, bajo tal o cual pretexto, asistiendo a los diferentes talleres. Fue en vano. Tampoco estaba en la fiesta de clausura de las jornadas. Se había evaporado. En su último desayuno en el hotel, se la describió a un amigo de la organización, pero *bajita*, *morena* y *fascinante* nunca han sido adjetivos demasiado relevantes.

Victor volvió a las jornadas de Arles los dos años siguientes, y si lo hizo, no quería engañarse, fue con la esperanza de encontrarla de nuevo. Desde entonces —en una grave falta de profesionalidad—, cuela en sus traducciones pequeñas referencias al hipódromo de Ascot o a la crema inglesa. La primera vez que cometió semejante fechoría fue en el volumen de artículos de Gurevich: en el texto introductorio, «Почему нужно дать женщинам все права и свободу», «Por qué hay que dar a las mujeres todos los derechos y la libertad», Miesel se las arregló para escribir: «La libertad no es la crema inglesa en un pastel de chocolate, es un derecho». Era bastante sutil y, ¿quién sabe?, al fin y al cabo ella se había interesado por

Goncharov. Pero no. Si leyó el libro, no se dio cuenta del añadido, como tampoco lo hizo el editor, ni en realidad ningún lector. Victor dejó que la vida siguiera su curso, y fue una pena.

A principios de año, un organismo francoestadounidense financiado por los servicios culturales de la embajada de Francia le otorga un premio de traducción por uno de los *thrillers* que le dan de comer. A primeros de marzo, Miesel viaja a Estados Unidos para recibirlo y el avión sufre unas turbulencias monstruosas. Durante un tiempo interminable, la tempestad bandea el avión en todas direcciones. El comandante intenta tranquilizar a los pasajeros, pero nadie tiene ninguna duda —y Miesel el que menos— de que van a caer al mar y a estrellarse contra un muro de agua. Durante unos minutos que le parecen eternos, resiste, se aferra al asiento, tensa los músculos para aguantar mejor los bandazos. Evita mirar por la ventanilla, que da a una noche de granizo. Entonces, varias filas más adelante, cerca de un rubio con capucha amodorrado que parece no enterarse de nada, la ve. Si se hubiese fijado en ella al embarcar, no podría haber dejado de observarla. Sin ser idénticas, le recuerda cruelmente a su arlesiana desaparecida. Por su fragilidad, por la finura de sus rasgos, por la textura de su piel, por la gracilidad de su cuerpo parece una muchacha, pero las minúsculas patas de gallo revelan que ronda la treintena. Las almohadillas de sus lentes de carey le dibujan en la nariz efímeras alas de mosca. De vez en cuando sonríe a su vecino, un hombre mayor que ella, tal vez su padre, y los tumbos del aparato parecen divertirlos, a menos que mostrarse desenfadados sea una estrategia para mantener la calma.

Pero el avión entra en una nueva bolsa de aire y, de pronto, algo se rompe en Victor, cierra los ojos y se deja zarandear en todas direcciones, sin intentar controlar su cuerpo. Se ha convertido en uno de esos ratones de laboratorio que, sometidos a un violento estrés, dejan de luchar y se resignan a morir.

Finalmente, tras un tiempo interminable, el aparato deja atrás la tormenta. Pero Miesel permanece postrado, atrapado en una terrible sensación de irrealidad. La vida se reanuda a su alrededor, la gente ríe, llora, pero él lo mira todo a través de un cristal borroso. El comandante prohíbe a los pasajeros desabrocharse el cinturón hasta que el avión aterrice, aunque Miesel se ha quedado tan exhausto que sería incapaz de separarse de su asiento. En cuanto se abren las puertas del avión, los pasajeros se precipitan a la salida, impacientes por abandonarlo, pero Miesel permanece sentado mientras el aparato se vacía, mirando por la ventanilla. Cuando una azafata le pone la mano en el hombro, hace un esfuerzo y se levanta. Solo entonces piensa en la joven, con mayor intensidad aún. Presiente que solo ella podrá rescatarlo del abismo de inexistencia en que se encuentra, la busca con la mirada, pero no la ve, ni ahora ni en la cola del control de inmigración.

El responsable de la Oficina del Libro acude a recogerlo al aeropuerto y se muestra solícito con el traductor taciturno y desorientado.

—¿Seguro que se encuentra bien, señor Miesel?

—Sí. Diría que hemos estado a punto de morir. Pero estoy bien.

El tono monocorde inquieta al hombre del consulado. No intercambian ni una palabra más hasta llegar al hotel. Cuando al día siguiente por la tarde vuelve a buscarlo, comprende que el traductor no ha salido de su habitación en todo el día, y que ni siquiera ha comido. Se ve obligado a insistirle para que se duche y se vista. La recepción tiene lugar en la librería Albertine, en la Quinta Avenida, frente a Central Park. En un momento dado, tras un gesto apremiante del agregado cultural, Miesel saca del bolsillo el discurso de agradecimiento que ha escrito en París y, con voz apagada, afirma que el papel del traductor consiste en «liberar, transponiéndolo, el puro lenguaje que permanece cautivo en la obra», expone sin brillo todas las virtudes que no piensa de la autora norteamericana, una rubia enorme y mal maquillada que no para de sonreír a su lado, y se calla abruptamente. Ante el desconcierto general, la escritora agarra el micro para darle las gracias de manera efusiva y anunciar que su saga fantástica tendrá otros dos volúmenes. Luego, durante el coctel, Miesel se muestra ausente.

«Ya ni la amuela, con la fortuna que nos cuestan estas celebraciones podría hacer un pequeño esfuerzo, ¿no?», masculla aparte el consejero cultural. El responsable de la Oficina del Libro defiende sin demasiada convicción a Miesel, que toma el avión de regreso a la mañana siguiente.

Cuando llega a París, se pone a escribir como al dictado, y la mecánica incontrolable de su propia escritura lo sumerge en un abismo de ansiedad. El libro acabará titulándose *La anomalía* y será el séptimo en la carrera del escritor.

«En toda mi vida no he hecho un solo gesto. Sé muy bien que desde siempre han sido los gestos los que me han hecho a mí, que ningún movimiento ha sido realizado bajo mi control. Mi cuerpo se ha limitado a moverse entre unas líneas que yo no he trazado. Es una vanidad creer que dominamos el espacio, cuando no hacemos más que seguir las curvas que suponen el menor esfuerzo. Límite de límites. Ningún despegue desplegará jamás el cielo.»

En pocas semanas, un Victor Miesel grafómano rellena un centenar de páginas de esta índole, oscilando entre el lirismo y la metafísica: «La ostra que sufre a la perla sabe que no hay más conciencia que la del dolor, incluso que no hay más placer que el del dolor. [...] La frescura de la almohada me devuelve siempre a la vana temperatura de mi sangre. Si tirito de frío es porque mi capa de soledad no consigue calentar el mundo».

Los últimos días ni siquiera sale de casa. El último párrafo que manda a la editorial muestra cómo esta experiencia de desrealización linda con lo inextricable: «Nunca he sabido en qué cambiaría el mundo si yo no hubiera existido, ni hacia qué confines lo habría desplazado si hubiera existido con mayor intensidad, y no se me ocurre de qué modo mi desaparición podría alterar su movimiento. Heme aquí, caminando por un sendero cuyas piedras ausentes me conducen hacia ningún lugar. Soy el punto donde la vida y la muerte se unen hasta confundirse, donde la máscara del vivo se alivia en el rostro del difunto. Esta mañana de cielo despejado alcanzo a verme y soy como todo el mundo. No pongo fin a mi existencia, doy vida a la inmortalidad. En vano escribo, al fin, esta última frase que no pretende demorar el momento».

Una vez tecleadas estas palabras y enviado el archivo a su editora, Victor Miesel, abrumado por una intensa angustia que no sabría definir, sale al balcón y cae al vacío. O se arroja. No deja ninguna nota, pero todo el texto lo conduce hacia ese gesto final.

«No pongo fin a mi existencia, doy vida a la inmortalidad.»

Estamos a 22 de abril de 2021, y es mediodía.

LUCIE

Lunes, 28 de junio de 2021,
Ménilmontant, París

En la penumbra del amanecer, un hombre de rostro anguloso empuja silenciosamente la puerta de una habitación y sus ojos cansados contemplan una cama que apenas se distingue, donde duerme una mujer. El plano dura tres segundos, pero a Lucie Bogaert no le convence. Demasiado claro, demasiado disperso, demasiado estático. El director de fotografía debía de estar dormido. Anota que los de efectos especiales tendrán que jugar con el gamma y el contraste, difuminar un lienzo demasiado llamativo que hay en segundo plano. Retoca ligeramente el encuadre, hace un ligero zoom sobre el rostro de Vincent Cassel, eliminando del plano varias imágenes para darle más ritmo. Tarda un minuto en hacerlo. Ya está. Mucho mejor. Por esa atención a los detalles, por ese instinto fílmico se ha convertido en la montadora preferida de tantos directores.

Es pronto, las cinco de la mañana, Louis aún duerme. Dos horas más y lo despertará, *to wake*, *woke*, *woken*, preparará el desayuno, *to eat*, *ate*, *eaten*, y lo ayudará a repasar los verbos irregulares en inglés, que forman parte del programa del primer curso de secundaria. Pero ahora tiene que arreglar urgentemente esa escena de interior de la película de Maïwenn, que tienen que revisar juntas antes del mediodía. Se levanta con la nuca dolorida y los ojos enrojecidos. El gran espejo que hay sobre la chimenea devuelve la imagen de una mujer bajita y delgada, de formas volátiles y juveniles, la piel pálida, los rasgos delicados, el pelo moreno y corto. Parece una estudiante, con esos enormes lentes de carey sobre su fina nariz griega. Se acerca a la ventana de la sala. Cuando se siente vacía, suele apoyar la frente contra el frío cristal. Ménilmontant duerme a sus pies, pero la ciudad la absorbe. Le gustaría tanto abandonar su cuerpo y fundirse con todo lo que hay ahí afuera.

Un pip-pip sordo le indica que le ha llegado un e-mail. Ve el nombre de André y suspira. Se sulfura, no tanto porque insista, sino porque sabe que no debería insistir y no consigue contenerse. ¿Cómo puede ser tan inteligente y tan frágil a la vez? Pero amar es no poder evitar que el corazón pisotee a la inteligencia.

Conoció a André hace tres años, en una fiesta en casa de unos amigos cineastas. Ella llegó tarde, y un hombre que estaba a punto de irse se quedó. Le tomaron el pelo, Ah, claro, llega la guapa de Lucie y André ya no tiene prisa por volver a casa... Así que era él, el André Vannier de Vannier & Edelman, el arquitecto del que tanto le habían hablado. Un hombre alto, delgado, que aparentaba cincuenta y tantos años, pero que sin duda era mayor. Tenía unas manos muy largas y unos ojos tristes y alegres a la vez, que habían conservado intacto el brillo de la juventud. Lucie había notado desde el primer momento que su manera de hablar lo cautivaba, y había disfrutado haciéndolo su prisionero.

Volvieron a verse poco después. Él la cortejó discretamente y ella comprendió que no era tanto por miedo a hacer el ridículo como a importunarla. Al principio lo rechazó con delicadeza. Pero, aun así, habían seguido viéndose regularmente, y él se había mostrado siempre respetuoso, divertido, atento. No parecía orgulloso de la vida de soltero que llevaba, solía esquivar el tema, y Lucie le imaginaba un séquito de amantes aburridas.

Una noche de primavera, André la invita a cenar a su casa. Ella se sorprende del eclecticismo de sus amigos: una artista muy conceptual, un cirujano inglés de paso, una periodista de *Le Monde*, un bibliotecario bastante dado a empinar el codo e incluso un tal Armand Mélois, hombre exquisito y refinado que —como descubrirá durante la cena— dirige el servicio de contraespionaje francés. Lucie también descubre un amplio departamento de estilo haussmaniano y mobiliario sobrio, donde predominan la madera y el metal, abarrotado de libros, de novelas, nada que ver con el universo frío y austero que suele atribuírseles a los arquitectos. Y en un estante, una figura de yeso de Mickey Mouse, de vivos colores. Lucie toma entre sus dedos la estatuilla y la contempla, atónita. André se le acerca:

—Es espantosa, ¿verdad?

Lucie sonríe.

—La compré para que algo en esta casa se resista al hábito. Uno no se acostumbra nunca a lo feo. La vida es así. Así de chafa, pero vida al fin y al cabo.

Durante toda la velada los ojos de Lucie se sienten atraídos por la horrible estatuilla de Mickey Mouse. Y de pronto, sin que sepa muy bien por qué, el ratón de Walt

Disney le habla y le dice que, con ese hombre, la felicidad es posible.

Le presenta a su hijo Louis. André actúa sin dobleces: se encariña enseguida de ese chico espabilado y divertido que está a punto de entrar en la adolescencia, y no pretende convertirlo en un aliado. Pero tampoco es ningún ingenuo: sabe perfectamente que en el combate por conquistar a Lucie es mejor no hacerse enemigos.

Un buen día, mientras se dicen adiós tras haber comido juntos, Lucie da un paso para cruzar la calle y André la toma del brazo y la jala con violencia. Un camión pasa a toda velocidad por su lado. Le duele el hombro, pero ha estado a punto de morir. André se ha quedado lívido. Permanecen así unos instantes, el uno al lado del otro, mientras el ruido de la ciudad parece haberse exacerbado. Él respira agitadamente, ella también, y en un suspiro, André la abraza y le dice:

—Te hice daño, perdóname, me asusté, creía que... Te quiero tanto.

Y entonces retrocede, espantado por la frase que ha salido de su boca, musita un perdón y se va. Lucie lo ve alejarse y, por primera vez, se da cuenta de que camina rápido, erguido, de que es todavía joven. Conmovida, tardará quince días en llamarlo y, cuando vuelvan a verse, él no mencionará lo ocurrido.

Pero el caso es que lo ha dicho. Te quiero. Lucie desconfía de esa frase. Es demasiado pronto para volver a oírla. Ha estado enamorada de otro hombre, un hombre que utilizaba demasiado y mal ese verbo engañoso, un hombre que la ha humillado, maltratado, desapareciendo continuamente para reaparecer y desaparecer de nuevo. Le gustaría decirle a André que está harta de todos esos hombres que la desean por su piel suave, sus piernas delgadas, sus labios pálidos, por eso que ellos llaman su belleza, esa promesa de felicidad, y que no ven en ella nada más. Harta de los que la abordan como si fueran de caza, de los que aspiran a colgarla en la pared como un trofeo. Se merece algo más que una avidez impulsiva, no quiere que vuelvan a jugar con ella. Le gustaría decirle que es por eso por lo que, poco a poco, ha ido acercándose a él, que es por eso por lo que está ahí. Por todo el tiempo que él le ha dado, por la delicadeza que presiente en él, por haber sabido adaptarse al ritmo de su desasosiego. Le gustaría poder liberarlo de esa condición de viejo enamorado silencioso, poder cortar por lo sano o, de lo contrario, abandonarse de una vez por todas, dejarse llevar. Pero Lucie se conforma con avergonzarse de ser tan dura, incluso cruel, resistiéndose a la atracción creciente que siente por él.

Pasa el invierno y un buen día, hace ahora cuatro meses, al final de una cena en Chez Kim, el pequeño restaurante coreano del Marais al que se han aficionado últimamente, André vuelve a la carga: «Ya sabes lo que siento por ti, Lucie, y yo sé todo lo que se interpone entre nosotros, contra nosotros. Pero si algún día me quieres como compañero, por el tiempo que sea, tendrás que ser tú la que dé el primer paso...». La mirada que le dirige en ese instante no tiene edad, Lucie se siente confundida, sonríe y, por mucho que sepa que debería darse algo más de tiempo, teme que él se harte de esperarla inútilmente. Decide entonces agarrar del mechón pelirrojo al pequeño Kairós, ese dios griego que encarna el momento oportuno. Todo su ser la impulsa a sentarse al lado de André, en la banqueta, y a besarlo con ternura. Ninguna comedia romántica inglesa podría haber imaginado una primera escena más hermosa. Lucie no se arrepiente de lo que ha hecho.

A partir de ese instante prodigioso, André y Lucie permanecerán unidos.

André tenía previsto viajar a Nueva York quince días más tarde, a principios de marzo, para supervisar la construcción del Silver Ring; ella ya habría terminado para entonces el montaje del último film de Von Trotta y no tenía nada en la agenda antes de ponerse con el de Maïwenn un mes más tarde. Él le propuso acompañarlo: podrían pasar tiempo juntos, ir a presentar sus respetos a los patos de Central Park, visitar a los Klee en el Guggenheim e incluso asistir a una comedia musical en Broadway. Ella aceptó sin dudarlo, pero con la condición de que André le enseñase también la obra que estaba construyendo. Era su manera de decirle que quería «formar parte» de su vida. Al volver a casa, Lucie preparó con tanto entusiasmo como antelación la maleta, A ver qué libros me llevo, el de Coetzee, viene, y también las obras completas de Romain Gary en la edición de la Pléiade, va, que tampoco ocupa tanto, y este vestido negro que me queda tan bien, sí, y esta falda es un poco corta, pero me la pondré con leotardos, que en marzo hace muchísimo frío, y se había divertido con toda aquella frivolidad olvidada. Louis había aceptado sin protestar quedarse unos días con la abuela.

El vuelo fue turbulento, por no decir espantoso. Mientras el avión amenazaba con partirse en dos y el miedo con hacerle perder el control de sí misma, André no paró de hablarle y de sonreírle. A Lucie le gustó mucho Nueva York, que conocía bastante peor que él. Tenían pensado pasar ocho días y acabaron siendo quince. En una peluquería nada barata del East Village se hizo cortar el largo pelo castaño a lo *garçon*. «Nunca me habría creído capaz, ¿sabes? Estoy estrenando mi nueva vida.» Era, sin duda, el peor de los tópicos posibles, pero se sintió agradecida con André por no hacer ningún comentario. Se sentía tranquila a su lado y presentía que podrían, por qué no, llegar a amarse.

Pero entonces vuelven a París y la cosa, paulatinamente, empieza a estropearse. Poco a poco, ante el entusiasmo de André, ante esos brazos que quieren estrecharla, esos besos que le da a todas horas, esos amigos a quienes quiere «presentarla sí o sí», como el botín de una batalla triunfal, Lucie recula. ¿Por qué los gatos no dejan vivir a los ratones que capturan? Ella no estaba preparada para semejante invasión; habría preferido menos imperativos, un compromiso más lento y más sereno. La asusta la ansiedad de sus manos de hombre, cuya avidez agobiante impide que nazca su propio deseo. André no quiere entenderlo, y esa fragilidad que tan bien ocultaba se hace tangible, y no, ella no tiene ganas de consolarlo, no, no tiene por qué plegarse a su tiránico apetito, no tiene por qué satisfacer su narcisismo lastimado, ni siquiera por respeto a las canas, ni tiene por qué aguantar esa mirada de perrito apaleado que implora Tómame, tómame. ¿Por qué se niega a ver que la tiene atrapada entre sus brazos, en su cama? ¿Por qué debe ella sentirse culpable al rechazarlo, cuando tener algún deber es lo último que desea?

Y entonces, a principios de junio, tiene lugar esa última cena, esa cena en la que André quiere reconquistarla cuando todo se ha acabado, e insiste para que vayan una vez más a Chez Kim, como si la decoración anticuada, medio zen medio *Gangnam Style*, pudiera ejercer sobre ella un poder milagroso, y él habla y habla mientras se le enfría la *beosut cream pasta*, escuchándose solo a sí mismo, entregándose a su incontrolable verborrea, y cada frase bonita que dice afea más la despedida. Ella lo mira, él le toma la mano y ella se suelta, no deseando otra cosa que estar lejos de allí, el frío se ha apoderado de su corazón, sonríe sin resentimiento a ese señor encantador que vuelve a ser un viejo, pero ¿por qué no se da cuenta de que ella ya está lejos? Quizá es que ella no ha tenido suficiente aguante o, más sencillo aún, suficiente amor... Ah, cómo detesta esa palabra. Y, aun así, André habrá desempeñado el papel de pomada, ayudando a la cicatrización, una especie de ungüento que acaba oliendo a rancio una vez curada la herida... Pero no, se equivoca, ¿qué sentido tiene interpretar lo que empezó de un modo hermoso a la luz de un final amargo? No ha sido ella quien lo ha utilizado, ha sido él y solo él quien no ha sabido estar a la altura de sus respectivas esperanzas.

Lucie insiste en pagar a medias la cuenta, para dejarle bien claro que a partir de ahora serán un él y un ella, nunca más un nosotros. Entonces, André le tiende un librito: *La anomalía*, de Victør Miesel. El nombre le suena vagamente.

—Ten, te gustará...

Lucie lo abre al azar y se topa con esta frase: «La esperanza nos hace aguardar en el rellano de la felicidad. Al obtener lo que esperábamos, nos adentramos en la antesala de la infelicidad». Dios mío, metáforas en abundancia, empieza bien la cosa. Un poco más adelante: «La seducción ha sido siempre una habilidad ordinaria; la ruptura, un arte sublime». Así que ella es una artista. Pues que viva el arte sublime.

Acepta el regalo y se va.

Esto ocurrió hace tres semanas, bastante antes de que André se fuera a Bombay a supervisar esa dichosa Soyara o Suyara Tower, de cuya elegancia tanto presumió cuando Lucie ya no se interesaba por nada de lo que él construyera o dejara de construir.

El correo que le mandó ayer sigue en la pantalla, azul y en negrita.

Finalmente, lo abre. No hay una sola frase que no le

resulte farragosa, huera, ridícula. Nada de lo que dice la conmueve, pero es que nada de lo que hubiera dicho podría haberla conmovido. «Me habría gustado recorrer contigo el camino más largo posible, e incluso el más largo de todos los posibles caminos.» Banalidades. «Nunca sabré si no habrías acabado enamorándote de mi mirada, amorosa y anhelante, puesta en ti.» Lucie alza los ojos al cielo. Y, para acabarlo de arreglar, esa patética negación a modo de despedida: «No espero que me respondas».

Como si Lucie hubiese tenido alguna intención de hacerlo.

De pronto, suena el teléfono. Es un número oculto. ¿Cómo se le ocurre, un lunes por la mañana, cuando aún es de noche y Louis duerme en su habitación? Lucie responde, furiosa, aunque solo sea para que deje de sonar. Pero es una voz femenina.

—¿Lucie Bogaert?

—Sí —responde Lucie en voz baja.

—Le habla la comisaria Maupas. De la Policía Nacional.

—Pero... Creo que se equivoca.

—¿Nació usted el 22 de enero de 1989 en Montreuil?

—Sí.

—Bien. Estamos en el rellano de su casa. Déjenos pasar, por favor.

—Pero ¿por qué? Mi hijo está durmiendo.

—Enseguida se lo explicamos. Traemos una orden de arresto, la estoy metiendo ahora mismo por debajo de la puerta. Abra, por favor.

DAVID

29 de mayo de 2021,
Tercera Avenida, Nueva York

El ficus tiene sed. Las hojas marchitas se enroscan por la sequedad, las ramas están muertas, el pobre encarna en su maceta de plástico la soledad misma, si es que el verbo *encarnar* resulta apropiado para una planta. Como no lo rieguen pronto, piensa David, morirá. En buena lógica, debe de haber en algún lugar de la línea continua del tiempo un punto de no retorno, un momento de inflexión irremediable a partir del cual nada ni nadie podrá salvarlo. El jueves a las 17:35 alguien lo regará y el ficus sobrevivirá, el jueves a las 17:36 alguien se acercará con una botella y entonces será No, cariño, muchas gracias, hace treinta segundos no te habría dicho yo que no, pero ahora, fíjate nada más, la sola célula que podía reactivar la máquina, la última valiente eucariota que podría haber despertado a sus vecinas al grito de Vamos, chicas, en marcha, hay que reaccionar, levanten el ánimo, no podemos rendirnos, pues bien, la última de todas acaba de dejarnos, así que llegas demasiado tarde, con tu miserable botellita, *ciao*, *ciao*. Sí, en algún lugar de la línea del tiempo.

—¿David?

Una cálida voz masculina rescata a David de su ensueño vegetal y existencial. Se levanta y abraza a un hombre alto, de unos cincuenta años, apenas mayor que él y, sin embargo, de pelo ya canoso, un hombre que se le parece, como es lógico en alguien que comparte en gran medida su ADN.

—Hola, Paul.

—¿Qué tal, David? ¿Jody no ha venido contigo?

—Vendrá en cuanto pueda. Está dando su curso en el Goethe Institut, no he querido que cancelara la clase.

—Está bien.

David acompaña a su hermano a la consulta. Un escritorio francés estilo Imperio, estanterías de roble, apliques de cristal art nouveau, cortinas carmín de terciopelo espeso y espléndidas vistas a Lexington Street y al club de squash donde juegan los viernes, justo enfrente, en la esquina con la Tercera Avenida. La estancia disimula bastante bien lo que es. El consultorio de un oncólogo, uno de los mejores.

—¿Quieres un café, David? ¿Un té?

—Café.

Paul mete una cápsula en la cafetera, pone una elegante taza italiana bajo la boquilla y encuentra la manera de evitar unos segundos más la mirada de su hermano. Se da cuenta de que David, al oírle decir su nombre tantas veces, ha comprendido. Cuando en las películas de guerra un soldado se está desangrando y el sargento le dice Todo va a estar bien, Jim, saldrás de esta, Jim, nunca es buena señal. El tono condescendiente, el expreso italiano con su espuma cremosa, esa manera de postergar el momento, todo anuncia lo peor.

—Ten.

David asiente con la cabeza, agarra la taza casi sin darse cuenta y la deja en el acto sobre la mesa.

—Adelante. Estoy preparado.

—Bueno. Como sabes, David, ayer hicimos una biopsia durante la ecoendoscopía... Ya tengo los resultados.

Paul aparta la taza, saca unas radiografías de un sobre y las pone sobre la mesa, de cara a su hermano.

—Es lo que me temía. El tumor que tienes en la cola del páncreas, al otro lado del intestino delgado, justo aquí, es un tumor maligno. Canceroso. Y el tumor no ha invadido solo los vasos sanguíneos y los ganglios adyacentes, también hay metástasis en el hígado y en el intestino delgado. Clínicamente, estás en fase 4.

—Fase 4. ¿Y eso qué significa?

—Significa que está demasiado avanzado para poder hacer una pancreatectomía distal, es decir, extirpar el páncreas y el bazo.

David acusa el golpe. Le cuesta respirar. Paul le da el vaso de agua que tenía preparado. Su hermano levanta la mirada hacia él. Si le mandó hacerse pruebas fue precisamente al ver en el blanco de sus ojos ese color amarillento e insano tan característico. David respira hondo y pregunta:

—¿Cuál es el pronóstico?

—Como ya no se puede operar, haremos a la vez quimio y radio, para reducir el tamaño del tumor.

—El pronóstico, Paul —insiste David.

—No sé cómo decírtelo. Jodido.

—¿Y eso qué significa? ¿Qué probabilidades tengo?

—A cinco años vista, un veinte por ciento de probabilidades de seguir con vida, eso es lo que dicen las estadísticas. Pero las estadísticas no valen para nada. Vamos a intentar hacerlo mejor que ellas. Te he pedido cita con Saul para que tengas una segunda opinión. Es el mejor. Te ha hecho un hueco mañana para verte cuanto antes, ya le he pasado los resultados de los análisis y la resonancia magnética.

—No hace falta, Paul. Confío en ti. Haré lo que tú me digas. ¿Cuándo empezamos?

—Lo antes posible. Pide incapacidad ahora, tres meses por lo menos. Y habla con tu seguro. ¿Tienes una buena cobertura médica?

—Creo que sí. No he tenido ocasión de comprobarlo. Pero sí, supongo que sí.

David se levanta, da algunos pasos. Tiembla de rabia, pero ¿es rabia lo que siente? Todo su cuerpo se niega a permanecer impávido. Dios mío, ¿por qué pensamos siempre en las últimas semanas, por qué somos incapaces de resistirnos a medir el tamaño de nuestra propia ceguera? Todos esos días que hemos vivido despreocupados, esa felicidad postrera de la ignorancia, cenando tranquilamente, contando chistes, llevando a los niños al cine, haciendo el amor con Jody, jugando al squash con Paul, cuando quizá habría bastado con hacerse un tac, quién sabe, tres meses antes, para establecer el diagnóstico y, tal vez, salvar la vida. David se pregunta si algo en su interior no lo había intuido, y ese algo interior no había querido saber nada.

—¿Cuándo empezó?

—No lo sé, David. Es imposible decirlo. Puede que el tumor lleve ahí un año, o dos meses. A saber. Cada cáncer de páncreas es un mundo.

—¿No se podría haber operado hace dos meses? ¿Después de aquel París-Nueva York infernal donde el granizo ametralló mi avión? Yo ya me sentía un poco cansado, ¿te acuerdas? Y meaba bastante oscuro. Andaba tan ocupado que no tuve tiempo de hacerme análisis.

—No lo sé. De lo único que estoy seguro es de que hay que centrarse en lo que podemos hacer ahora, y todavía podemos hacer mucho.

—¿Hay algún tratamiento nuevo? ¿Algún medicamento?

—Sí, probaremos todo lo que existe y también, si quieres, moléculas en fase experimental, productos revolucionarios que aún no están en el mercado, te lo juro.

Paul está mintiendo, porque mejor eso que un Pues no, David, no hay nada nuevo, está jodido, ya te lo he dicho, es todo cuanto podemos hacer, nada de nada, aún no hemos descubierto ningún remedio milagroso, ni siquiera sabemos por qué a unos pacientes les funciona mejor que a otros tal o cual protocolo.

—Es un cáncer doloroso, ¿verdad?

—Te aseguro que haremos todo lo necesario para que sufras lo menos posible, durante todo el tratamiento. Por supuesto, tendrá efectos no deseados. Eso es inevitable. Quien algo quiere algo le cuesta.

Efectos no deseados. Ok. Sí, amigo, sí, vas a echar las tripas, te vas a vaciar de cabo a rabo, vas a perder el pelo, y las cejas, y veinte kilos también, y todo ¿para qué? Para ganar dos, tres meses de prórroga, un 20 % de probabilidades de vivir cinco años más, sí, pero no en la fase en la que tú estás, hermanito, en tu caso se reducen a una de cada diez, y eso con mucha suerte, carajo, es injusto, qué porquería... Paul acerca su butaca a la de David, que ha vuelto a sentarse y permanece quieto, aturdido, apagado, y pone una mano en el brazo de su hermano ausente, con la esperanza de que ese gesto consiga calmar el pánico helado que lo atenaza, y que la mano absorba las tinieblas y las destruya, porque es así, aunque parezca mentira, tantos años de práctica y tantos centenares de pacientes desesperados no impiden que surja una vez más el pensamiento mágico, incluso en los cerebros más racionales, y entonces, de pronto, pero ¿por qué ahora?, le vienen a la mente las risas locas en el boliche de Peoria, cuando David lanzaba de cualquier modo y no paraba de hacer *strikes*, qué suerte tenía el cabrón, y el olor de los *marshmallows* rosas chamuscándose en la cocina de gas de la tía Luna, y el aroma dulzón a frutos rojos de Deborah Spencer, aquella rubita que los volvía locos a los dos y que al final se acostó con el imbécil de Toni el Dinosaurio, ¿por qué lo llamarían así?, y el discurso de David cuando se casó con Fiona, un primer matrimonio desastroso, todo sea dicho, y eso a pesar del discurso tan tonto y tan divertido y tan maravilloso gracias precisamente a lo tonto y divertido que fue, y el nacimiento de su hijo, al que llamó David, y el pequeño David dormido en brazos de su tío David, que lloraba de emoción en maternidad, y todo lo que va a irse al carajo y todo lo que el cáncer va a devorar en su torbellino negro, y entonces, de golpe y porrazo, las lágrimas acuden a sus ojos en tropel, incontrolables, rayos, un cancerólogo llorando como un niño, pero ¿esto qué es? Paul se vuelve, toma un pañuelo de papel y se suena estrepitosamente.

Un rayo de sol entra en el consultorio. No es el mejor momento, pero el hecho de que entre, de que regale a David su luz dorada, es una señal de vida, un efímero milagro que se repite cada vez que el dichoso sol pasa hacia el oeste entre los dos rascacielos de la Tercera Avenida, a las 17:21 horas, un prodigio que dura doce minutos exactos, tanto en invierno como en verano. A las 17:33 horas se habrá terminado.

—Bueno, David. Ya no tengo que ver a ningún paciente. Mientras esperamos a Jody, te voy contando el protocolo.

Paul se lo explica con todo detalle, David lo escucha sin interrumpirlo. Pero al día siguiente Paul tendrá que repetírselo, pues no habrá retenido nada. David habrá estado pensando en la cara de Jody, en su mirada de angustia infinita, en los ojos de sus hijos cuando tengan que explicarles que papá está muy enfermo, Grace, Benjamin, vidas mías, van a tener que ser muy valientes los dos, van a tener que ayudar mucho a su madre y portarse muy bien, ¿entendido?, habrá estado pensando en su cobertura médica, ciertamente estupenda, pero que hará sus investigaciones y le reprochará haber ocultado sus diez años de fumador, entre los quince y los veinticinco, habrá estado pensando en el dolor ineluctable, en el deterioro de los últimos días, incluso en la incineración, y hasta en la música que escucharán sus amigos en el funeral, algo padre, ¿eh, Paul?, algo de rock, un blues, no me vayas a poner un réquiem lacrimógeno de vete a saber quién, habrá estado pensando también en los gastos de la escuela, y en la hipoteca del departamento que amortizó por anticipado, qué idiota, cuando en caso de fallecimiento el seguro asumía la deuda entera, habrá estado pensando en todo lo que va a ocurrir y en todo lo que ocurrirá después. Incluso habrá estado pensando en cosas raras.

—De hecho, Paul..., en tu sala de espera...

—¿Sí?

—El ficus. Tienes que regarlo.

Son las 17:33 horas y el sol se eclipsa.

Jueves, 24 de junio de 2021, 22:28 h,
Mount Sinai Hospital, Nueva York

En la sala de espera del consultorio de Paul, el ficus sigue vivo. Pero David no ha vuelto y no volverá a ver cómo pasa el sol entre los rascacielos, ni tan siquiera volverá a ver el sol. La habitación 344 del Mount Sinai Hospital está orientada al norte y no tardará mucho en abandonarla. La muerte se ha instalado en sus rasgos consumidos.

Para mitigar el dolor, están probando como complemento a la morfina un nanomedicamento desarrollado en Francia que no obliga a aumentar continuamente las dosis. El equipo médico ha renunciado a seguir luchando contra el cáncer. Demasiado virulento, demasiado invasivo, demasiado avanzado.

Llaman a la puerta, pero nadie responde: junto a un David inconsciente, Jody duerme en el sofá, agotada por tantas noches en vela. Los niños llevan tres días en casa de Paul. La puerta se abre, suavemente, y entran dos hombres con trajes negros e insignias doradas. Sin hacer ruido, uno de ellos se inclina sobre David, toma una muestra de saliva de la comisura de sus labios, guarda el bastoncillo en la probeta y sale enseguida de la habitación. El otro saca un celular, fotografía al moribundo intubado, envía la imagen y se sienta en una silla, incapaz de despegar la mirada de ese rostro demacrado.

LA LAVADORA

10 de marzo de 2021,
Costa Este de Estados Unidos, aguas internacionales
42° 8′ 50″ N 65° 25′ 9″ O

Todos los vuelos tranquilos se parecen, pero cada vuelo turbulento lo es a su manera. Son las 16:13 horas cuando el vuelo AF006 París-Nueva York ve alzarse ante él, al sur de Nueva Escocia, la barrera acolchada de un inmenso cumulonimbo. Está a un cuarto de hora de distancia todavía, pero se extiende cientos de kilómetros hacia el norte y hacia el sur, en semicírculo, y llega a una altura de unos 45 000 pies. El Boeing 787, que vuela a 39 000 pies y se disponía a iniciar su descenso hacia Nueva York, no podrá evitarlo y la cabina de mando vive una súbita agitación. El copiloto compara los mapas y el radar meteorológico. El extenso frente frío nebuloso no está indicado, y Gid Favereaux no solo se muestra sorprendido, sino francamente inquieto.

El muro opaco, gris, irisado en la cima por un sol cegador, se acerca hacia ellos a una velocidad vertiginosa, engullendo con voracidad la capa nebulosa que lo alimenta y sostiene. El comandante Markle selecciona la frecuencia de Boston y comprueba los instrumentos de vuelo, el radar meteorológico se tiñe de rojo a unas 120 millas. Cuando oye que Boston emite en su frecuencia, menea la cabeza y deja el café.

—Aquí Boston Control, aviso a todos los aviones que sobrevuelan nuestro espacio. Debido a las condiciones excepcionales en la Costa Este, todas las pistas están cerradas a excepción de KJFK. Ningún avión ha despegado de la Costa Este en la última media hora. La situación ha sido tan inesperada que no hemos podido avisarles antes. KJFK Canarsie permanece abierto para el aterrizaje.

—Buenos días, Boston Control, Air France 006, a nivel de vuelo tres nueve cero en curso hacia Kennebunk. Tenemos un monstruo enfrente. Solicito rumbo tres cinco cero en las próximas ochenta millas.

—Air France 006, Boston Control. Proceda a discreción. Póngase en contacto con Kennedy en la frecuencia 125.7. *Bye bye*.

Markle tuerce el gesto, observa el tapón que se extiende en el horizonte, de norte a sur, inexorablemente. En su penúltimo vuelo transatlántico, el cielo le ofrece un recuerdo memorable. Contacta con el aeropuerto.

—Kennedy Approach, Air France 006, tenemos suficiente queroseno para bordear el frente volando rumbo sur hasta Washington.

Suena un clic, otra voz femenina, más grave.

—Lo siento, 006. Negativo. Las condiciones son idénticas hasta pasado Norfolk. Incluso peores hacia el sur en estos momentos. Descienda en cuanto pueda a nivel de vuelo uno ocho cero y continúe en curso a Kennebunk. Cumpla con las indicaciones.

Markle chasquea la lengua, corta la comunicación,

toma el micro de cabina y anuncia a los pasajeros, con voz tranquila, primero en inglés y luego en un francés bastante bueno:

—Les habla el comandante de a bordo, ocupen inmediatamente sus asientos, abróchense los cinturones y apaguen todos sus dispositivos electrónicos. Nos disponemos a atravesar una zona de enormes turbulencias. Repito: de enormes turbulencias. Coloquen su equipaje de mano y sus computadoras personales bajo el asiento delantero o en los compartimentos previstos a tal efecto. Guarden todos los líquidos y suban las mesitas plegables. Tripulación: comprueben la seguridad de los pasajeros y de la cabina y ocupen sus asientos lo antes posible. Repito: verifiquen la seguridad de los pasajeros y ocupen inmediatamente sus asientos.

El cumulonimbo se acerca, es una supercelda, pero no una supercelda cualquiera. No es el típico yunque solitario que sube hasta la capa superior de la atmósfera, sino decenas de ellos, como levantados por una mano invisible, fusionándose en la tropopausa. En el océano, los barcos estarán sufriendo una depresión apocalíptica. Markle lleva veinte años pilotando aviones de largo alcance y nunca ha visto nada igual. La tormenta del año, como mínimo. La cima del cumulonimbo alcanza los dieciséis kilómetros de altura. Podría intentar meterse entre dos columnas, pero sería para topar con la siguiente. El radar meteorológico muestra ahora una larga franja oblicua de color rojo: una muralla de agua y hielo.

—¿Has visto qué rápido crece? —se inquieta Gid—. Vamos a toparnos con una corriente descendiente que ni imaginas en cuanto lleguemos al flanco. No conseguiremos atravesarlo de ninguna manera.

Gid tiene motivos para estar preocupado, piensa

Markle, aunque solo lleve un año de vuelos transatlánticos y tres de largo alcance. Vuelve a encender el micro y se dirige a la cabina de pasajeros con tono distendido, intentando restarle importancia al asunto:

—*Hello, folks*, les habla de nuevo el comandante Markle. Vuelvo a pedirles que permanezcan sentados, ajusten sus cinturones y verifiquen los de los niños que tengan a su lado. Apaguen todos los dispositivos electrónicos, repito. Es muy probable que entremos en una bolsa de aire en menos de un minuto. Tripulación: si está todo en orden, regresen a sus asientos de inmediato. Espero confirmación.

—Posición de seguridad confirmada —se oye la voz de la jefa de cabina.

—OK, la cosa puede ser impresionante y les garantizo que no lo olvidarán fácilmente, pero les prometo que no corren ningún peligro, siempre y cuando mantengan los cinturones bien abrochados. Para los amantes de los parques temáticos, será como una montaña ru...

Súbitamente, incluso antes de entrar en el frente cálido, el Boeing se queda sin sustentación y cae en picada. A pesar del aislamiento acústico de la cabina de mando, Markle y Favereaux creen oír los gritos de los pasajeros.

El avión continúa en caída libre durante diez interminables segundos, antes de penetrar en el cumulonimbo por el peor sitio, al suroeste de la columna, con una inclinación nunca vista, un ángulo de treinta grados impuesto por el sistema de pilotaje automático, que ha tomado el relevo de los comandos manuales. Acto seguido, el Boeing se ve arrastrado por las corrientes turbulentas de la nube, al tiempo que se encienden las luces de la cabina de mando, como si fuese de noche, una oscuridad de seda y un estruendo espantoso lo envuelven todo: centenares de piedras de granizo ametrallan los cristales, dejando un sinfín de marcas en el vidrio blindado. Apenas unos instantes que parecen eternos, hasta que el Boeing, a pesar de las ráfagas del tornado, entra en una corriente ascendente de aire cálido y consigue sustentarse; esta vez, la sensación es de estómago en la garganta en pleno doble *looping* con tirabuzón.

Markle, pegado a su asiento, lleva al máximo los dos General Electric, porque, maldita sea, ¿se puede saber qué diablos es este triángulo de las Bermudas? En un Madrid-Río, de acuerdo, en el Ecuador, ok, pero ¿en pleno Atlántico Norte? Rayos, es que es increíble, tenemos las calderas más potentes y las alas más flexibles del mundo, no podemos partirnos en dos como un modelo barato, es imposible. En el simulador lo hemos hecho docenas de veces, con motores averiados, con despresurizaciones, con las computadoras de a bordo colgadas, no puede ser que vayamos a estrellarnos, carajo. Markle no piensa en sus hijos, ni en su mujer, al menos no todavía, es posible que los pilotos mueran siempre sin haber tenido tiempo de ver pasar la vida ante sus ojos, y Markle tampoco piensa en los pasajeros; ahora mismo en lo único que piensa es en salvar como sea el voluminoso y pesado y torpe Boeing que está a su mando, así que reproduce los gestos que se sabe de memoria, repetidos una y mil veces, confía en sus reflejos y en sus veinte años de experiencia. Pero la cosa está muy fea.

Markle y Favereaux, zarandeados, conmocionados, lívidos, se afanan en controlar los instrumentos, batallando contra la tempestad, más tarde descubrirán que ha sido la más violenta y repentina de los últimos diez años, el piloto de la turbina izquierda marca una pérdida de potencia del 15 %, el intenso campo eléctrico debe de estar afectando a los aparatos electrónicos de a bordo. Al final, el avión resiste los embates del tornado, se mantiene como puede en la horizontal, acaba estabilizándose y, por mucho que el granizo no deje de caer y el parabrisas se haya resquebrajado por fuera, la capa interior no presenta ninguna microfisura preocupante.

En cuanto los bandazos se atenúan mínimamente, Markle se dirige a los pasajeros. A pesar del ruido ensordecedor que reina en la cabina, procura no levantar la voz:

—*Sorry, folks*, disculpen las turbulencias. Tendremos que continuar nuestra ruta hacia Nueva York a través de este dichoso cumulonimbo y permanecer en esta lavadora durante al menos...

De pronto, un sol cegador inunda la cabina de mando, el Boeing acelera de modo inesperado, se hace de nuevo el silencio y las perturbaciones quedan enseguida a sus espaldas.

Markle comprueba los controles, estupefacto. El avión vuela perfectamente, con su habitual ronroneo, pero los instrumentos parecen haberse vuelto locos. A pesar de la caída en picada durante cinco minutos bien buenos, la altitud vuelve a marcar 39 000 pies, el radar meteorológico se niega a registrar la menor perturbación y el rumbo no es otro que el dos seis cero. Markle vuelve a tomar el micro para comunicarse con la cabina de pasajeros:

—Bueno, pues tal como pueden comprobar ustedes mismos, acabamos de salir de la nube sin demasiados estragos. Por favor, sigan en sus asientos hasta nueva orden y mantengan apagados todos los dispositivos electrónicos. Tripulación: pueden desabrocharse los cinturones, gracias. Informe de cabina, por favor.

Markle apaga el micro y marca en el transpondedor

el código de emergencia 7700. Se vuelve a poner los cascos y llama a Kennedy Approach:

—*Mayday, mayday, mayday*, Kennedy Approach, Air France 006. Tras las turbulencias al atravesar la masa nubosa y la formación de hielo en la superficie del aparato, no ha habido heridos, pero los instrumentos han dejado de funcionar, no tenemos altitud ni velocidad, el radar ha quedado fuera de servicio y el parabrisas está muy dañado.

Esta vez, desde la torre de control responde una voz masculina, sorprendida:

—*Mayday* recibido, Air France 006. ¿Confirma el código transpondedor 7700?

—Nueva York, aquí Air France 006, confirmo, transpondedor 7700.

La voz, que denota una profunda perplejidad, repite:

—Air France, de Kennedy Approach, confirme el transpondedor 7700. Ha dicho Air France 006, ¿es correcto?

—Afirmativo, Air France 006, *mayday*. Confirmo transpondedor 7700, acabamos de atravesar una enorme nube de granizo, el parabrisas está fisurado, el radomo, probablemente abollado.

La comunicación se interrumpe durante un buen rato. Markle se vuelve hacia Favereaux, atónito. Ha transmitido tres veces el código transpondedor, y Kennedy sigue sin poder identificarlos. De pronto, la conexión se restablece. Nuevamente, una voz de mujer, pero menos cantarina que la de antes. Y también menos amable.

—Air France 006 *mayday*, de Kennedy Approach. Aquí Air Traffic Control, ¿cuál es el nombre del comandante de a bordo, por favor?

Markle se queda boquiabierto. Jamás en toda su carrera un controlador aéreo le ha pedido el nombre de un piloto.

—Air France 006 *mayday*, de Kennedy Approach. Repito: ¿qué oficial está al mando del aparato, por favor?

SOPHIA KLEFFMAN

Viernes, 25 de junio de 2021,
Howard Beach, estado de Nueva York

Liam encuentra a la rana *Betty* en la cocina, un sábado por la tarde, detrás del radiador que hay junto al fregadero, completamente seca. Translúcida y ligera como una pluma, parece una hoja de calco arrugada y vuelta a estirar para hacer una ranita de papel, con las ancas y las manos perfectamente recortadas. Liam le dice a su hermana pequeña Tu rana se murió, *Betty* se murió, el muchacho se la está pasando bomba, empieza a bailar con los brazos levantados, *Betty* se murió, *Betty* se murió, y Sophia rompe a llorar.

Hace tres semanas, *Betty* se escapó del vivario donde debía de estar aburriéndose de lo lindo, a pesar del estupendo musgo húmedo y de las relucientes plantas verdes y de los guijarros redondos y grises que Sophia había elegido para ella, por no hablar de la media cáscara de coco que le servía de piscina y, sobre todo, de las moscas negras recién capturadas que le daba de comer por la tarde al volver de la escuela. Sophia había puesto el vivario cerca de su cama, en una mesita, y cada noche se levantaba, se arrebujaba con la manta y le contaba en voz baja a la rana, que se mantenía inmóvil bajo las plantas, cómo le había ido en el día. Lo que Sophia pretendía era que *Betty* se sintiera segura, y también feliz, pero sobre todo segura, al abrigo de los depredadores, una palabra que aprendió hace poco y que le gusta mucho, quizá precisamente por su sonoridad inquietante. Pero, aun así, la rana se había escapado. Seguramente había ido de aquí para allá dando saltitos, buscando el calor y la humedad, hasta quedarse allí encallada, en el piso de abajo, contra el metal templado del radiador. Había pasado hambre y sed y su piel se había cuarteado como la tierra del jardín cuando no llueve durante días y, herida de muerte, se había convertido en un ectoplasma de rana.

Sophia no se atreve a tocarla, y Liam tampoco, por mucho que se haga el valiente y dé vueltas gritando alrededor del pequeño cadáver. La madre les dice Cálmense, niños, cálmense un poco, van a despertar a papá, pero el padre ya está bajando la escalera, lleva una camiseta puesta, ¿Se puede saber qué es este escándalo, April? ¿No puedes hacer que tus hijos mantengan la boca cerrada, al menos mientras estoy en casa? Además, ¿tú no tenías que ir de compras? El teniente Clark Kleffman ve a *Betty* completamente muerta y a su hija que no para de llorar, y bromea, Cielos, Sophia, ¿sabes qué parece tu rana? ¡Un raviol chino caducado!

Clark la agarra con dos dedos por una de las patas y la deja, indiferente, en un plato hondo.

Los Kleffman se resignan a enterrar a *Betty* y, aunque ignoren por completo qué religión profesa, April decide que es bautista, como ellos; al fin y al cabo, por mucho que no haya recibido el verdadero bautismo inmersivo de los creyentes, ha pasado la mayor parte de su vida dándose chapuzones en el agua. Sí, será lo más sencillo. La *born again frog* irá al paraíso de las ranas. Y lo más sencillo será también que Clark la tire al escusado.

Betty fue el regalo que le hicieron a Sophia cuando cumplió seis años. Gracias a ella, Sophia ha aprendido un montón de cosas sobre las ranas. Por ejemplo, que existen desde hace trescientos millones de años, que conocieron a los dinosaurios, que hay miles de especies distintas y que su existencia está amenazada por la atrazina, una sustancia química que tienen los insecticidas, ya que su piel es permeable, y sería una pena que desapareciesen, pues «son útiles porque se comen a los insectos». También ha aprendido que son anfibios, como las salamandras y los sapos. De hecho, *Betty* es en realidad un sapo, *Anaxyrus debilis*, y Sophia ha copiado aplicadamente su nombre en una tarjetita y la ha pegado en el vivario. Incluso es posible que sea un sapo macho, el vendedor no tenía ni idea, Mira, señorita —suspiró Andy, o al menos ese es el nombre que Sophia leyó en su credencial—, lo siento mucho, pero este sapo es más pequeño que mi pulgar y no puedo distinguir sus órganos reproductores, será mejor que le pongas un nombre que valga para ambos sexos, como *Morgan* o *Madison*; pero Sophia insiste en llamarlo *Betty*. *Betty* se oculta en su guarida o se refugia bajo las piedras cuando Sophia se acerca al vivario. El ruido de la aspiradora también la aterroriza. Y el de los aviones que despegan de LaGuardia y sobrevuelan Howard Beach. Le da todo tanto miedo que está siempre escondida. Será maricona, se ha burlado Clark. No digas esas cosas delante de Liam y Sophia, ha suspirado April.

Cuando Clark Kleffman se lleva a *Betty* en el plato sopero, Sophia exclama:

—*Betty* se ha movido, mamá. ¡*Betty* se ha movido!

—¿Cómo? Que no, Sophia, tu padre ha inclinado el plato, eso es todo.

—Que sí, que se ha movido. ¡Mira, el agua que había en el fondo la ha despertado! Mamá, mamá, ¡échale más agua, porfi!

April se encoge de hombros, toma un vaso, lo llena con agua del grifo y lo vacía sobre *Betty*. El batracio mueve una pata, luego la otra, y finalmente resucita, absorbiendo toda el agua como si fuese una esponja, agitándose en el plato e incluso recuperando, poco a poco, el color verdoso que tenía su piel.

—Es increíble —dice Clark Kleffman, estupefacto.

—Ha hecho como los axolotl durante la sequía, mamá, ¿no te acuerdas de que los vimos?, ha hecho lo mismo, se ha puesto en letargo y ha esperado la temporada de lluvias.

—Es increíble —repite Clark—. Nunca había visto nada igual, la rana esta del demonio estaba cien por ciento muerta y requetemuerta, y mírala ahora, chapoteando como una puta en celo. Es increíble.

—Clark, por favor, no digas palabrotas delante de los niños —suspira April.

—¡Estoy en mi casa, carajo, y hablo como me da la gana! ¿Yo qué soy para ustedes, eh? Una máquina que suelta el dinero y luego va a jugarse la piel a un país de imbéciles, ¿es eso? Estoy hasta los huevos, April, hasta los huevos, ¿me oyes?

April mira al suelo, Sophia y Liam permanecen inmóviles. La ira de Clark parece haber cristalizado el aire a su alrededor.

Clark aprieta los puños, se encierra en sí mismo, mejor eso que destrozarlo todo. Ha estado a punto de morir diez veces en Afganistán, carajo, y así es como se lo agradecen. Diez veces, se dice pronto. Todo el mundo se ha burlado siempre de ellos, solo valen para ser carne de cañón, no son hijos de políticos, como esos monigotes que se metían en la Guardia Nacional para librarse de ir a Vietnam. Sí, muy bien, el año pasado reemplazaron esos ataúdes con ruedas que son los Humvee por toda una flota de Oshkosh, unos vehículos imponentes con una pinta genial, unos *bad boys* supuestamente blindados contra las balas de 13 mm. Pero de ninguna manera, con las perforantes se quedan en simple cartón pintado de color arena.

Dos semanas antes de la resurrección de la rana *Betty*, en el trayecto que unía la base aérea de Bagram y Kabul, el Oshkosh recibió una ráfaga probablemente, a juzgar por el ruido, de Zastava, el rifle semiautomático más común en Siria. Una bala atravesó la ventanilla trasera izquierda, de vidrio indestructible, según decían, y terminó en el pecho de Thompson, que descubrió de golpe y porrazo por qué les gustan tanto los cuerpos a las balas y se puso a gritar como un condenado. Thompson era un mercenario de la empresa paramilitar Academi, un desgraciado más corto que mezquino que había perdido su trabajo de mierda en una filial de General Motors cuando la fábrica en la que trabajaba se había largado a un país donde otro desgraciado fabricaba las mismas bujías por treinta céntimos la hora. Lo único que Thompson quería era construirse un chalet en Montana, por lo que trabajaba de guardaespaldas para los ingenieros de Albemarle Corp., que llevaban cuatro meses controlando los yacimientos de litio sin dignarse a salir del Kabul Serena Hotel, cuatro meses intentando firmar los contratos de explotación antes que los chinos de Ganfeng Lithium. Pero, desgraciadamente para Thompson, el vehículo de apoyo de Academi había vuelto a Kabul sin él y había tenido que soltar doscientos dólares para poder subirse a un Oshkosh y aventarse dos horas de baches, escombros y chozas de chapa ondulada de un suburbio miserable devastado tras diez años de conflicto.

Mientras el sargento Jack se ocupaba de Thompson, que ponía los ojos en blanco y escupía sangre a borbotones, Clark se metía en la torreta giratoria y empezaba a ametrallar el lugar del que creía que habían llegado los disparos, gritando todos los insultos que conocía. Cientos de proyectiles impactaron en dos chozas de barro que había en un cerro pelado, dos pobres chozas que saltaron en pedazos por los aires.

El Oshkosh dio media vuelta a toda prisa hacia Bagram, donde la sala de operaciones los esperaba. La enfermería estaba a reventar: la víspera, uno de los auxiliares afganos, un tipo del servicio de limpieza, se había inmolado haciendo explotar su cinturón al grito de *Allahu akbar*, dejando dos muertos y diez heridos, porque al parecer unos soldados borrachos habían meado su docena de Budweisers sobre varios coranes.

Quizá la historia era cierta: en Guantánamo, sin ir más lejos, habían echado lonchas de jamón en las celdas. El patriotismo se alimenta siempre de la basura humana. De todos modos, no hizo falta encontrarle una camilla a Thompson, pues al llegar ya estaba muerto y había dejado el vehículo embadurnado de sangre. Y en ese caso, por mucha agua que le hubiesen echado encima, no habrían conseguido devolverle la vida. Así que, sintiéndolo mucho, a Clark le importa un comino si dice «maricona» o «puta en celo» delante de los niños, ya va siendo hora de que aprendan en qué mundo viven.

—Me tienen agotado con todas sus estupideces —dice

Clark—, vete de compras de una puta vez, April, y llévate al niño. Liam, basta ya de jugar con la maldita consola y ayuda a tu madre con las bolsas. Y tú, Sophia, ven conmigo, vamos a devolver la rana al vivario.

Sophia mira a su madre, que toma en silencio las llaves del coche y la mano de un Liam que protesta tímidamente, y acompaña al piso de arriba a su padre, que lleva en el plato a una *Betty* rediviva.

En el vivario también hay una pequeña Torre Eiffel, pegada a una piedra, porque cuatro meses antes, para celebrar su aniversario de boda, los Kleffman fueron a París, Francia. Alquilaron en Belleville un pequeño departamento con un solo dormitorio, y los niños durmieron en el sofá cama de la sala. Visitaron la catedral de Notre-Dame, el Arco de Triunfo, pasearon por Montmartre y los Campos Elíseos. Pero no contenta con todo ello, Sophia insistió en ir a ver a los «batracios». April cedió y la llevó al Jardin des Plantes, y fue allí donde su hija vio por primera vez un axolotl, ese animal extraordinario capaz de regenerar sus órganos, desde un ojo hasta una parte del cerebro.

Luego, Sophia, Liam y su madre regresaron directamente a Nueva York, en un vuelo regular tan agitado que los niños se pasaron la última media hora gritando. Clark no volvió con ellos, pues tenía una nueva misión que cumplir: de París debía viajar a Varsovia, y de Varsovia a Bagdad, a bordo de un C-17 cargado con dos carros de combate Abrams y una bomba de explosión masiva de aire, la «madre de todas las bombas», diez toneladas, diez metros, un monstruo. Clark estuvo fuera nueve semanas y, cuando regresó a Howard Beach, aún no había podido librarse del olor cálido y metálico de la sangre de Thompson.

La inteligencia de Sophia es el orgullo de April, y aun

así se avergüenza de sentir celos de su propia hija, de su vivacidad, de su curiosidad. A su edad, April estaba todo el día pegada a su madre, coloreando animales, sobre todo potros. Cuando decidió con sus hermanas que su madre ya no podía vivir sola, pues estaba perdiendo la cabeza, encontró en la casa cientos de aquellos dibujos. Era increíble: potros de color púrpura y potros de color índigo, potros verdes y potros naranjas, potros de todos los colores del arcoíris, pero siempre potros y nada más que potros. Lo había olvidado. En realidad, no recordaba nada de aquella época. Se había ido de casa de sus padres muy joven, para casarse con aquel hombrezote rubio y delicado, tan atento y detallista que le había escrito un hermoso poema en una hoja arrancada y se lo había dado en silencio, avergonzado de su propia audacia:

Swing the bells	Toquen las campanas
Play hide and seek,	Jueguen al pillapilla,
I kissed April on her cheek	He besado a April en la mejilla

Sí, por entonces Clark era cortés. Al no tener estudios, había trabajado como agente inmobiliario, luego como instructor de escuela de manejo, pero perdía los nervios con demasiada facilidad, ya fuese por culpa de una clienta dubitativa o de un conductor novato, y no había logrado conservar ningún empleo. El ejército le había ofrecido una salida, le había devuelto el orgullo perdido. A aquel muchacho de veintidós años, que aparentaba dieciocho, le habían rapado el pelo, le habían puesto una boina negra y, sobre todo, le habían dado una prima de quince mil dólares. Con el dinero y la garantía de un sueldo mensual, April había podido negociar un crédito y comprar en plena crisis inmobiliaria una casa regalada en Howard Beach, cuyos propietarios arruinados acababan de ser expulsados; al irse, cegados por la rabia, habían destrozado sin contemplaciones todo lo que habían podido, los lavabos, el fregadero, la cocina y hasta el tabique del cuarto. Cuando dentro de unos años, el glaciar Thwaites, ese enorme cubito de hielo de dos kilómetros de grosor y una superficie como la de Florida, decida desgajarse de la Antártida y empezar a fundirse, la casa tendrá los pies en el agua. Pero ni ella ni Clark podían imaginarse entonces que algo así llegaría a ocurrir, y lo habían restaurado todo. April, a pesar de su enorme barriga, se había encargado de repintar las paredes.

April tender, April shady,	Abril tierno, abril en vela,
O my sweet and cruel lady	Oh, dulce y cruel damisela
April blooming with pastel colours	Abril florido color pastel

Con el paso de los meses, Clark se mostraba cada vez más seguro, incluso autoritario. April no reconocía ya al chico amable que le escribía poemas. El entrenamiento lo había transformado, musculado, endurecido. Y cuando hacían el amor, el joven temeroso de hacer daño a su frágil cuerpo de mujer se había vuelto brutal y egoísta. Entonces empezó a tenerle miedo. Pero cuando Clark acabó su formación y aprobó el examen final, Liam ya había nacido y Sophia estaba en camino.

April caught in the icy storm,	April presa del granizo,
April soft, so sleepy warm	April dulce, tibio hechizo

Y varios años más tarde todavía, la April tierna, la April en vela había abierto al azar un libro en casa de su hermana y se había quedado con la boca abierta como una carpa varada en la orilla. Su poema, aquel hermoso poema escrito solo para ella, era «Fall for April», de un poeta inglés olvidado, y el pedazo de papel que Clark le había dado en su primera cita y que ella conservaba aún como una idiota, doblado en cuatro en la cartera, lo había estudiado en clase y copiado aplicadamente. Volvió a casa con los niños y se pasó la noche llorando de rabia y de tristeza, ante la última prueba de degradación de aquella imagen del pasado, de aquel recuerdo definitivamente pisoteado de un Clark sosteniendo en la mano, con adolescente torpeza, la página arrancada de un cuaderno.

April, I fall for you. April, estoy loco por ti.

Clark levanta la rejilla del vivario e inclina el plato, la rana cae, rebota en el musgo y se sumerge enseguida en la cáscara de coco que le hace de charca.

—Hay que dar de comer a *Betty*, papá. Debe de estar hambrienta.

—Déjala que descanse, cariño. Tú también vas a darte un baño y a jugar en la tina como *Betty*.

Sophia no dice nada. Oye cómo se cierra la puerta de la calle, los pasos de su madre y de Liam alejándose, los portazos del coche y el rugido del motor al arrancar. Clark abre el grifo de la tina, regula la temperatura del agua, echa sales de baño perfumadas, se descalza. Sophia no quiere meterse. Clark frunce el ceño.

—Date prisa, Sofi, ven, al agua, que no tenemos todo el tiempo del mundo como en París...

Llaman a la puerta y el padre se detiene. Vuelven a

llamar, Sophia oye el ruido de la cerradura, Clark suelta un bufido.

Una voz de mujer:

—¿Señor Kleffman? ¿Señora Kleffman? Soy la agente Chapman, del FBI.

—Espérame aquí, Sofi, voy a ver qué pasa. Métete en la tina, juega con la espuma y cierra el agua cuando esté por la mitad, ¿entendido?

Clark sale del baño y Sophia lo oye levantar la voz en el piso de abajo. Un hombre le responde con firmeza y luego otro más. La discusión continúa, hasta que llaman a la puerta del baño.

—¿Puedo entrar, Sophia? —pregunta la voz femenina.

—Sí, señora —responde la niña.

Entra una mujer y le sonríe, es negra y tiene el pelo liso y corto como mamá, piensa Sophia, aunque se ve menos cansada. La oficial del FBI se arrodilla, le acaricia la cara con dulzura, como una profesional: las neurociencias han demostrado que el tacto es un vector esencial para dar seguridad y tranquilidad a los niños.

La agente le alcanza una toalla.

—Hola, Sophia, mi nombre es Heather. Oficial Heather Chapman. Sécate rápido y vístete, que yo te espero afuera, ¿ok? ¿Sabes adónde fue tu madre?

—Fue de compras con Liam.

La mujer sale del baño y habla por el celular:

—Tengo a Sophia Kleffman conmigo. Averigüen dónde está April Kleffman, seguramente en el Macy's más cercano, conduce un Chevrolet Trax de color negro, tienen ahí el número de matrícula. Va con su hijo, Liam.

La niña ya está vestida, la mujer la espera en el rellano. Abajo han cesado los gritos, el padre ya no está en casa.

—Ven conmigo, Sophia —le dice la agente tendiéndole la mano—, vamos a buscar a tu madre y a tu hermano Liam para dar una vuelta en coche todos juntos.

—¿Y luego volveremos a casa? Porque hay que dar de comer a *Betty*.

—*¿Betty?*

—Es mi rana, señora. Pensábamos que estaba muerta, pero solo estaba seca. Como los axolotl.

La mujer ha sacado el celular, pero vuelve a guardarlo.

—No te preocupes por tu rana. Nos encargaremos de ella. Todo va a salir bien. Y llámame Heather, ¿entendido, Sophia?

—Sí, señora.

JOANNA

Viernes, 25 de junio de 2021,
Filadelfia

—Joanna —dice Sean Prior—, tu cerebro es una catedral gótica.

Joanna Wasserman le aguanta la mirada a Sean Prior y disimula su consternación. ¿De verdad? ¿Una catedral? ¿De estilo gótico? Gótico flamígero, por lo menos, piensa la abogada. ¿Y por qué no el Taj Mahal, las pirámides de Egipto o el Caesars Palace de Las Vegas? A pesar del desconcierto inicial, no tarda en encontrar una respuesta.

—Ya es algo más que un cerebro de hombre.

—¿Perdón?

—Simone de Beauvoir. Su padre no paraba de decirle que tenía «un cerebro de hombre».

El director ejecutivo de Valdeo suelta una risita cómplice, como si fuera amigo íntimo de Simone, de su padre y de su perro. Joanna se ríe para sus adentros. En el mejor de los casos, Prior tendrá una ligera idea de quién fue la dichosa Simone, pero el jefe de un gigante farmacéutico con un valor de treinta mil millones de dólares no puede permitirse la menor fisura. Una catedral gótica... Por el amor de Dios.

Joanna se ha trasladado a la sede de Valdeo en Filadelfia, junto con un joven abogado asociado que se encarga de seguir los casos e, incluso, de llevarlos. Hace siete años que la farmacéutica contrató los servicios de la firma Denton & Lovell, sobre todo para cuestiones fiscales y opas, pero Joanna trabaja en ella desde hace solo tres meses, los dos últimos con Prior como interlocutor directo. Ya en su primer encuentro, Prior le preguntó, con ese lento fraseo de Texas del que hace gala y esa sonrisa de gran carnívoro que no tiene depredadores:

—Dígame, señora letrada, ¿sabe usted por qué la elegí entre todas esas cabezas de chorlito de Denton & Lovell?

—Déjeme adivinarlo, señor Prior. Porque fui la primera de mi generación en Stanford, tal vez, porque soy una mujer joven, sin duda, y porque soy negra, probablemente. Y también porque gano todos los casos contra esos viejos blancos que estudiaron en Harvard con usted.

Prior soltó una carcajada.

—En efecto, señora letrada, y porque es la única que se atrevería a darme esa respuesta.

—Si yo lo acepté a usted como cliente, señor Prior, fue precisamente porque es capaz de aguantar mis impertinencias.

Como Prior no habría tolerado de ninguna manera no decir la última palabra, añadió:

—Que yo sepa, de todos modos, yo me gradué en Carnegie Mellon.

Partido empatado. Desde aquel primer encuentro, Joanna Wasserman y Sean Prior se comportan como si fueran los mejores amigos sobre la faz de la Tierra. Se tratan de igual a igual. Prior hace alarde de ello, es *su* momento de diversidad social y racial, por relativa que sea, y el multimillonario heredero se enorgullece, y hasta disfruta, de poder discutir sin el más mínimo aire de superioridad con una negrita superdotada de Houston, una becaria merecedora de la *affirmative action*, hija de un electricista y una costurera, según dicen los informes que ha pedido sobre ella.

En sus conversaciones, a pesar de todo lo que los separa —treinta y tres años, dos mil millones de dólares en *stock options* y una dentadura postiza resplandeciente—, ambos abusan de sus nombres de pila, lo cual barniza sus charlas con una exquisita pátina de hipocresía venenosa. Como un burgués que se declara amigo de su jardinero, Prior parece creer en esa amistad ficticia, pero Joanna no es ninguna ingenua. Adivina en el rictus de Prior ese algo indescriptible del Sur del que no puede desprenderse, esas señales y esos matices simbólicos que impregnan todas las relaciones sociales, reconoce esa actitud espontánea que autoriza a una rica mujer blanca recién salida de la peluquería a ofrecer a su conductor negro la más exultante de las sonrisas, una aplastante sonrisa de afecto que refleja la certidumbre manifiesta de la inferioridad natural de ese nieto de esclavos, una sonrisa tóxica que no ha cambiado ni un ápice desde *Lo que el viento se llevó* y que Joanna vio dibujarse, durante toda su infancia, en las caras empolvadas de las clientas blancas de su madre costurera.

Un día —el siglo xx llegaba a su fin—, al salir del colegio, mientras la pequeña Joanna esperaba el autobús escolar, una limusina negra se detuvo a su lado, se bajó el vidrio tintado de la ventanilla trasera y una amiga de clase la invitó a subir, con una sonrisa que mostraba las ganas sinceras de pasar unos minutos más con ella.

—Vamos, Joanna —insistió la madre—, súbete, que daremos un pequeño rodeo para dejarte en casa, no es ninguna molestia.

«No es ninguna molestia.» Joanna lo entendió a la primera: la madre, contrariada, había cedido ante la insistencia de la hija. Y se subió al asiento de atrás de la enorme berlina alemana para sentarse junto a su amiga. La mujer, al volante, quiso mostrarse educada y le hizo conversación:

—Entonces, Joanna, ¿tú qué quieres ser de grande? Supongo que no querrás ser costurera como tu madre, ¿verdad?

Joanna no respondió. Al llegar a casa, se lanzó a los brazos de su madre, con los ojos anegados, y la abrazó muy fuerte antes de sacar sus cuadernos escolares. Una frase arrogante acababa de fabricar a la más agradecida de las hijas y a la más aplicada de las estudiantes.

Veinte años después, Joanna sabe de dónde viene y adónde va. Y sobre todo sabe que en el caso del heptaclorán, donde muchas de las afectadas son mujeres, y casi todas de color, una abogada negra tan combativa como ella puede desestabilizar la partida y contener la agresividad de la otra parte. Eso es al menos lo que espera Prior. Joanna se dio cuenta de que la quería a cualquier precio cuando fue contratada por D & L a pesar de sus elevadas pretensiones salariales, que había creído disuasorias. De buenas a primeras le atribuyeron un solo cliente: Valdeo. Es más, el bufete de abogados, en un hecho sin precedentes, la ascendió directamente al rango de *partner*.

Los amplios ventanales del despacho de Prior, en el último piso de un rascacielos de los años treinta, dan al río Delaware. Cuando tiene visita, Prior no puede resistir la tentación de recorrer a grandes zancadas la estancia, con ademanes de propietario satisfecho, y fingir que se queda absorto en la contemplación del río, con los brazos cruzados y el mentón alzado a lo Mussolini. Una y otra vez, la abogada le concede esos largos segundos de pose supuestamente meditabunda, sobre todo teniendo en cuenta que el bufete siempre envía a dos personas y que cada minuto que pasa aumenta cien dólares la factura. Un día, Joanna le comentó algo al respecto. Prior rescató de su memoria una frase deliciosamente cínica: si el dinero no estuviese tan sobrevalorado, valdría menos... La frase no es suya, pero a Prior le encantan las citas. En un mundo de burócratas donde el menor atisbo de cultura libresca resulta incongruente, Prior ha hecho de ella un poderoso instrumento simbólico de dominación. Y cuando se dibujó en el horizonte la amenaza de un proceso penal por culpa del heptaclorán, un insecticida que se lanzó al mercado sin haber validado todos los ensayos, y el consejo de administración mostró signos de ansiedad, Prior pulverizó el principio de precaución con maestría: «Queridos colegas, no puedo dejar de pensar en ese hermoso poema de Ralph Waldo Emerson que termina así: "No vayan a donde el camino los lleve. Vayan a donde aún no haya camino y dejen una nueva huella". Si obramos así, conseguiremos dejar esa huella en la lucha eterna para alimentar a la humanidad».

El heptaclorán... Si Joanna está en el despacho de Prior es por culpa de esa molécula activa que impide que ciertos insectos superen el estado larvario. Valdeo consiguió sintetizarla en la primera década del siglo, la patente pasó entonces a ser de dominio público y otras firmas empezaron a producirla. Pero ahora resulta que es altamente cancerígena, incluso en pequeñas dosis, y que actúa como un disruptor endocrino. Y tras la *class action* promovida por el bufete Austin Baker, Valdeo corre el riesgo de tener que desembolsar cientos de millones.

—Hablemos del asunto, Sean, si te parece. A estas alturas son ya sesenta y cinco los enfermos que han acusado a Valdeo de imprecaución; la cosa puede salirnos muy cara.

Joanna adora el término *imprecaución*, un neologismo que supone ausencia de intencionalidad. Y tampoco le desagrada esa primera persona del plural que demuestra que su firma hace equipo con los intereses de su cliente. Joanna continúa:

—Dime, Sean: ¿existe alguna probabilidad de que Austin Baker presente pruebas de que Valdeo conocía la peligrosidad de esa molécula y se lo ocultó a quienes la manipulaban?

—No se me ocurre ninguna.

—Si durante el juicio te hacen esa pregunta, responde cualquier cosa menos «No se me ocurre ninguna». Es cierto que, tal como yo la he formulado, resulta tendenciosa y protestaría de inmediato. Pero lo primero que tienes que dejar claro es que la molécula es inofensiva.

—Evidentemente que lo es. Nuestros ensayos terapéuticos de aquellos años contradicen los estudios independientes que ahora esgrime Austin Baker.

—Perfecto. Insiste en ello. Serán sus expertos contra los nuestros, Sean. El principal escollo es ese antiguo ingeniero suyo, Francis Goldhagen. Según afirma, Valdeo habría optado por descartar los análisis que demostraban el carácter nocivo del heptaclorán.

—Teníamos serias reservas sobre el protocolo de actuación, por eso descartamos sus conclusiones. Además, estuvimos investigando, y su vida privada demuestra que es muy capaz de mentir, por lo menos a su mujer.

La abogada suspira. Ganar el juicio con semejantes métodos podría dañar a mediano plazo la imagen de su bufete. Pero perderlo tampoco es la mejor opción a corto plazo.

—No me gustaría tener que desacreditarlo de esa manera. Valdeo no saldría muy airosa, y la justicia tampoco.

—Mira, Joanna, la justicia es como el amor materno, todo el mundo quiere a su madre mientras no se demuestre lo contrario... Y hablando de la familia, ¿qué tal está tu hermana?

Lo sabe, la abogada se da cuenta en el acto de que lo sabe. Está clarísimo. Prior se ha informado bien, conoce todas sus fisuras y sabe que en febrero a su hermana pequeña le diagnosticaron una colangitis esclerosante primaria. También sabe que una joven estudiante como Ellen tendría un seguro médico elemental y que debió de llevarse un susto enorme al descubrir que no cubría enfermedades raras como la CEP. Prior sospecha que fue por Ellen por lo que Joanna aceptó ese puesto tan bien remunerado en Denton & Lovell. Sin el trasplante de hígado, que costó doscientos mil dólares, Ellen ya estaría muerta, y a partir de ahora habrá que pagar por lo menos cien mil más todos los años, cien mil dólares para que sobreviva (¿cuánto?, ¿diez años?, ¿quince, a lo sumo?), con la esperanza de que su frágil cuerpo le gane la batalla a la colangitis, de que aguante hasta que se descubra un tratamiento. Pero Prior se equivoca. El sueldo ha tenido que ver, lógicamente, pero Joanna siempre había deseado alcanzar esa posición culminante, llegar a la cima de ese montículo de dinero desde la que contemplar la dimensión de su revancha.

El director ejecutivo continúa, con una voz grave en la que intenta poner toda la compunción de que es capaz:

—Es terrible eso por lo que está pasando. Créeme que lo siento en el alma.

—Te lo agradezco... de corazón.

—Si tu hermana necesita cualquier cosa, Joanna, nadie mejor que nosotros para ayudarla. Análisis, medicamentos, tratamientos innovadores, lo que haga falta.

—Gracias, Sean. De momento hay que ver si el trasplante de hígado funciona. Pero tomo nota de tu ofrecimiento. Y ahora volvamos, si no te importa, a la *class action* contra el heptaclorán. Voy a pedirle a mi colega Spencer, aquí presente, que haga el favor de resumir nuestra línea de defensa.

En cuanto el joven abogado acaba su exposición, Sean indica con un simple gesto de la barbilla que acepta la estrategia de defensa de Denton & Lovell. Les estrecha la mano y da por terminada la reunión. Pero cuando Joanna se dispone a abandonar el despacho, Prior la retiene.

—Me gustaría proponerte algo, Joanna. Que te unas a nuestra reunión del Dolder Club mañana por la noche. Tómatelo como una oportunidad. Sabes lo que es el Dolder, ¿verdad?

Joanna asiente con la cabeza. Lo sabe perfectamente. Un club muy selecto, más confidencial aún que el Bilderberg, su modelo. Pero mientras que el Bilderberg reúne cada año a puerta cerrada a un centenar de personalidades del mundo de los negocios y de la política, el Dolder lo conforman tan solo una veintena de jefazos, la élite de la *big pharma*: desde hace cincuenta años nadie sabe cuándo se celebran las reuniones, ni lo que ocurre en ellas. Es posible que se negocie el precio de los medicamentos, que se cierren pequeños tratos entre amigos, que se decidan determinadas estrategias a largo plazo. Los teóricos de la conspiración hacen sus apuestas. Prior sonríe.

—Te presentaré como mi asesora personal, que es lo que eres en realidad. La reunión anual se celebra este año en Estados Unidos y es en mí, un americano, en quien recae el honor de pronunciar el discurso inaugural. Seguro que el tema te interesa: «El fin de la muerte». El mismísimo Julius Braun, candidato al Premio Nobel, presentará sus trabajos sobre la filogenia del embrión, luego habrá otras dos intervenciones, te aseguro que lo que digan no va a dejarte indiferente. Siento haberte avisado tan tarde, pero ya sabes lo paranoica que es la gente del mundillo. La reunión tendrá lugar en Manhattan, en el salón Van Gogh del Surrey, en el Upper East Side. ¿Crees que podrías estar allí hacia las ocho?

Joanna busca la manera de decirle Oh, Sean, es todo un honor, pero me lo has dicho tan tarde que no sé si voy a... Entonces, instintivamente, se lleva la mano a la barriga en un gesto protector, primitivo. Porque hay algo que Prior no sabe: que su asistenta personal está embarazada.

Se enteró hace exactamente siete semanas: entre los sashimis ingeridos a toda prisa y la reunión de *partners*, Joanna se hizo la prueba en los baños de Denton & Lovell. Y cuando las dos rayas granates aparecieron en la pantallita, sintió en el pecho una explosión de júbilo.

El hombre del que Joanna está enamorada es un ilustrador de prensa. A finales de octubre del año pasado, un líder neonazi lo llevó a juicio por uno de sus dibujos, que consideraba ofensivo, y ella representó a su periódico en el proceso y ganó por goleada. «Keller vs. Wasserman» dictó jurisprudencia: el hecho de escribir, ya sea en un dibujo satírico o en cualquier otra parte, que un supremacista blanco está justito de materia gris no puede ser considerado una ofensa, sino una opinión, por no decir un diagnóstico. Fue así de sencillo. Aquella misma noche, Aby Wasserman la invitó a cenar en el Tomba's, un restaurante demasiado caro para él, y al terminar la cena, rindiéndose a la evidencia, le preguntó con indisimulable balbuceo qué planes tenía para los siglos venideros. Se abstuvo de añadir que estaba hecho para amarla y seguirla a donde fuera, por mucho que lo pensara. Pero ni falta que hacía. Le ofreció una pluma estilográfica, Ten, Joanna, es una Waterman, que se escribe casi como mi apellido, que es de origen alemán y que, bueno..., me gustaría que tú también llevaras, aunque tampoco me importaría llevar yo el tuyo, me entiendes. Joanna tomó la pluma, le quitó la tapa y en el mantel de algodón blanco escribió, simplemente, Joanna Woods-Wasserman, intentando no ponerse demasiado lacrimógena. El dueño del restaurante les dio permiso para llevarse el mantel.

Enseguida habían querido tener un hijo y habían hecho lo necesario para lograrlo, muy a menudo, durante mucho tiempo y en un montón de sitios. El médico dictaminó que fue tras regresar Joanna de Europa, a principios de marzo, en aquel vuelo abominable donde decidió que, si sobrevivía, se casaría con Aby, y antes de que se celebrara la boda a principios de abril, cuando sus respectivos gametos se conocieron y decidieron fusionarse *ipso facto*. Nunca le estarán suficientemente agradecidos al supremacismo blanco. ¿Sabes qué?, sugirió el judío Aby, diminutivo de Abraham, Si es niño, lo llamaremos Adolf. Como segundo nombre, concedió Joanna entre risas. Y, de pronto, se sintió culpable de ser tan feliz cuando su hermana se disponía a vivir una lenta agonía. Pero una felicidad de unos pocos gramos crecía en ella y lo invadía todo.

Prior insiste.

—¿Joanna? ¿Qué me dices entonces de lo del Dolder?

¿Mañana por la noche? Complicado: tenía previsto celebrar con sus padres que está a punto de entrar en el tercer mes de embarazo. Pero, por otro lado, conocer al diablo y danzar con él también tiene su punto.

A la abogada no le da tiempo de tomar una decisión, pues el imponente teléfono negro que hay en la mesa de Prior, una antigüedad de baquelita, empieza a sonar. El director ejecutivo descuelga de inmediato y suelta un bufido, visiblemente irritado:

—Había dicho que no me molestaran... Ah, de acuerdo... Ahora mismo se lo digo.

Prior se vuelve hacia Joanna, con una sonrisa intrigada.

—Esto va a sorprenderte, Joanna, pero detrás de esa puerta hay alguien esperándote. Dos oficiales del FBI. En cualquier caso, cuento contigo para lo de mañana, siempre y cuando ya te hayan soltado, claro.

EL FENÓMENO MIESEL

El 22 de abril, día en que Victor Miesel cae por el balcón, es jueves.

A Clémence Balmer le han retrasado una comida en el Rostand y está a punto de salir a dar una vuelta por el vecino Parc du Luxembourg cuando el correo de Miesel aparece en su computadora. Clémence adora a Victor: es un escritor con talento, que puede dar la impresión de improvisar, pero que sabe muy bien lo que hace. Sus libros están siempre muy elaborados, a la vez frescos y bien escritos, distintos los unos de los otros, es de esos autores que hacen disfrutar a Balmer de su oficio. La gloria es esquiva, ya se sabe, pero quizá algún día le llegue el reconocimiento del gran público... Nadie está a salvo del éxito. De todos modos, a Miesel le tiene sin cuidado. Su última novela, *Fracasos malogrados*, estuvo entre los primeros finalistas del Médicis, el Goncourt y el Renaudot, para caerse a los quince días en segunda ronda: Balmer lo llamó para animarlo, entre molesta y apenada, pero a los pocos segundos ya era él quien la estaba consolando a ella y preguntándole si estaba libre al día siguiente, pues tenía dos invitaciones para ir al teatro del Odéon. Definitivamente, la gloria le resbala, como el agua en las plumas de un pato.

Clémence transfiere el documento adjunto a su e-reader, por puro reflejo profesional. Pero enseguida, algo intrigada por el título, *La anomalía* —más seco, más tajante que cualquiera de sus títulos anteriores—, así como por el hecho de que ningún mensaje acompañe al envío del texto, lo abre y se queda estupefacta.

Clémence Balmer lee deprisa, es su trabajo, y una hora después ya lo ha terminado. *La anomalía* no se parece a nada de lo que Victor haya escrito hasta entonces. No es una novela, tampoco una confesión, mucho menos una sucesión de frases brillantes o de reflexiones deslumbrantes sin mayor conexión entre sí. Es un libro extraño, de ritmo obsesivo, de esos que te enganchan y no te sueltan, en el que Balmer reconoce entre líneas todas las influencias que han marcado a Miesel, de Jankélévitch a Camus, Goncharov y tantos otros. Un texto oscuro, sin distancia, donde incluso la ironía resulta dolorosa: «Dios, cuánta estupidez rezuma el espíritu religioso. Toda certeza aniquila la inteligencia. Cuando convierte la muerte en una desventura más, el creyente pierde la razón. Al hacer de mí un autodidacta de la vida, la duda me ha hecho disfrutar de cada instante. Jamás he sentido ningún tipo de emoción mística, ni siquiera al contemplar el glorioso centelleo de una nube. Incluso cuando estoy a punto de morir ahogado, intento mantenerme a flote, no me pongo a rezarle a Arquímedes. En este instante en que me hundo, mis ojos se abren a un abismo donde ningún teorema podrá salvarme».

Presa de una súbita inquietud, Clémence Balmer decide llamar a Miesel. Primero al celular, luego al fijo. Es la policía quien descuelga. Al conocer la noticia, Balmer se siente abatida, desolada. Responde a las preguntas del oficial, mientras la invade una tristeza profunda y una rabia inconcreta. ¿Cuándo fue la última vez que vio a Victor?

Cenaron en el Lipp a principios de marzo, para celebrar aquel premio de traducción, él tomó su eterna *andouillette* y ella su ensalada parisina, lo regaron con un Pic-Saint-Loup y ella no sospechó nada, absolutamente nada, no detectó el menor indicio en ninguna de las frases que pronunció su amigo. Balmer relee *La anomalía* a la luz del desastre que se avecinaba. Solo entonces se da cuenta de que el texto está firmado por Victør Miesel, con esa ø que no es sino el símbolo del conjunto vacío. Una coquetería trágica.

Balmer intenta contactar con alguien de su entorno. Miesel ya no tenía padres, no tiene hermanos ni hermanas. Al final llama a Aliana Leskov, una joven profesora de ruso en el Instituto Nacional de Lenguas y Civilizaciones Orientales, hija de un sobrino nieto de Nikolái Leskov y expareja del traductor de este, que no es otro que el propio Victor Miesel, a quien Aliana dejó tras un año de tempestuosa relación. «*Bozhe moy!*», «¡Qué horror!», «¿Cómo es posible?», no para de repetir la joven profesora, antes de despedirse precipitadamente. Clémence piensa en una frase que acaba de leer en el texto de Miesel: «Nadie vive lo suficiente para saber hasta qué punto es cierto que nadie se preocupa por nadie».

La editora se encarga de todo, de llamar a los amigos, de organizar el funeral, evidentemente laico, y de mandar la esquela a *Le Monde*:

La editorial Oranger,
Clémence Balmer y todo su equipo,
lamentan la pérdida
de Victor Miesel,
escritor, poeta, traductor
y amigo

Luego redacta un extenso comunicado para la agencia de noticias France-Presse, donde se hace eco de sus traducciones más relevantes y de sus libros mejor valorados por la crítica. Añade que próximamente verá la luz un manuscrito excepcional, en el que Victor Miesel estuvo trabajando hasta momentos antes de su muerte. Incluye tres fragmentos de *La anomalía* y, aunque ella nunca bebe, se sirve un dedo de whisky, que saborea lentamente, un *single malt* escocés al que Victor era muy aficionado.

Al día siguiente, de buena mañana, Balmer lee ante el «consejo editorial» —por decirlo irónicamente, pues está todo el equipo, incluidos los dos becarios— el inicio del texto, sin que le tiemble la voz. Los dos directores de la colección lo aprueban, el director comercial insiste en sacar el libro cuanto antes, sin atreverse a mencionar la evidencia necrófila: a la crítica y a los lectores les va a entusiasmar la historia del libro entregado justo antes de dar el salto. Le viene a la cabeza un ejemplo de hace trece años, sin que consiga recordar el nombre del autor. ¿Y no podríamos modificar el título para que evoque el trágico final?, sugiere el responsable de ventas. No, no podemos, responde secamente Clémence Balmer. ¿Y hacer alguna referencia en la faja, o en la sobrecubierta? Tampoco. Por lo menos pongamos Victor y no Victør, para facilitar la indexación en las bases de datos, esa grafía es muy poco práctica, ¿no? No.

Corrigen el libro durante el fin de semana, lo maquetan el lunes, envían acto seguido a la prensa las fotocopias de las primeras pruebas, el texto le llega al impresor a final de semana y la imprenta se pone en marcha el mismo día en que incineran a Victor Miesel en el crematorio del Père-Lachaise. Aún no han esparcido sus cenizas cuando el distribuidor recibe el libro. Todo un récord: no se recordaba nada igual desde la biografía de Lady Di. El primer miércoles de mayo, *La anomalía* está en todas las mesas de novedades. Balmer ha optado por una tirada de diez mil ejemplares, apostando fuerte por el libro, con una faja azul donde puede leerse, simplemente: MIESEL.

El éxito es inmediato. La sección de cultura de *Libération* le dedica la doble página que había prometido, *Le Monde des livres*, que hasta ahora no le había hecho ni caso, se redime con una necrológica aduladora donde dice que «hay que felicitar a la editorial Oranger por haber tenido el acierto de publicar a Miesel», *La Grande Librairie* recupera todos los videos que encuentra de Victor para emitir un programa especial, France Culture le dedica tres emisiones: el fenómeno Miesel no ha hecho más que empezar. Clémence manda reimprimir urgentemente *Fracasos malogrados* e incluso *Las montañas vendrán a nosotros*, una novela que salió hace cinco años y cuyos últimos ejemplares estaban a punto de ser guillotinados.

Enseguida se organizan diversos actos para hablar del libro y la propia Balmer acepta participar en algunos de ellos. Actores y actrices leen pasajes en librerías, se celebra una «Noche Miesel» en la Casa de la Poesía de París, donde un famoso actor de voz grave y hermosa, que se declara «conmocionado» por *La anomalía*, lee ante una sala abarrotada el texto íntegro, en cuatro horas. Aliana está entre los asistentes, llorando a lágrima viva. Salir en mayo no es lo ideal para luchar por los principales premios de la *rentrée* literaria, pero Miesel es —como se rumorea ya entre los miembros de los distintos jurados— «inexorable». La palabra *Médicis* empieza a sonar con fuerza.

Aún no ha terminado el mes de mayo cuando se funda la Sociedad de Amigos de Victør Miesel, un grupo heterogéneo de camaradas y admiradores donde salta a la vista que no todos lo han conocido y ni siquiera leído. Victør Miesel tiene ahora una plétora de «amigos íntimos», desde un tal señor T., un dandi con voz de pito e inseparable chamarra negra entallada, hasta un tal Salerno —¿Silvio, Livio?—, ese «viejo amigo» del que Clémence Balmer nunca había oído hablar. La sociedad no tarda en rebautizarse como la Avimi, y poco después como «los Anomalistas». Aliana forma parte de ella, y en un fabuloso alarde de reescritura de su poco memorable historia de amor, mademoiselle Leskov adquiere poco a poco el trágico y digno estatus de viuda oficial.

Clémence Balmer asiste a todo este fenómeno desde la distancia y con un vago sentimiento de fastidio. Que te llegue el éxito a los cincuenta es como que te traigan la cátsup con el postre. El reconocimiento póstumo de Miesel consterna a la amiga más aún que su injusta invisibilidad afligía a la editora. ¿Cómo lo escribió Victor? «Toda gloria no es más que una impostura, quizá con la única excepción de la gloria deportiva. Pero sospecho que, en el fondo, todos los que afirman despreciarla están furiosos por haber tenido que renunciar a ella.»

SLIMBOY

Viernes, 25 de junio de 2021,
Eko Atlantic, Lagos, Nigeria

El cónsul de Italia en Lagos tropieza a cada paso que da camino de los canapés. No le sientan bien ni Nigeria ni el alcohol. Ugo Darchini se tambalea y, cuando vierte un poco de champán sobre el exótico parqué del desproporcionado salón de fiestas del Eko Atlantic Hotel, pide disculpas con voz ronca y embriagada.

Darchini se acerca a la cónsul de Francia, que está junto al bufé, como un náufrago a un salvavidas. Su vestido amarillo limón lo tiene hipnotizado, con esas espirales doradas que le recuerdan a la *gidouille* del padre Ubú. Desde que en las recepciones nigerianas los dashikis multicolores y las tradicionales agbadas yorubas han sustituido a los modelos Versace y a los esmóquines Armani, hay que echarle muchas ganas para no pasar desapercibido. Los tres nigerianos que hablaban con la cónsul francesa se alejan en cuanto ven acercarse al italiano, como si fuese un apestado. La mirada del cónsul queda atrapada entre los pliegues del vestido amarillo y siente un ligero mareo.

—*Buona sera*, Hélène. Magnífico atuendo tapafísi... patafísico. Lo siento, y eso que solo he tomado dos copas.

—Buenas noches, Ugo, justamente me preguntaba qué habría sido de usted. Pensaba que habría vuelto a Italia, después de lo ocurrido. Tengo entendido que su hija ha regresado a Siena con su madre.

Ugo Darchini fuerza una sonrisa, pero no, Hélène Charrier no puede entenderlo, no puede figurarse lo que ha sido negociar durante días y días el rescate de su hija de catorce años con unos secuestradores puestos hasta las chanclas de anfetaminas, sin atreverse a imaginar lo que Renata estaría viviendo, temiendo que uno de esos chiflados le cortara un dedo o una oreja para forzarlo a pagar cuanto antes los setenta mil dólares. Le confió el dinero a un «asesor de seguridad», un tipo llamado Taiwo que no le inspiraba ninguna confianza, pero que le había recomendado el subdirector de exploraciones petroleras del ENI, quien había recurrido a él como intermediario dos años antes, tras el secuestro de su propio hijo. El intercambio con los *area boys* se había hecho con kaláshnikovs en bandolera por ambas partes, en un callejón de Apapa cercano a las dársenas, frente a una iglesia evangélica donde parpadeaba un rótulo con el lema «*Pray as you go*». En aquella ocasión el precio había sido de cincuenta mil dólares. Todo sube.

Y eso que todo el mundo, desde el embajador en Abuya hasta la recepcionista del consulado, le había dicho, Señor cónsul, tenga mucho cuidado con su hija cuando vaya al colegio internacional, aquí la gente malvive con un dólar al día, así que los secuestros son un *business* como cualquier otro, o mejor que cualquier otro. Pero Lagos era un paso obligado si quería que lo destinaran a Atenas en uno o dos años. Maria había insistido en acompañarlo, para que Renata conociera África. Un día, un solo día, había consentido a su hija salir sin escolta armada fuera del recinto vigilado de su casa. Un solo día.

—Han hecho bien volviendo a Italia —suspira la cónsul de Francia—, porque puedo asegurarle que Lagos está cada vez peor. La electricidad dura treinta minutos, se corta de golpe y no vuelve hasta varias horas después. No sé cómo la gente consigue conservar los alimentos sin refrigerador. Si no fuese por los grupos electrógenos, en el consulado no podríamos trabajar, y sin depósito no tendríamos agua. Y así todo, Ugo. *Tutto*.

Sí, así todo. Y Ugo lo sabe. La primera visión que tuvo de Lagos, desde la ventanilla del avión, a través de la nube negra provocada por la polución, fueron los kilómetros cuadrados de barracas pegadas las unas a las otras, los millones de techos de chapa oxidada, una inmensa cuadrícula anárquica, y luego ese continuo embotellamiento amarillo y negro, como un mastodóntico escarabajo de la fregada, formado por esos miles y miles de peligrosos minibuses que las autoridades pretenden prohibir en vano. Y cada verano, cuando llegan las lluvias torrenciales y las calles se convierten en una marisma pestilente, Lagos hace honor a su nombre. La ciudad lleva tantos años abandonada a su suerte y el nivel de corrupción es tal que las empresas extranjeras se niegan a firmar contratos con el ayuntamiento. Incluso el Estado se ha dado por vencido y en los últimos cinco años ningún presidente nigeriano ha puesto los pies en Lagos.

Ugo oye historias trágicas todos los días. La historia de esa adolescente que, para acceder a la única fuente de agua potable, tiene que atravesar la autopista, la atropellan y diez coches le pasan por encima sin detenerse. La historia de ese hombre que sufre un ataque epiléptico, cae al suelo —fue ayer mismo, se lo contó Naruma, su cocinera, que lo vio con sus propios ojos— y los que pasan por su lado ni se inmutan, a pesar de los espasmos y de la espuma que le sale por la boca, tal vez ya esté muerto y no se hayan dado cuenta. O la historia de ese viejito de Oshodi, un barrio de chozas, que se lanza a los pies de un bulldozer para salvar tres prendas de ropa, sin que la máquina haga el más mínimo gesto por detenerse.

Si te crees fuerte, ven a Lagos y verás.

La cónsul francesa deja su copa y llama a una joven mujer negra, alta y de generosas curvas, vestida con un dashiki púrpura, que se acerca y la besa efusivamente.

—¡Ah, Hélène! Estoy buscando a la directora de la Fashion Week de Lagos, no sé dónde se habrá metido...

—Swahila, déjame que te presente a Ugo Darchini, mi homólogo italiano. Swahila Odiaka es nuestra agregada cultural en Lagos desde hace un año.

La mujer sonríe y estrecha la mano más bien fofa que le tiende el cónsul. De pronto, la entrada del salón se llena de flashes y de gritos.

—¡Oh, es Slimboy! —exclama la agregada cultural—. Va a dar un concierto dentro de dos horas en Victoria Island. Supongo que conoces a Slimboy, Hélène.

Pues no, Hélène no lo conoce. La agregada cultural canta entre risas:

—*«Money not worth it worth it worth it...»* Pero bueno, Hélène, ¿tú no miras videos en YouTube o qué? Aquí ya era bastante conocido hace tres o cuatro meses, pero lo ha reventado con *Yaba Girls*, superando los mil millones de visitas en pocas semanas. Todo un éxito mediático, como aquel coreano de hace diez años, ¿sabes quién te digo? Por favor... ¡Slimboy! Espero que al menos el señor cónsul de Italia sepa de quién estoy hablando...

Ugo se excusa, educadamente:

—Lo siento, agregada, pero tampoco he oído hablar nunca de él. Yo soy más de Verdi, de Puccini; si me apura, de Paolo Conte.

Esta vez es Swahila quien —pequeña venganza— hace un gesto de no saber de quién le habla.

—*Yaba Girls* es rollo hip-hop R&B, o más bien afropop. Un homenaje a su madre, que tenía una tienda de ropa en Yaba, en el *fashion district*.

Swahila les hace un gesto para que la sigan.

—Anda, vamos a verlo. Está a punto de dar una conferencia de prensa. El ministerio ayudó a financiar un concierto que dio en París en marzo.

Los dos cónsules siguen a la agregada cultural, que, visiblemente emocionada, se abre paso entre una muchedumbre cada vez más compacta hacia donde se encuentran el músico y su pareja, bajo los gritos histéricos de los fans y los paparazzi.

—¡Slimboy! ¡Slimboy! ¡Besa a Suomi para la foto!

El emperador del pop africano obedece a los fotógrafos y besa bajo los flashes a la joven actriz, poniéndose de rodillas, pues todo lo que él tiene de alto lo tiene su nueva novia de bajita. Posan así durante un buen rato, con docilidad y complacencia. Tal vez sea eso la felicidad.

Femi Ahmed Kaduna, alias Slimboy, no acaba de dar crédito a lo que le está pasando. Hace apenas tres meses su fama se limitaba al Little Lagos que es Peckham, al sur de Londres y, a lo sumo, al barrio de Westchase en las afueras de Houston, y por muchas versiones que hiciera de canciones de culto de Fela Kuti, ni el concierto de París, ni el de Nueva York justo después, habían sido grandes éxitos.

Fue durante la última hora del vuelo París-Nueva York,

tras haber creído que era el fin de sus días y gastado una buena provisión de bolsas para vómitos, cuando Slimboy tuvo la idea de *Yaba Girls*. Una canción que hablaría con sencillez de su afecto por el barrio de su infancia, de las chicas «de aguja y tijera», una canción de agradecimiento del pequeño Femi a su madre, que vendía collares en el mercado, que rezaba todos los días por él y que acababa de morir, una canción tierna, extraña y melodiosa.

Y en el vuelo de regreso a Lagos decidió que, por una vez, el videoclip no mostraría grandes cilindradas, ni fuerabordas, ni aparecerían chicas estupendas bailando en la playa medio desnudas o contoneándose con él en la cama de una mansión de lujo, ni exhibiría cadenas de oro, ni contaría dólares con la mejor de sus sonrisas. No, eso lo hacía todo el mundo, y él tenía ganas de hacer otra cosa, de mostrar la dignidad de la gente común, de las trabajadoras cansadas, de las dependientas, de las modistas, de las planchadoras en plena faena, que no dejan de reír y de bailar aunque estén a cuarenta y cinco grados a la sombra, cubiertas solamente con finas prendas de tela wax holandesa, como manchas multicolores. Y él, Slimboy, iría vestido de blanco por las calles sucias, cantaría en inglés y en yoruba, saludando a unas y a otras, respetuoso y humilde, en homenaje al niño que fue durante su feliz infancia. Él, Slimboy, rompería con los códigos del ambiente afro-rap, renunciaría al *auto-tune*, al *reverb*, al *delay* y a otros efectos usados hasta la saciedad, y por encima de la melodía sonaría suavemente un saxo en contrapunto. Slimboy había decidido incluso quién sería el saxofonista, un viejo blanco esquelético de pelo más bien escaso, un virtuoso de Quebec que tocaba a veces con Drake, el rapero canadiense, como símbolo del mundo antiguo que cede el relevo al mundo nuevo.

Grabaron el videoclip en las calles de Yaba en un par de días, lo subieron enseguida en internet y la canción dio la vuelta al mundo. Ya se han hecho cuatro remixes de *Yaba Girls*, uno de los cuales por el mismísimo Franks, Slimboy ha sido la sorpresa del Coachella Festival, ha cantado con Beyoncé, ha hecho dúo con Eminem y ha sido invitado al show de Oprah Winfrey. Sí, tal vez sea eso la felicidad.

A la vuelta de una gira por Inglaterra en el mes de mayo, acabó comprándose un Lamborghini amarillo y un gigantesco departamento en el último piso de una torre en Eko Atlantic, cuya primera piedra no se ha puesto todavía; uno no puede luchar eternamente contra su propia naturaleza. Al fin y al cabo, eso es lo que quieren los jóvenes nigerianos, que les vendan un sueño, quieren beber champán en un coche de carreras, quieren poner los pies en un *penthouse* con vista al mar, quieren que les digan que, por mucho que se levanten cada mañana en su barraca de chapa podrida entre neumáticos abandonados y ratas despanzurradas, la riqueza y la gloria están a la vuelta de la esquina; sí, de acuerdo, para uno entre un millón, pero qué más da, si serán ellos los elegidos.

Los dos cónsules y la agregada cultural han conseguido acercarse al estrado donde está Slimboy. No acaban de oír bien las preguntas, pero el cantante parece reflexionar sin apartarse del micro y responde:

—Quiero creer que Eko Atlantic será una oportunidad formidable para Lagos y para Nigeria, y que toda la gente que vive alrededor podrá beneficiarse de la construcción de la ciudad más ambiciosa de África.

La cónsul de Francia menea la cabeza y suspira: esa absurda teoría de la propagación de la riqueza tiene cada vez más adeptos. Se vuelve hacia Darchini.

—Dígame la verdad, Ugo, ¿no le parece un horror esto de inaugurar un edificio tras otro mientras nos atiborramos de canapés?

El cónsul italiano hace un mohín de disgusto. Ciertamente, Eko Atlantic, esa isla artificial ganada al océano, es una abominación. Por ahora no es más que un inmenso terreno baldío, pero doscientos mil ricachones de Lagos acabarán refugiándose en sus despampanantes rascacielos, protegidos de la violencia de la megalópolis por puentes con vigilantes armados. Una fortaleza dotada de su propia central eléctrica, de su propia planta depuradora, de sus propios restaurantes, de sus propios hotelazos, de sus propias piscinas, de su propio puerto deportivo para amarrar sus propios yates...

—El Dubái africano, como lo llaman ellos —prosigue Hélène Charrier—. Lo han elevado varios metros sobre el nivel del mar, por si suben las aguas. Y desde lo alto de esos edificios de lujo verán toda Lagos y sus cuarenta millones de habitantes ahogándose, desde Kuramo Beach hasta las chozas de Makoko, una alcantarilla a cielo abierto... Lo siento, Ugo, pero me parece monstruoso. ¿Y sabe qué es lo peor? Que es el mundo que nos espera. Hemos tirado la toalla, cada cual intenta salir adelante como puede y, sin embargo, nadie conseguirá salvarse. No es Lagos la que se aleja de la civilización, somos nosotros, todos nosotros, desde todas partes, quienes nos acercamos a Lagos.

—Está exagerando, Hélène.

—Eso quisiera, Ugo.

De pronto, en la sala de prensa, se acallan las voces. Un periodista acaba de hacer una pregunta a Slimboy:

—Eze Onyedika, de *Punch*. Slimboy, se rumorea que estás preparando una nueva canción, junto con Doctor

Fake, ¿es cierto? ¿Es una canción a favor de la homosexualidad? ¿Tú eres homosexual?

El silencio se apodera de la sala, compacto como un ladrillo. Si África entera es un infierno para los homosexuales, Nigeria representa el noveno círculo. Está la ley, que los amenaza con catorce años de cárcel; está la policía, que los persigue y extorsiona, y está la inmensa mayoría de la gente, que los detesta y los rechaza con repugnancia, con un odio y un rencor avivados por los obispos y los sacerdotes evangélicos en el sur, y en el norte por los musulmanes que aplican la sharia. No hay día en que no se asesine o se linche a unos jóvenes, no hay día en que un cantante, un actor o un deportista no tenga que defenderse, con voz amedrentada, de la acusación de ser gay. Y resulta que, hace ahora tres meses, el refinado Doctor Fake, sin llegar al extremo de reconocer que le gustan los hombres, rompió el tabú con *Be Yourself*, una canción de letra anodina pero sumamente ambigua que se ha convertido en un auténtico hit.

—Son muchas preguntas —responde Slimboy—. Sí, voy a cantar una canción con Doctor Fake, cuyo título es *True Men Tell the Truth*. Pero ¿qué quiere decir una canción «a favor de la homosexualidad»? Cuando yo canto *My Nollywood Girl*, se trata de una canción que habla del amor, no de una canción «a favor de la heterosexualidad». ¿Captas el matiz? Por otro lado, les daré una primicia: hace unos minutos me he enterado de que voy a grabar en Londres con Elton John. Su jet privado vendrá a buscarme en un par de días.

El periodista insiste:

—Pero ¿eres gay o no eres gay, Slimboy?

—¿Me estás pidiendo una cita?

Los periodistas se ríen y Slimboy remacha:

—¿Por qué no se lo preguntas a Suomi?

La joven sonríe amablemente y se lanza a la boca de Slimboy con una voracidad tan desatada como impostada. A pesar de los aplausos de los periodistas, el beso no se eterniza. Slimboy lo interrumpe con un gesto que pretende ser caballeroso y añade:

—Pero cuando leo que en un pueblo han matado a pedradas a dos muchachos de dieciséis años porque un predicador ha denunciado en un sermón que se habían dado un beso, entonces no puedo dejar de pensar que algo no funciona en este país. Suomi y yo estamos totalmente de acuerdo en eso. No se puede obligar a nadie a ser lo que no es. Hace falta tolerancia, hace falta amor. ¿Cómo puede alguien creer que será más feliz haciendo daño a los demás?

El alboroto es general, hay más preguntas. Slimboy mira inquieto a su mánager, que decide dar por terminada la rueda de prensa. Sin embargo, si el cantante fuese fiel a sí mismo, hablaría del destino de Tom, su primer amante, cuando tenía quince años, a quien una multitud desenfrenada quemó vivo ante sus ojos, hablaría de su propia huida, descalzo y de noche, despavorido, aterrorizado, con la cara ensangrentada, contaría cómo atravesó Ibadán perseguido por una multitud hostil, y sus actuales encuentros, tan peligrosos como breves, y el sufrimiento de los gays de Nigeria y de otras partes de África, que han acabado huyendo, exiliándose para siempre a esos fríos países de los blancos donde, por lo menos, tienen derecho a respirar. Y ahora va a cantar con Doctor Fake *True Men Tell the Truth*, vaya ironía, vaya mentira, ¡vaya traición, incluso! Slimboy sabe perfectamente que para seguir viviendo en Lagos ha tenido que inventarse otra existencia, confabularse con la encantadora Suomi, la estrella floreciente de Nollywood, una Suomi a la que, por supuesto, le gustan tanto las mujeres como a él los hombres.

De pronto, Hélène Charrier descubre a un hombre negro, alto y con traje oscuro. Se mantiene discretamente apartado, sin perder de vista al joven cantante. Hélène se vuelve hacia el cónsul italiano y lo señala con un movimiento de la cabeza.

—Ugo, ¿ha visto a ese hombre que no para de escribir en el celular y de tomar fotos? Es el agregado comercial británico. John Gray. No pondría la mano en el fuego por que ese sea su verdadero nombre, pero de lo que estoy segura es de que trabaja para el servicio de inteligencia británico. Y no es el único. Hay otros dos del equipo de seguridad del consulado. Y media docena de tipos más que nunca había visto por aquí, es muy extraño. Apuesto lo que quiera a que son del MI6.

—No se le escapa ni una, Hélène. ¿No será usted del servicio de inteligencia francés?

—Desde luego que no, Ugo. Ahí tiene la prueba: si lo fuese, lo negaría igualmente.

—Claro. Oiga, Hélène, ¿conoce el chiste del espía americano que está de misión en la URSS (sí, ya tenemos una edad) y decide entregarse? Así que va a la Lubianka y...

—¿A la qué?

—A la Lubianka..., la sede de la KGB en Moscú... Total, que va y les dice: «Soy un espía y vengo a entregarme». «¿Para quién trabaja?», le pregunta el tipo de la recepción. «Para los Estados Unidos de América», responde. «Muy bien, en tal caso, vaya a la oficina número 2.» El espía americano va a la oficina número 2 y dice: «Soy un espía americano y vengo a entregarme». «¿Está armado?» «Sí, Estoy armado.» «En tal caso, vaya a la oficina número 3, por favor.» El hombre va a la oficina número 3 y dice:

«Soy un espía americano, estoy armado y vengo a entregarme». «¿Está usted en misión?» «Sí, estoy en misión», empieza a molestarse el agente americano. «Entonces vaya a la oficina número 4.» Se dirige a la oficina número 4 y dice: «Soy un espía americano, estoy armado, estoy en misión ¡y quiero entregarme!» «¿Está en misión, dice?» «Sí.» «¡Pues vaya a cumplirla, carajo, y deje de fastidiar a la gente que trabaja!»

Ugo se ríe de su propio chiste.

—Es muy bueno —reconoce Hélène, que ya lo conocía, pues también suele contarse en la «piscina», la sede del contraespionaje francés. Antes de que la destinasen como cónsul en Lagos, trabajó para la Dirección General de Seguridad en Kenia y en Sudáfrica.

Los agentes no se han movido ni un milímetro y solo tienen ojos para Slimboy.

—Lo que no me explico es qué demonios están haciendo aquí y desde cuándo el Intelligence Service se interesa por el afro-rap y el R&B.

ADRIAN Y MEREDITH

Jueves, 24 de junio de 2021,
Fine Hall, Princeton University, Nueva Jersey

Frente al departamento de Matemáticas de Princeton, un elegante edificio de cristal y ladrillo rojo, de una modernidad algo antigua, los estudiantes han instalado unas mesas con caballetes, han plantado una carpa blanca con el techo en punta y han encendido una barbacoa. Están celebrando con un festín de salchichas la medalla Fields de Tanizaki, y el probabilista Adrian Miller no puede dejar de mirar a su colega Meredith Harper con una sonrisa nerviosa que combina con cierto aire de sentimentalismo idiota. La primera vez que Adrian vio a Meredith le pareció francamente fea. Semejante impresión es siempre pasajera, los mejores autores podrían confirmárselo. Hace apenas dos meses que llegó la topóloga británica, y ahora Meredith, con sus piernas demasiado delgadas y su pelo castaño demasiado convencional, su nariz demasiado larga y sus ojos demasiado oscuros, Meredith la siempre distante, lo atrae de un modo irracional.

Para animarse a abordarla, Adrian se ha tomado una cerveza tras otra. Estando sobrio podría dar el gatazo —Meredith le dijo un día, sin malicia alguna, que le recordaba a Ryan Gosling, «en versión desmejorada y algo calva»—, pero en estos momentos simplemente parece un tipo borracho. Calcula que tiene un 27 % de probabilidades de éxito. Podrían llegar al 40 % si no apestara tanto a alcohol, pero la borrachera compensa reduciendo en alrededor de un 60 % el sufrimiento provocado por un eventual rechazo. El probabilista ha llegado a la conclusión de que, con tantas opciones de ser rechazado, más le vale ir bien ebrio.

Adrian ha pasado la mayor parte de su vida haciendo cálculos de probabilidad y, de vez en cuando, escuchando a Bach y a los Beach Boys. No ha formado una familia, ni ha dado su apellido a ningún hijo, a menos que elevemos al rango de progenitura la formulación de un abstruso teorema. Meredith le ha proporcionado la primera emoción de tipo amoroso que siente en mucho tiempo e, incluso, se dice ahora con cierta grandilocuencia, que ha sentido nunca. Está sola bajo una enorme acacia, con un vestido negro de algodón que le queda divinamente. Adrian se le acerca intentando mantener la verticalidad.

—He bebido —le dice de buenas a primeras.

—Lo constato —responde Meredith, que se ha fijado en su andar tambaleante.

—Y apesto a cerveza, lo siento.

—De eso ya no puedo dar fe, Adrian, pues yo también estoy borracha.

Meredith le muestra la botella vacía que tiene en la mano, se le acerca con un movimiento deliciosamente ambiguo y le echa a la cara un aliento cálido y con olor a lúpulo.

—Respira, Adrian, es el perfume de la contrariedad y el aburrimiento.

Y es que Meredith se aburre en Princeton. A la londinense no le gusta esa ciudad de provincias, donde las luces del restaurante japonés —el que permanece abierto hasta más «tarde»— empiezan a parpadear a las nueve y media para indicar que es la hora de cerrar, no le gusta ese campus que intenta parecerse a Hogwarts con sus torreones y sus campanarios medievalizantes del siglo xix, no se acostumbra a esos estudiantes que se creen nacidos directamente de la pierna de Júpiter y que, con el pretexto de que sus padres han pagado sesenta mil dólares de colegiatura, la bombardean con correos llenos de preguntas triviales sobre el teorema de no compresión de Gromov, preguntas para las que exigen respuestas inmediatas, cuando les bastaría con consultar la entrada correspondiente de Wikipedia, rayos, que encima está bastante bien redactada, y detesta a esos profesores que la miran por encima del hombro por el simple hecho de que St. Andrews —la universidad de origen de Meredith— no puede compararse evidentemente con Princeton, y ellos llevan toda la vida en Princeton, mira nada más. Adrian no es así y, si fuese un poquito menos torpe, hace tiempo que se habría dado cuenta de que ella lo aprecia. Para ser un probabilista, es demasiado distraído y tiene unos ojos verdes más propios de un teórico de números, por mucho que lleve el pelo largo de un teórico de juegos, los lentecitos de acero de un lógico trotskista y las viejas camisetas agujereadas de un algebrista, como la que se ha puesto hoy, especialmente fea y ridícula. Meredith intuye que es un tipo brillante. Si fuese un mediocre, ya estaría trabajando en el mundo de las finanzas. Brillante pero tímido, y en cuanto farfulla «Meredith, quería preguntarte una cosa... Este... Tengo entendido que te interesas por... por los espacios localmente simétricos y por...», ella lo corta:

—No, Adrian, no me vengas con eso. Ahora mismo lo único que me interesa es encontrar la manera de agarrar una buena peda. Estoy encantada, encantadísima de saber que Tanizaki y su colega de Stanford, ese machista de Brenner, se han llevado la Fields por sus trabajos de interfaz en topología-geometría algebraica, cuando yo he cofirmado casi todos sus artículos, si no los he escrito directamente. Por lo demás, vivo en un bungaló asqueroso en Trenton donde el agua sale un día fría y al siguiente templadilla, mi Toyota híbrido lleva seis días averiado, al parecer por un problema en la batería, rompí con el hombre de mi vida (o con el que creía que lo era) hace un año y llevo, déjame contar, cuatro meses sin hacer el amor. Espera, estamos a finales de junio, ¿verdad? Entonces seis. Seis meses..., y la última no fue nada del otro mundo. Y tú, Adrian, ¿todo bien? ¿La casa, el coche, el sexo?

La conversación no ha hecho más que empezar y Adrian ya no sabe dónde meterse. Vocalizando lo mejor que puede, dice:

—Pues... mi coche no está averiado. Tengo agua caliente. Y...

—Entonces ¿por qué vas siempre con esa cara de cocker triste que se ahoga en su tazón? Creo que me acabaré esta cerveza y me tomaré otra.

—Si quieres llegar antes al coma etílico, hay tequila en la sala Turing, en el armario, detrás de los plumones.

—Excelente idea.

Meredith deja su botella y zigzaguea por el césped hasta la puerta del hall, que empuja con torpeza. Adrian la sigue, algo inquieto, procurando no mirarla —demasiado— el trasero mientras sube alegremente la escalera. Meredith se detiene frente a la puerta de la sala y apoya la espalda contra la pared.

—Soy una mujer británica, Adrian, te lo advierto: si intentas violarme, me dejaré hacer y pensaré en la reina.

—Has bebido demasiado, Meredith.

—Y tú demasiado poco.

Meredith gira el pomo de la puerta y entra en la sala tambaleándose, está a punto de caer de bruces y se sienta en una silla, mareada. Mira a su alrededor.

—¿Dónde está el tequila?

—No sé si deberías...

—Anda, siéntate a mi lado. Y no me hables de procesos estocásticos, no sabes hasta qué punto me vale ahora mismo.

Adrian obedece y la observa, desconcertado.

—Oh, vamos, Adrian, bésame de una vez. Te estás muriendo de ganas y, la verdad, a estas alturas me da bastante igual si besas como el palo de una escoba.

—Yo... Meredith, te juro que... Y eso que me gustas, pero...

—Sí, entiendo, no es lo que se dice muy romántico, pero qué más da, ¿no? Dentro de unos años nos reiremos contándoselo a nuestros hijos. Bésame ya o me pongo a llorar. O a gritar. ¡Ah! ¡Socorro!

—Meredith, por favor —le pide Adrian, de pronto visiblemente inquieto—. No bromees con esas cosas.

—Ay, vaya que eres lindo. No, ¿qué digo? ¿Por qué los hombres, cuando una mujer toma la iniciativa, se hacen en los pantalones?

De pronto, Meredith lo agarra y le planta un beso en los labios. Saben a fresa. Meredith cierra los ojos y permanecen así durante un buen rato, pegados el uno al otro, sin atreverse a ir más allá, cuando el bolsillo interior de la chaqueta de Adrian se pone a vibrar y a sonar con estrépito. Bruscamente, se separa de una Meredith tan sorprendida como él, saca un smartphone de color gris metalizado y lo contempla estupefacto.

—¿Es tu mujer? —pregunta Meredith, aunque si lo fuera, le daría completamente igual.

—No estoy casado.

Tras sonar tres veces, el smartphone enmudece, permanece cinco segundos en silencio y se pone a sonar y a vibrar de nuevo. En esta ocasión, la persona que llama lo deja sonar una sola vez y cuelga. Adrian no puede apartar los ojos del teléfono. ¿En serio, justo ahora?

—Pues, para no ser tu mujer, es alguien que insiste muuucho.

—Rayos, rayos. Lo siento mucho, Meredith, pero... Sea como sea, tengo que...

Adrian sale de la sala, corre por el pasillo del departamento y, diez segundos más tarde, el teléfono vuelve a sonar. Tres timbrazos, un timbrazo, tres timbrazos. Es el código convenido: descuelga y oye una voz de hombre, a la vez firme y atonal, militar.

—¿Profesor Adrian Miller?

—Eh... Sí —responde con un titubeo.

—*Totó*, tengo el presentimiento...

La voz espera, sin impacientarse, hasta que Miller responde, con voz neutra:

—... de que ya no estamos en Kansas.

«*Totó*, tengo el presentimiento... de que ya no estamos en Kansas.» Qué estupidez. Pero toda la culpa es suya, lo sabe perfectamente, o más bien del muchacho de humor infantiloide que era hace veinte años y que escogió esa réplica truncada de *El mago de Oz* sin imaginar que llegaría un día en que tendría que completarla para confirmar su identidad. Veinte años, los mismos que lleva con el smartphone a cuestas, aunque se lo cambien cada cierto tiempo, un smartphone que, por mil dólares al mes, Adrian debe tener permanentemente encendido y no abandonar nunca, para poder, bajo cualquier circunstancia —absolutamente cualquiera, y para muestra un botón—, responder y estar disponible de inmediato. Nunca hasta ahora había sonado.

—Adrian —grita Meredith—, ¡vuelve a besarme aunque sea tu mujer!

—Póngase a disposición, profesor Miller —continúa la voz—. Un vehículo policial llegará en unos instantes al Fine Hall y lo llevará al punto de encuentro.

—¿Cómo que al Fine Hall? ¿Saben dónde estoy?

—Por supuesto, profesor Miller. Lo tenemos geolocalizado en todo momento, con un margen de tres metros. Cuando estén en camino, volveremos a llamarlo para ponerlo en contacto con el centro de operaciones.

—¡Adrian! —grita Meredith desde la sala Turing—. Eres un idiota, Adrian, son todos unos idiotas.

Adrian corre y se asoma a la puerta, Meredith no se ha movido, sigue inmóvil en la silla, con el pelo revuelto y una mirada furiosa.

—Lo siento mucho, Meredith. Es algo muy importante, yo... Ya te lo explicaré, ¿de acuerdo?

Adrian baja los escalones de cuatro en cuatro, Meredith le grita no sé qué de probabilistas ensangrentados y de un viaje al infierno que debería emprender, pero Adrian ya está en el hall.

Para entender por qué el 24 de junio de 2021 Adrian Miller debe responder a un smartphone blindado de color gris antracita, debemos remontarnos al 10 de septiembre de 2001, cuando siendo el posdoc más joven del equipo de probabilistas del profesor Robert Pozzi, celebra su vigésimo aniversario en el Massachusetts Institute of Technology. Al día siguiente habrá un caso de vacas locas en Japón, declaraciones políticas tras el atentado suicida contra el comandante Masud, perpetrado por dos miembros tunecinos de Al Qaeda, y el anuncio de la vuelta de Michael Jordan a las canchas con los Washington Wizards. Pero será, sobre todo, el primer día de trabajo de Ben Sliney. Acaba de acceder al puesto de director de operaciones de la FAA, la Federal Aviation Administration. Dos horas después del café a manera de bienvenida, tendrá que asumir la responsabilidad de dejar en tierra cuatro mil doscientos aviones, en una decisión sin precedentes. Hay días así.

El 11 de septiembre, a las 8:14 horas, uno de los controladores de Boston se extraña al ver que el transpondedor del vuelo 11 de American Airlines no emite señal. Seis minutos después, una azafata de a bordo llama al número que puede, que no es otro que el número de reservaciones de American Airlines. Informa de que el avión ha sido secuestrado y de que ha habido varios asesinatos. Cuando logran verificar su identidad, son ya las 8:25 y un supervisor avisa al Air Traffic Control. Ben Sliney y los controladores aéreos descubren entonces, por el eco radar, que el AA11 se dirige directamente a Nueva York. El protocolo en caso de secuestro aéreo —olvidémonos del manual que obliga al piloto, aquí apuñalado, a marcar el código 7500 en el transpondedor— exige avisar al cuartel general de la aviación civil. En el cuartel general, un coordinador «especializado en secuestros» tiene que contactar con determinada unidad del Pentágono, que a su vez debe dar parte a la oficina del secretario de Defensa, quien a su vez debe informar al ministro, cuya decisión debe recorrer el camino inverso a través de la misma cadena. Solo entonces los responsables del Centro de Comando Militar Nacional pueden dar la orden de despegar a los cazas para que intercepten al avión secuestrado. Y, como tras la Guerra Fría el número de bases militares ha bajado de veintiséis a siete, las dos únicas bases que quedan en la Costa Este son la de Otis, cerca de Boston, y la de Langley, sede de la CIA, próxima a Washington.

Como todo esto tomaría demasiado tiempo, el 11 de septiembre de 2001 el supervisor de Boston decide, apremiado por la situación, llamar directamente a la base militar de Otis. Al no tener potestad para hacerlo, en Otis le piden que informe al comando militar regional noreste, en Rome, en el estado de Nueva York. El supervisor llama y le vuelven a decir que no está respetando el protocolo. No obstante, convencido de la urgencia de la situación y actuando él mismo sin autorización del Departamento de Defensa, el coronel Robert Marr pide a la base de Otis que preparen los cazas para el despegue.

Mucho antes de que las conclusiones oficiales de la Comisión del 11-S lo confirmen, el Pentágono sabe que ese día todo ha funcionado mal en la cadena de decisiones. Así que resuelve crear un grupo de trabajo interno cuya tarea sea proponer otro protocolo de actuación en situación de crisis. Y dicho grupo subcontrata, para todo lo que tenga que ver con la formalización, al departamento de Matemáticas Aplicadas del Massachusetts Institute of Technology. Es entonces cuando entra en juego el nombre de Adrian Miller.

Adrian es en esa época un jovencísimo probabilista del equipo de Pozzi, el gurú de las «matemáticas aplicadas» del MIT. Adrian acaba de defender, a sus veinte años, una tesis sobre las cadenas de Markov, la notación de Kendall... En resumidas cuentas, que se interesa por las colas. En particular, es un apasionado de la ley de Little, que dice que el número medio de unidades en un sistema estable es igual a la frecuencia media de llegada multiplicada por el tiempo que pasan en el sistema. Pero pasemos a otra cosa.

Como en el laboratorio todo el mundo está muy ocupado y los contratos con el Departamento de Defensa exasperan particularmente a Pozzi, le piden a Adrian, a modo de novatada, que se encargue de modelizar los bloqueos y de encontrar la forma de reducir el número de etapas y los plazos de intervención. Adrian solicita ayuda a Tina Wang, una inteligentísima doctoranda de Pozzi, especialmente en lo que concierne a la teoría de grafos, que él no domina demasiado. Trabajan hasta altas horas, comen rápido y mal, duermen poco, despotrican del Department of Defense y, cuando ya no pueden más, se suben al viejo Honda de Adrian y van a echar una partida de boliche al Lucky Strike Social Boston, que no cierra nunca. Una noche, tras una acalorada discusión sobre la hipótesis ergódica y la distribución estacionaria, tienen una experiencia más sexual que erótica, de la que guardarán, sin embargo, un bonito recuerdo.

Adrian y Tina se dedican principalmente a inventariar todas las variables susceptibles de afectar al tráfico aéreo, atribuirles valores estadísticos y especificar todo lo que pueda causar una catástrofe —o simplemente perturbar el tráfico—, y acaban superando con creces las expectativas del Pentágono. El modelo diseñado por Adrian y

Tina lo tiene en cuenta absolutamente *todo*: la cadena de acontecimientos, el modo de comunicación, la incomprensión lingüística, el uso de distintos tipos de unidades —¿pies, metros?—, el error de pilotaje, la avería mecánica, el problema técnico, la meteorología, el sabotaje, el secuestro, el hackeo informático, los errores de orientación, la falta de mantenimiento y un sinfín de cosas más... Los dos investigadores establecen treinta y siete protocolos básicos, con entre siete y veinte caminos contingentes para cada uno de ellos, lo que hace un total de casi quinientas situaciones posibles, con sus correspondientes respuestas. Cuando en diciembre de 2001 Richard Reid consigue superar el control de seguridad con explosivos disimulados en las suelas de sus zapatos, se trata de una variante del protocolo 12A; el accidente del vuelo Birmingham-Málaga, en el que se hace añicos el parabrisas de la cabina de mando, es uno de los ejemplos contemplados en el protocolo 7K; el Airbus que se sale de la pista de aterrizaje en Halifax por culpa de la nieve, el 4F; el volcán islandés que escupe nubes de ceniza y hace imposible cualquier despegue, el 13E; el piloto depresivo de Germanwings que estampa su avión contra la montaña, el 25D.

Tras cinco meses de trabajo, reúnen todas sus recomendaciones en un memorando reservado que alcanza las mil quinientas páginas, sobriamente titulado *Tráfico aéreo civil: diagnósticos de crisis, optimización de la cadena de decisiones y protocolos de respuesta/seguridad*. Y aunque sumen entre los dos cuarenta y un años (o quizá precisamente por eso), firman el trabajo conjuntamente como «Pr. T. Wang & Dr. A. Miller & *alii*, departamento de Matemáticas Aplicadas, departamento de Teoría de Grafos, departamento de Probabilidad, Massachusetts

Institute of Technology», donde el *Alii* de Wang & Miller & *alii* no es sino el nombre del hámster que tienen en el laboratorio. Como niños, digamos.

No se les ha escapado nada; hasta el punto de que si el Pentágono les hubiera pedido que dijeran todos los resultados posibles de una moneda lanzada a cara o cruz, habrían propuesto tres: cara, cruz y canto, incluyendo el inusual caso en que la moneda decide inmovilizarse en la vertical. Pero diez días después de haber entregado el informe, en abril de 2002, el DoD se lo devuelve con una pregunta escrita con plumón rojo: «¿Y si nos enfrentáramos a un caso que no obedezca a ninguna de las situaciones contempladas?».

Tina pone los ojos en blanco: la hipótesis que faltaba, que la moneda se quede flotando en el aire.

Tras cinco días dándole vueltas, añaden un último protocolo para ese «caso que no obedezca a ninguna de las situaciones contempladas». Si bien en todos los demás Tina y Adrian han recomendado que un responsable único, civil o militar, supervise el protocolo, la matemática decide que, «con motivo del carácter irracional de los acontecimientos que justifiquen semejante protocolo», este será confiado a un tándem de científicos. Y escribe a continuación su nombre y el de Adrian Miller. Recomienda, además, equiparlos con teléfonos celulares blindados específicos para dicho protocolo, que deberán llevar siempre encima y no podrán apagarse nunca. Y como Adrian Miller siente devoción por la novela de Douglas Adams *Guía del autoestopista galáctico* y por su «gran pregunta sobre el sentido de la vida, el universo y todo lo demás», una pregunta a la que Pensamiento Profundo, la segunda mayor computadora de todos los tiempos, responde, tras siete millones y medio de años de cálculo: «42», deciden llamarlo protocolo 42.

Para dárselas de serio o por pura diversión, o porque se divierte dándoselas de serio, Adrian añade una frase-secuencia como código de inicio:

1. Operador: *Totó*, tengo el presentimiento...
2. Responsables: ...de que ya no estamos en Kansas.

Cuando Adrian sale del departamento, un vehículo policial lo está esperando ya frente a la barbacoa, donde las salchichas se achicharran alegremente. El oficial lo saluda como si fuese un general de cuatro estrellas, y las miradas de los colegas se dirigen hacia Adrian, que le devuelve al policía un saludo torpe e indeciso y sube al asiento de atrás no sin darse un coscorrón con el marco de la puerta. El vehículo arranca, con la sirena a todo volumen y las luces giratorias encendidas. Adrian dice adiós al sexo con Meredith y pone rumbo a lo desconocido.

Alguien, pues, en algún lugar de la galaxia, ha lanzado una moneda al aire y esta se ha quedado flotando.

LA BROMA

Costa Este de Estados Unidos, aguas internacionales, 41º 25′ 27″ N 65º 49′ 23″ O

Markle comprueba el micro, pero no oye nada. Kennedy ha cortado la comunicación. Se oye un chasquido, luego otro largo silencio y finalmente una voz distinta, más grave.

—Air France 006 *mayday*, mi nombre es Luther Davis, comandante de operaciones especiales de la Federal Aviation Administration. ¿Puede identificarse de nuevo, por favor? Marque el código transpondedor 1234.

Markle tuerce el gesto, Gid teclea el código indicado. No todos los días se habla con un comandante de operaciones especiales de la FAA... Se produce un nuevo corte. Vuelve la voz:

—Gracias, aquí Luther Davis, FAA. ¿Puede decirme su fecha y lugar de nacimiento, comandante Markle?

Markle suspira y obedece:

—12 de enero de 1973, Peoria, Illinois.

—¿Puede darme los nombres y apellidos de todos los miembros de la tripulación?

—Kennedy, no sé si son conscientes, pero estoy intentando tomar tierra con un 787 dañado.

Un nuevo silencio, una nueva desconexión y una nueva voz, esta vez femenina:

—¿Air France 006? Kathryn Bloomfield, del NORAD. ¿Me oye?

¿En serio, el NORAD, la defensa aérea? Markle frunce el ceño.

—Air France 006, estoy a la escucha, NORAD. ¿Qué desean?

—Por motivos de seguridad, desconecte el wifi del avión.

Markle no discute y hace lo que le piden. La voz continúa:

—Gracias. Ahora, por favor, pida a todos los pasajeros que apaguen sus teléfonos celulares y cualquier tipo de aparato electrónico.

—Hace rato que están apagados, NORAD, ha habido turbulencias y hemos...

—Perfecto. Primer oficial Favereaux, en los próximos minutos, usted y el personal de a bordo procederán a requisar todos, insisto, *todos* los aparatos que permitan comunicarse con el exterior: tabletas, teléfonos, bípers, consolas, computadoras, etcétera. No olviden los lentes de realidad virtual y los relojes inteligentes. No puede haber excepciones. Comandante Markle, nos enfrentamos a un serio peligro de hackeo exterior que pretende acceder al sistema de navegación, y los aparatos electrónicos podrían servir de intermediarios... Es usted libre de dar esta información a los pasajeros, si lo considera necesario para que cooperen.

—Pero provocará inquietud...

—Qué le vamos a hacer. Dígales que los aparatos les

serán devueltos dentro de una hora, una vez el avión haya tomado tierra en Nueva York. Oficial Favereaux, si encuentra resistencia, insista en la seguridad del avión, en los peligros de interferencia con los instrumentos de vuelo. Tiene autoridad para requisar todos los aparatos electrónicos. Estamos siguiendo un protocolo muy estricto.

—Pero... ¿cómo vamos a guardar los aparatos? —pregunta súbitamente inquieto Favereaux—. Todos los celulares se parecen, ¿cómo vamos a identificarlos?

—Utilicen las bolsas para vómitos, escriban los números de los asientos con un plumón, arréglenselas como puedan. Y tranquilicen a los pasajeros, díganles que se los devolverán cuando aterricen.

El copiloto musita un «sí» apenas audible. Se levanta y se dirige a dar las instrucciones a la tripulación, mientras Markle toma el micro y transmite las consignas a los pasajeros sin omitir nada. El copiloto se prepara para una oleada de protestas, pero ya sea por el miedo retrospectivo a las turbulencias, por las amenazas de un hackeo que podría afectar a sus aparatos electrónicos o por la autoridad incontestable de la voz del comandante de a bordo, los pasajeros, en su inmensa mayoría, ceden a la petición. Los pocos que se atreven a levantar la voz se ven enseguida conminados a colaborar por sus vecinos. Una operación que se antojaba delicada se lleva a cabo, asombrosamente, en unos pocos minutos. Cuando recibe la confirmación de que los aparatos de comunicación de todos los pasajeros se encuentran en la cabina de mando, la oficial del NORAD continúa:

—La medida afecta igualmente al personal de a bordo. Y a usted también. Sus teléfonos celulares, sus computadoras personales. Comandante Markle, posee usted plena autoridad sobre el avión. Tiene la orden de...

—¡Soy el comandante de a bordo, señora del NORAD! —se enoja Markle—. Es evidente que tengo plena autoridad sobre este avión, pero es que usted...

—Comandante Markle, se trata de un asunto que afecta a la seguridad nacional. Vamos a seguir juntos el protocolo 42.

Markle se queda estupefacto. Nunca ha oído hablar de ningún protocolo 42.

—Air France 006, su nuevo destino es McGuire Air Force Base, Nueva Jersey. Repito: McGuire Air Force Base, Nueva Jersey.

Fort McGuire... Fue allí donde en 1937 el dirigible alemán *Hindenburg*, sujeto a la torre de amarre, se incendió y quedó completamente destruido. Markle realiza un lento viraje hacia el suroeste y no le queda más remedio que anunciar a los pasajeros que, *sorry, folks*, por causas de fuerza mayor, el vuelo está siendo redirigido hacia Nueva Jersey. Esta vez muchos protestan, algunos incluso abuchean, sobre todo teniendo en cuenta que, para mayor escarnio, a poniente emergen, desafiantes, los resplandecientes rascacielos de Nueva York. Markle podría entretener a los pasajeros contándoles la historia de la catástrofe del *Hindenburg*, pero algo le dice que no es el mejor momento.

Nueva York vuelve a hablar por el intercomunicador:

—Kennedy Approach de nuevo. Comandante Markle, lo comunico con el Centro de Comando Militar Nacional del Pentágono.

Markle no ha tenido ni tiempo de contestar cuando oye otra voz, masculina. El acento es nasal, cansino, muy yanqui, muy de New Hampshire.

—Comandante Markle, general Patrick Silveria, National Military Command Center. Le hablo en nombre del secretario de Defensa. En tres minutos verá aparecer dos cazas de la Navy. Acaban de despegar del *USS Harry S. Truman* y los escoltarán hasta aguas nacionales. En caso de tentativa de fuga, o si desobedece sus consignas, tienen la orden de derribar la aeronave.

Esta vez se han pasado. Markle suelta una carcajada. Ahora lo entiende todo.

—¿Comandante Markle? Aquí el general Silveria, del NMCC. ¿Sigue ahí?

Markle no puede parar de reír, se le escurren las lágrimas. Vaya broma. Que se vayan al demonio los controladores del JFK, vaya bola de chiflados, vaya turba de bribones, titiriteros de hojalata, ha estado a punto de tragárselo todo, que si el NORAD, que si el protocolo 42, y ahora le vienen con el Pentágono... Vuelve a hablar por el intercomunicador:

—¡Buenas tardes tenga usted, general Silveria de los Huevos! ¿Eso es todo lo que se les ha ocurrido? La verdad es que al principio me lo había creído, pero con lo de derribar el avión se han pasado tres rayitas, hombre. ¿De verdad creen que era el mejor momento, después del tormentón por el que hemos pasado? Además, lo estropearon, mi último vuelo es pasado mañana, no hoy. Pero tengo que reconocer que como regalo de despedida es mejor que un miserable pastel.

—¿Air France 006? Aquí el general Silveria, del Pentágono. Lo comunico con el portaviones *USS Harry S. Truman.*

—¡Y yo soy el *captain* Speaking, cómo ves! ¿Eres tú, Frankie? ¿Se puede saber de dónde has sacado ese puto acento yanqui de mierda? Qué bárbaros... Por culpa de su dichosa broma hemos requisado los celulares de todos los pasajeros. ¿Querían que nos lincharan o qué?

Una nueva voz sale del intercomunicador, esta vez más aguda y con acento texano:

—¿Air France 006? Soy el almirante John Butler, del *USS Harry S. Truman*.

—Buenas tardes tenga usted también, almirante John Butler de pacotilla. Está bien, Frankie, puedes ahorrarte tu repertorio de acentos. Ya no tiene gracia.

—¿Comandante Markle? Sigue al habla el almirante Butler. En estos momentos su avión está siendo custodiado por dos de nuestros F/A-18 Hornet. Uno lo tiene justo detrás del Boeing, en posición de intercepción, y el otro... Mire a estribor, si es tan amable.

Markle chasquea la lengua, pero vuelve la cabeza. A escasos metros de la punta del ala derecha vuela un Hornet, armado con sus diez misiles aire-aire. Desde la cabina, el piloto lo saluda con la mano.

—Y ahora haga el favor de obedecer todas las órdenes.

ANDRÉ

Domingo, 27 de junio de 2021,
Bombay, India

«*Fotografei você na minha Rolleiflex...*» El espacioso vestíbulo del Grand Hyatt Mumbai emite en sordina la empalagosa bossa nova de Stan Getz, Jobim y João Gilberto. La canción tiene la edad del hombre que sale del ascensor con los hombros caídos, desalentado. Cuando el espejo le ha devuelto, a la cruda luz del fluorescente, la imagen de sus sesenta años, aparta la mirada.

André Vannier no ha pegado ojo. La diferencia horaria a la que no consigue acostumbrarse, la tristeza, los pensamientos demasiado negros, quién sabe. Antes de salir de la habitación, ha escrito a Lucie un largo correo que ha conseguido no enviarle. No era más que una ridícula botella al mar, después de que ella le soltara por teléfono con fastidio, desde París, donde aún era de noche, que había «pasado a otra cosa». Le ha escrito sabiendo que era inútil e, incluso, por decirlo de un modo suave, contraproducente. Pero cuando se agotan las pilas del control remoto, siempre apretamos más fuerte. Es humano.

El arquitecto sale del hotel internacional —que es todo lo que él detesta: proporciones sin fuerza, materiales sin elegancia, dimensiones fastuosas y agobiantes—, abandona el aire acondicionado del ártico y se adentra en el horno del verano tropical hindú. El ruido se vuelve súbitamente ensordecedor y el aire, de tan sofocante, no merece ni su nombre. Bombay apesta a neumático chamuscado y a diésel mal quemado. En una Pipeline Road congestionada, André le hace un gesto a un *rickshaw* verde y sucio, que frena de golpe y provoca un concierto de cláxones. Le da al conductor la dirección de la obra, en el barrio de Kamathipura, le propone una tarifa generosa y se encoge para meter su cuerpo larguirucho en el reducido espacio del tres ruedas. El *rickshaw* sale disparado —provocando un nuevo concierto— y se abre paso entre la densidad del tráfico siguiendo un camino que solo él conoce.

—¿Por qué tomas siempre *rickshaws*? —le preguntó anoche Nielsen—. Los taxis son menos estresantes.

Lo que Nielsen no sabe, con su melena rubia al viento, sus impecables trajes Hugo Boss confeccionados a la medida de su figura de atleta y los dos años escasos que lleva en la empresa, lo que ignora ese Nielsen novato que parece apenas salido de la escuela —«desde que vi su proyecto del Grand Mississippi Center, señor, sueño con trabajar en Vannier & Edelman»— es que esos minutos de asfixia le dan vida a Vannier. Lo que busca, y a veces encuentra, en el destartalado asiento del triciclo, es recuperar sus veinte años en Sri Lanka, donde estuvo con aquella chica de Nápoles increíblemente loca, ahora no le viene el nombre, con sus enormes pechos y su sonrisa radiante, ¿Giulia, quizá?, sí, eso es, Giulia, ha estado a punto de no acordarse.

El *rickshaw* se dirige a las obras de la Sūryayā Tower entre el flujo ruidoso y apestoso de los vehículos, entre acelerones bruscos y agudos pitidos, y André se sorprende de la ausencia de rayones en los flancos de los coches, de la supervivencia de los retrovisores. Por una vez, el conductor no es uno de esos adolescentes cansinos que ha comprado, con varios amigos, un triciclo y hacen turnos de ocho horas ignorando por completo el código de circulación y confiando en Waze para llegar a su destino. No, es un hombre achaparrado, sin edad, con unos enormes lentes de sol Aviator, que se abre paso con agresiva fluidez entre coches y camiones, franqueando la línea continua sin miedo a las decenas de vehículos que se le vienen encima. Su avance incólume a través del oleaje tiende al milagro, pero para algo lleva pegado en el manubrio un buda de plástico translúcido.

La Sūryayā Tower es uno de los proyectos más ambiciosos del estudio de arquitectura Vannier & Edelman, una demostración de pericia y de estética: un edificio de cristal y bambú de ochenta metros de altura, reforzado en determinados puntos estratégicos con largos cables de acero. En la fachada norte se condensa el agua que riega el jardín vertical de la fachada este, mientras que el muro suroeste combina tragaluces y paneles solares —no en vano *sūryayā* significa «sol»— que proporcionan luz y electricidad al edificio. Será el puente simbólico que una el barrio de los museos con el barrio universitario, albergará *startups* como seña de identidad y ya tiene todos los pisos reservados. Ninguna floritura arruina la sencillez de la torre: es una perfección conquistada a base de sucesivas renuncias. Incluso sus competidores chinos han tenido que rendirse a la evidencia.

Pero un subcontratista hindú ha pretendido engañarlos con la calidad del hormigón de los cimientos, el pobre Nielsen se ha dado cuenta demasiado tarde y las obras llevan dos semanas de retraso. André Vannier aprovecha los dos días de visita para amenazar, negociar y zanjar asuntos, no es culpa suya que sea domingo, antes de subirse a un avión que esta misma tarde lo llevará a Nueva York y al Silver Ring.

«Pasado a otra cosa»: André detesta todas las palabras que Lucie ha escogido a conciencia, el pasado bien muerto, la cosa bien fría, sabe perfectamente qué significa esa «otra», por no decir ese otro, un otro que quizá ya tenga cuerpo. Lucie ha elegido la crueldad, como si a partir de ahora no deseara entre ellos más que lo irremediable, y ha preferido reducir lo poco que habían construido en tres meses a una banal experiencia breve y novedosa: acostarse con un viejo aún pasable, a pesar de su piel envejecida y un nombre anticuado que los padres ya no ponen a sus hijos. Probablemente el resumen con el que se fustiga sea más despiadado que el de una Lucie no tan severa.

La conoció hace tres años, en una cena en casa de los Blum. André se aburría y estaba a punto de irse cuando llegó una mujer muy joven, Disculpen el retraso, estaba acabando de calibrar la luz de la escena de un largometraje. Lucie era montadora. A pesar de los esfuerzos que hacía por ser discreto, André no podía dejar de mirarla, y es que era totalmente «su tipo». La intensidad de su voz lo tenía embelesado: no elevaba nunca el tono, las frases salían de su boca de manera pausada, reflexiva, las palabras se imponían por su propio peso y, cuando desarrollaba una idea, sumamente concentrada, le latía una venita en la sien. André descubriría más tarde que Lucie había tenido un hijo a los veinte años, Louis, de quien se había ocupado ella sola desde el principio. De la responsabilidad de ser madre soltera debía de venirle, pensaba, aquella falta absoluta de frivolidad.

Sí, sería quedarse corto decir que Lucie lo había impresionado. Si hubiese tenido veinte años menos le habría propuesto que tuvieran un hijo. La diferencia de edad lo hacía todo inverosímil. Jeanne, la hija de André, no tardará en tener la edad de Lucie. No hace mucho le preguntó en broma a una mujer: «¿Quieres ser mi viuda?». Pero a la viuda putativa no le hizo mucha gracia. ¿Por qué últimamente son tan jóvenes sus parejas? Sus amigos envejecen igual que él, pero las mujeres que desea no. Así que huye, de puro miedo. Puede cenar con la muerte al acecho, pero no acostarse con ella.

Se frecuentaron durante un par de años. Habría sido incapaz de no volver a verla. Una noche milagrosa ella lo besó y el milagro había durado unos meses.

El arquitecto hace una lista de aquello que la joven, con su actitud, ha ido minando en él, y concluye que todo se reduce a una cuestión de piel. Desde que ve la muerte en el horizonte, es decir, desde hace bastante tiempo, sitúa el deseo en el centro de lo que para él es el amor. A todas luces, Lucie lo situaba en la periferia.

Cuando Lucie volvía agotada tras un montón de horas de montaje y él se levantaba sonriendo para abrazarla, podía ver en cada uno de sus gestos una suerte de reserva —que quizá no fuese más que puro cansancio—; cuando se acostaban, André temía que un gesto suyo, demasiado invasivo, la ahuyentara; pasaba la noche lejos de ella, que lo dejaba fuera de su «espacio vital», un concepto que para su generación ya no tenía evidentemente nada que ver con el *Lebensraum* nazi. En cuanto se quedaba dormida, la echaba de menos. Y entonces se ahogaba en la melancolía y tenía miedo de ponerse a roncar y aumentar su incomodidad, o, peor aún, de quedarse dormido y que ella se despertara y descubriera a su lado, aletargado, a un hombre viejo y feo, con la boca abierta y maloliente.

Por las mañanas, Lucie se levantaba en cuanto sonaba el despertador, sin darle ningún beso, y él veía, entre la bruma de un amanecer sin lentes, cómo aquel cuerpo tan deseado huía del dormitorio para meterse en el baño. Oía correr el agua, durante un buen rato, imaginándosela desnuda bajo el chorro de agua caliente, y se le encogía el pecho de pena, y quizá de humillación.

Si hubiese tenido treinta años y la piel eternamente firme, si hubiese tenido esa piel que no teme ni a las arrugas ni a la muerte, si hubiese tenido el pelo tupido y negro, ¿Lucie habría abandonado a su bello amante para correr a darse una ducha matutina? Si hubiese sido el guapo de Nielsen, por ejemplo, sí, Nielsen, por qué no, y se estremece ante la imagen fugaz de un Nielsen majestuoso empotrando a su dulce Lucie. André sabe la respuesta, y la respuesta lo crucifica.

Sin embargo, en ocasiones, Lucie acercaba la mano, comprobaba la firmeza de su pene erecto y se montaba a horcajadas sobre él. André se la metía lo más hondo que podía y, como aquella postura le impedía besarla, intentaba atraerla hacia sí; pero Lucie se erguía de nuevo y llegaba al orgasmo enseguida. Su cuerpo esbelto y sudado indicaba que era la hora del placer masculino. André intentaba entonces alcanzar el goce liberador poseyéndola con brutalidad. Pero, definitivamente, ni aquella frecuencia ni aquella cadencia eran las suyas.

Su deseo, su tristeza, sus agobios le hicieron perder poco a poco toda prudencia, y André insistió torpemente en más de una ocasión, pero ¿acaso existe una insistencia hábil? Negado en su propio ser, frustrado en su propio cuerpo, no había sabido encontrar un segundo centro de gravedad. ¿Cuánto tiempo le quedaba para seguir siendo un hombre? La edad lo volvía frágil, con ese maldito 6 ocupando el lugar de las decenas. Si Lucie no lo deseaba ahora con absoluta sinceridad, los años venideros no iban a mejorar la cosa.

El *rickshaw* entra en la obra sin vacilar, zigzaguea petardeando por el barro y las planchas de madera, hasta llegar a la gran caseta modular donde lucen las siglas V & E del estudio de arquitectura. André sube a la sala que hay en el piso de arriba, Nielsen lo está esperando. ¿Lucie con Nielsen? No, qué tontería.

—Los ingenieros de Singh Sunset Construction ya están aquí —se limita a decir el joven arquitecto.

—Pues que esperen. Dame unos minutos.

André se sirve un café solo, se instala frente a la ventana y recorre con la mirada las obras de la Sūryayā Tower. Son las diez, la reunión era a las nueve. Pero nada es fruto del azar: el indecente retraso, las sandalias, los pantalones de mezclilla desteñidos y la camisa blanca de algodón con cuello Mao, la mochila de tela. La visita de André estaba prevista desde hace tiempo, pero han preferido decirles que viajaba a la India expresamente por ellos.

Una cuadrilla de ingenieros de Singh Sunset Construction está sentada alrededor de su jefe. Seis trajes negros entallados, seis corbatas bien anudadas, seis rostros tensos. Todos se levantan cuando André entra en la sala. Sin vacilar, el arquitecto avanza directo hacia Singh, a quien no ha visto nunca pero de quien Nielsen le ha mandado una foto. Es un hombre de pelo canoso y liso, de unos cincuenta años, enjuto pero correoso, de mirada penetrante. Antes de que el hombre tenga tiempo de inclinarse y cruzar las manos sobre el pecho, como se estila en la India, Vannier le estrecha la mano con fuerza. Hasta el acento a lo Maurice Chevalier está calculado.

—*Good morning, Mr. Singh.*

—*Very honored, Mr. Vannier, very honored.*

—Mr. Singh, tenemos dos horas por delante para arreglar el problema. Debo volver a Nueva York esta misma tarde. Es un asunto muy serio. Mucho. No hace falta que se lo diga. Pero antes que nada, me gustaría que visitáramos las obras.

—*Mr. Vannier, we think that...*

Sin dejarlo acabar, Vannier da media vuelta y sale. Todos lo siguen. Vannier camina deprisa, con Nielsen a su lado y los ingenieros detrás, en fila india. Nielsen se vuelve hacia su jefe y le susurra:

—Esta mañana el laboratorio nos ha enviado los resultados de los análisis del hormigón de los micropilotes. La resistencia a la compresión está muy por debajo de los niveles C 100/115 exigidos. Estamos más bien en un C 90, incluso menos. La mejor solución es instalar otros micropilotes y olvidarnos de estos totalmente.

Vannier asiente. Nielsen es su arma secreta en la India. Hace un mes que el joven llegó a Bombay, un mes organizando a diario reuniones de trabajo con los proveedores en un inglés técnico que domina a la perfección, un mes escuchando con su pinta de surfista australiano atolondrado lo que se dice a su alrededor en hindi, una lengua que maneja con soltura al haber pasado su infancia en Goa, ese inmenso balneario del océano Índico donde su madre aún regenta una *guest-house*. El dominio del idioma tuvo mucho que ver, qué duda cabe, para que lo contrataran en Vannier & Edelman dos semanas después de que el estudio ganara el concurso de licitación de la Sūryayā Tower.

Al llegar a pie de obra, Vannier abre la mochila y saca una computadora, un módem inalámbrico, un telémetro láser. Realiza varias conexiones, comprueba los datos, manipula el telémetro, cinco, diez veces, vuelve a calcular y lo dirige de nuevo hacia el vértice de uno de los micropilotes, luego de otro, mientras los hombres de Sunset Singh sudan la gota gorda bajo el sol. André alarga el momento más de lo necesario, antes de recogerlo todo con sumo cuidado, sin prisas, y volver a la caseta de obras.

Vannier se sienta e invita a los demás a hacer lo mismo. Deja pasar unos segundos y dice, esta vez en un inglés sin acento:

—Señor Singh, se ha cometido un error y ya ha habido consecuencias. Hay que corregirlo ahora, después será demasiado tarde. La arquitectura es un juego, un juego erudito, pero un juego al fin y al cabo, no hace falta que se lo explique. Pero con la construcción no se juega, se trabaja conjuntamente... ¿Lo entiende? Conjuntamente...

Singh asiente con la cabeza.

A mediodía, Vannier ya ha obtenido lo que había ido a buscar. Singh Sunset Construction se compromete a cumplir con el nuevo calendario, el jalón de orejas de Vannier & Edelman solo los obliga a asumir los gastos de peritaje y abogacía. No se mata al caballo en mitad del río. Las nuevas perforaciones empezarán esta misma tarde y el nuevo hormigón se inyectará a presión por la noche, durante las horas más frescas. Debido a la urgencia, Vannier exige no solo un nivel C 115, sino un X S2, resistente a las aguas salobres. Con el calor que hace, estará seco en una semana, y en tres ya podrán construir encima.

Cuando los ingenieros de Singh Sunset se ponen a

discutir y a estudiar el nuevo *planning*, Vannier se inclina al estilo hindú y abandona con Nielsen la estancia.

Se alejan de la obra, le compran dos Kingfisher bien frías a un vendedor ambulante y van dando un paseo hasta el puerto. A Vannier aún le quedan tres horas antes de volar a Nueva York. De pronto, solícitamente, Nielsen le pregunta: «¿Y Lucie cómo está? ¿Ya acabó la película de Von Trotta en la que estaba trabajando?».

Vannier esboza una sonrisa. O más bien una mueca. Luego divaga, elude la pregunta, se da cuenta de que está ocultando la ruptura, como si contárselo a Nielsen la hiciera más definitiva todavía. Se siente humillado y, por primera vez en su vida, viejo y avergonzado por la injusticia que la vida ha cometido con él.

Lucie se ha ido, y el arquitecto rememora la fórmula: «pasado a otra cosa». *Sic transit.* André empieza a asumirlo: a fin de cuentas, echar de menos a una mujer que te ha dejado será siempre menos doloroso que desear sin tregua a la que duerme a tu lado, en una penumbra indiferente y tibia, a años luz de distancia.

Durante el vuelo de United Airlines con destino a Nueva York, Vannier relee precisamente el librito que le regaló a Lucie, *La anomalía*, de Victør Miesel, un autor a quien no conocía de nada hace apenas dos meses. Luego intenta trabajar, pero no puede resistir el impulso de reescribir por décima vez su correo desesperado. Tiene el ánimo por los suelos. Poco podía imaginarse una caída tan salvaje, tan vertiginosa.

Lo que acabó por exasperar a Lucie fue que mostrara y exhibiera su sufrimiento, ahí la perdió definitivamente, pero André no fue capaz de cambiar de actitud. Ante el dolor del fracaso, se fustiga y maldice su impaciencia. Se creía un buen amante, tierno y con experiencia, se había hecho la ilusión de que el sexo la mantendría a su lado, de que podría convertirse para ella en sinónimo de un placer exquisito. Entonces, estúpidamente, pues nada es tan estúpido como el deseo, que es la esencia misma de la vida según Spinoza, André quiso arrastrarla sin cesar hacia una cama que ella acabó rehuyendo.

«Tu deseo me agobia. Has conseguido anular el mío», le dijo Lucie antes de pedirle que se dieran «un tiempo», un tiempo que acabó siendo una eternidad.

Miss Platón contra el Dr. Spinoza. Y Spinoza había perdido. Jaque mate.

Pero André no escribe lo que piensa, no, escribe un correo más ridículo todavía. «Me habría gustado recorrer contigo el camino más largo posible, e incluso el más largo de todos los posibles caminos.» Detesta esas palabras y, sin embargo, las escribe y las envía. ¿Qué hora es en París? Lunes ya. Aún estará durmiendo.

Cuando la melatonina le hace efecto, se queda dormido profundamente, sin soñar con nada. En el aeropuerto JFK, al pasar la aduana, aún amodorrado, el policía escanea su pasaporte, lo observa atentamente y lo retiene durante unos minutos, hasta que aparecen un hombre y una mujer. Son jóvenes, están vestidos con ropa moderna pero elegante, él con traje negro, ella con un conjunto gris de falda y saco, y parecen exactamente lo que son: agentes del FBI. De hecho, nada más llegar muestran sus credenciales azules y sus insignias doradas de sheriff, donde una justicia con cara de Playmobil sujeta una balanza y una espada.

—¿Señor André Vannier? —pregunta la mujer.

André asiente y la mujer le muestra una foto en la pantalla del celular.

—¿Conoce a esta persona?

Es Lucie. Lucie sentada en un cuartito iluminado con fluorescentes de luz cálida. Parece asustada, atemorizada, sí, su postura y su mirada lo demuestran. Hay algo que no cuadra en esa imagen de Lucie.

—Sí, la conozco. Por supuesto. Lucie Bogaert, es amiga mía. ¿Le ha pasado algo? ¿No está en París?

—Tenemos órdenes de pedirle que nos acompañe, señor Vannier, eso es todo. Un miembro de su consulado debería haber venido a recibirlo. Se reunirá con nosotros allí adonde lo llevamos. Puede usted negarse, en cuyo caso lo esperaremos juntos en la zona de retención.

Vannier niega con la cabeza. No tiene la más mínima intención de resistirse.

Salen del aeropuerto y se dirigen a una limusina negra; el hombre que los está esperando toma el equipaje de André y lo coloca en la cajuela. Suben a la parte de atrás. Una vez instalados, el hombre del FBI golpea el cristal tintado que los separa del conductor. El coche arranca y André se fija entonces en que las ventanillas son totalmente opacas.

—Haga el favor de apagar su teléfono celular y entregármelo —dice la mujer—. Lo siento. Es el protocolo.

André obedece. Ahora también tiene miedo. Tanto por Lucie como por él.

PRIMERAS HORAS

Jueves, 24 de junio de 2021,
McGuire Air Force Base, Trenton, Nueva Jersey

Un Boeing 787 con el fuselaje dañado permanece detenido al final de la pista 2, no lejos de los helicópteros Black Hawk y de los imponentes bimotores grises con hélices de la US Air Force. Tres vehículos blindados se encuentran junto al avión de largo alcance, mientras la noche cálida cae entre efluvios marinos sobre un descampado invadido por la hiniesta y la salvia.

Cerca de los hangares, un baile de camiones militares se sucede sin interrupción. Con una mezcla de urgencia y disciplina, cientos de soldados acondicionan sin saber para qué un enorme almacén del que acaba de salir el impresionante avión de carga Lockheed C-5 Galaxy que estaba siendo revisado. Junto a las inmensas puertas correderas se recortan, minúsculas, tres siluetas. El aspecto de la mujer, con su conjunto Chanel de imitación, y de uno de los hombres, con su traje oscuro a lo *Men in Black*, deja pocas dudas: forman parte de los servicios de inteligencia. El tercer individuo es más atípico: lleva el pelo largo y algo grasiento, lentes redondos de acero que se le escurren nariz abajo y una camiseta agujereada con la frase «I ♡ cero, uno, y Fibonacci». Huele un poco a sudor y bastante a cerveza.

Por mucho que Adrian Miller se haya bebido dos botellas de agua, la cabeza sigue dándole vueltas. Nada más bajar del coche, los dos agentes se han acercado para presentarse, pero Miller no ha prestado atención a sus nombres, ni al del tipo de la CIA ni al de la mujer del FBI. Se ha limitado a tenderles una mano fofa, sin la menor energía.

El oficial le estrecha la punta de los dedos con reticencia, visiblemente incómodo, como si fuera la aleta viscosa de un pez que agoniza en el fango.

—Debo confesarle, profesor Miller, que no lo imaginaba tan... tan joven.

La mujer del FBI, una latina de rasgos delicados y mirada penetrante, de unos treinta años, examina al matemático sin decir nada. Al principio le recuerda a John Cusack, digamos a un John Cusack de medio pelo, más flácido; pero pronto cambia de opinión: qué va, ni de lejos. Cuando se decide a hablar, lo hace con una mezcla de extrañeza y de respeto:

—Conocemos su informe de memoria, profesor Miller. Un trabajo formidable. Confiamos mucho en su experiencia. Supongo que tanto usted como la doctora Brewster-Wang se han enfrentado ya al protocolo 42.

Adrian Miller masculla un «no» apenas audible. Tiene tan poca relación con Tina Wang que ni siquiera sabía que hay un Brewster en su vida, y no, no se ha enfrentado nunca al protocolo 42. Ni siquiera le consta que alguno de los acontecimientos previstos por los protocolos «de probabilidad limitada» haya perturbado el tráfico aéreo hasta la fecha: ni la llegada de extraterrestres, contemplada en tres protocolos —«Encuentros en la tercera fase», «Guerra de los mundos» e «Intención desconocida»—, en cada caso con una docena de variantes, una de las cuales protagonizada por Godzilla por expreso deseo de Tina; ni la propagación a través de aerosoles de zombis y otros vampiros —o de cualquier epidemia fulgurante de tipo aeróbico, desde una fiebre hemorrágica como el ébola hasta un coronavirus—, contemplada en otros cinco; ni la hipótesis de una inteligencia artificial maléfica que hubiese tomado el control del tráfico —ya sea de manera autónoma, protocolo 29, o teledirigida por una potencia extranjera, protocolo 30—, aunque cada vez resulte más plausible.

Pero el protocolo 42... *No es posible* enfrentarse al protocolo 42. Miller bebe un trago de agua y dice:

—En realidad, señora... Lo siento, olvidé sus nombres.

—Agente superior Gloria Lopez. Y mi homólogo de la CIA, Marcus Cox.

—Pues bien, agente superior Gloria Lopez, para serle sincero, el protocolo 42 es..., cómo decirlo...

Adrian Miller bebe otro trago de agua, las palabras no acuden en su ayuda. De todos modos, no puede confesarles que se trata tan solo de un mal chiste de geniecillos que ya le ha costado al contribuyente la módica suma de medio millón de dólares, contando solo los veinte años que las arcas públicas han estado remunerando a dos bromistas por llevar en todo momento sendos celulares blindados que nunca deberían haber sonado. Miller observa el Boeing y le parece un enorme puro de aluminio iluminado por potentes proyectores.

—¿Saben exactamente por qué estamos aquí? ¿Qué

tiene de especial ese avión? Más allá del parabrisas estrellado y la nariz abollada...

—El radomo —lo corrige el agente especial—. La nariz del avión. Se llama radomo.

La mujer los interrumpe.

—No sabemos demasiado, profesor Miller. Y el helicóptero que trae a la profesora Brewster-Wang está por llegar. Es aquel punto negro de allí, ese que se acerca por el norte.

—Por cierto, profesor Miller —añade el agente Cox sacando un papel de un sobre—, hágame el favor de firmar aquí abajo. Es un compromiso de confidencialidad: toda información que reciba a partir de ahora será considerada información clasificada. Si se niega a firmarlo, quedará bajo la jurisdicción de un tribunal militar, acusado de atentar contra la seguridad nacional. E incumplirlo tras haberlo firmado será considerado, en virtud del párrafo 79 del título 18 del Código de Estados Unidos, un crimen de alta traición. Gracias por su colaboración.

Desde —por lo menos— el rey Arturo y sus caballeros, a la gente de la milicia le gusta reunirse en redondo, sin duda porque el círculo proclama la igualdad de sus méritos sin ocultar las verdaderas jerarquías. De modo que la base McGuire posee su gran mesa redonda en el centro de la sala de mando subterránea, crudamente iluminada y con las paredes tapizadas de enormes pantallas, muchas de las cuales muestran la imagen del 787, inmóvil, filmado desde todos los ángulos por una legión de cámaras.

Tina y Adrian han preferido sentarse juntos para enfrentarse a la docena larga de generales de pecheras estrelladas, mujeres y hombres de todas las agencias imaginables, con sus nombres y cargos escritos en pequeños caballetes de plexiglás. Además del FBI y del Departamento de Defensa, están los de Asuntos Exteriores, la US Air Force, la CIA, la NSA, el NORAD, la FAA y otras cuantas siglas más de las que Miller nunca ha oído hablar. Tanto él como Tina tienen también derecho a sus títulos, nombres y apellidos, bajo un «Massachusetts Institute of Technology» donde ya no trabaja ninguno de los dos.

Tina Wang no ha cambiado demasiado, por mucho que ahora se vista de un modo más comedido que en su época de doctoranda gótica. Ha tenido tiempo de susurrarle a Adrian que ya no da clases, que es cierto que se ha casado con un físico al que conoció en la cafetería de Columbia llamado Georg Brewster y que le habría costado reconocerlo, observación que ha acompañado con una sonrisita pérfida, pues ya no se parece en nada al Christian Slater de *El nombre de la rosa*. Ahora le recuerda más bien a un Keanu Reeves con alopecia, pero se guarda para sí el comentario.

Una voz poderosa se impone al alboroto general. Proviene de un hombre alto y delgado que no necesita hacer gala de sus resultados en West Point, Colorado Springs, ni de sus actos de servicio en Homs y en Mogadiscio: su pelo blanco cortado a cepillo, su aspecto firme y musculoso, por no hablar de las tres estrellas negras que lleva bordadas en las hombreras, son su mejor carta de presentación. Y es que en esta sala revestida de ebanistería fina, el uniforme de camuflaje gris y verde no va a servirle de nada.

—Señoras, señores, soy el general Patrick Silveria, del National Military Command Center, y tengo plena autoridad para representar al secretario de Defensa. La situación debe permanecer bajo estricto secreto, por lo que el presidente ha preferido no cambiar su agenda y quedarse en Río, pero deben saber que estará permanentemente informado. Déjenme hacer una ronda de presentaciones: a mi izquierda, el general Buchanan, que dirige la base McGuire y nos acogerá estos días. Imagino que nadie conoce a los profesores Miller y Brewster-Wang, a mi derecha: son los dos matemáticos a quienes debemos los protocolos de crisis que seguimos desde el 11-S.

Los aludidos saludan torpemente, bajo un murmullo de aprobación, y Silveria continúa:

—El profesor Miller da clases en Princeton y la profesora Brewster-Wang es asesora de la NASA y de Google Corp. Tendrán plena libertad para aplicar el protocolo 42, y yo coordinaré la operación. Antes de que alguien me diga que la CIA no está autorizada a operar en territorio nacional, déjenme aclarar que el protocolo exige la cooperación de todas las agencias.

Mientras un oficial distribuye a cada participante una tableta y un grueso dosier con la etiqueta *«Classified Information»*, Silveria va presentando uno a uno al agente superior del FBI y a todos los demás, desde el agente especial de la CIA responsable de la vigilancia digital en la NSA, que a sus treinta años tiene una pinta insufrible de friki fundador de alguna red social, hasta una mujer bajita de voz dulce y clara, de pelo corto y cano a pesar de sus escasos cuarenta años: Jamy Pudlowski, del Special Operation Command, PSYOP, especialista en Operaciones Psicológicas. Todos están implicados, de un modo u otro, en la gestión del protocolo 42. Miller empieza a recordarlo todo: las agencias gubernamentales implicadas, el grado de cada uno de los presentes y hasta el orden del día de la reunión... Nada que Tina Wang y él mismo no hubieran especificado en su informe.

—Nuestro equipo se verá reforzado considerablemente en las próximas horas —continúa Silveria—. En estos instantes, numerosas personas de diferentes ámbitos están viniendo a la base y nos ayudarán a afrontar la situación. ¿Cuántos agentes nos envían las PSYOP del FBI, agente especial Pudlowski?

—Más de cien. También estamos operando desde una de nuestras oficinas de Nueva York.

—Gracias. Tienen ante ustedes el estado actual de lo que sabemos sobre la situación. El 787 que han visto en la pista es el motivo de que estemos aquí reunidos: se ha comunicado con el aeropuerto JFK hoy, 24 de junio, a las 19:03 horas exactamente, identificándose como el vuelo Air France 006, que cubre la ruta París-Nueva York. Al parecer, el aparato había sufrido daños importantes y ha sido redirigido a esta base a los pocos minutos. El comandante de a bordo dice ser David Markle, el copiloto afirma llamarse Gideon Favereaux; encontrarán en el dosier la lista completa del resto de la tripulación y de los pasajeros. Cedo la palabra a Brian Mitnick, de la NSA. ¿Alguna cosa en relación con las tabletas, Brian?

El hombre de la National Security Agency se levanta. De pie, su aspecto es aún más aniñado, reforzado por el entusiasmo adolescente con el que enarbola un delgado aparato rectangular de color negro.

—Buenas noches a todos, la tableta que tienen ante ustedes es de uso personal y no necesita ninguna clave. En la página de inicio encontrarán el plano del Boeing 787. Si dan clic sobre los asientos verán aparecer una ventana emergente con el nombre de cada uno de los pasajeros, así como de la tripulación. La NSA actualiza las tabletas en tiempo real a medida que vamos teniendo más datos sobre cada persona que ha subido a ese vuelo. En cuanto haya un enlace a otra página, se mostrará en azul, ya sea una imagen o un fragmento de texto. Basta con dar clic encima para acceder a la nueva página. Si desean volver a la anterior, den clic en la flecha de vuelta. Es así de sencillo. Ahora presten atención a los monitores de control.

Con un solo dedo, Mitnick va haciendo desfilar las fotos de Markle y de Favereaux, luego las de las azafatas y los auxiliares de vuelo. Mientras Mitnick se divierte con su juguete, Silveria retoma la palabra:

—Si hemos activado el protocolo 42 es porque otro vuelo Air France 006 ha aterrizado hace poco más de cuatro horas en el aeropuerto JFK, según el horario previsto, a las 16:35 horas. Un avión distinto, manejado por un piloto y un copiloto distintos. No obstante, un Boeing 787 de Air France, con la misma referencia Air France 006, igual de dañado y pilotado por el mismo comandante Markle, asistido por el mismo Favereaux, con el mismo personal de a bordo y los mismos pasajeros, en resumidas cuentas, no un aparato igual, sino el mismo aparato que ven ahí fuera, aterrizó en el aeropuerto John F. Kennedy el pasado 10 de marzo a las 17:17. Hace ciento seis días exactamente.

Se produce una algarabía general, que interrumpe el agente de la CIA levantando la mano:

—No lo entiendo. ¿El mismo avión ha aterrizado dos veces?

—Correcto. Insisto: es el mismo aparato. Uno de los técnicos de mantenimiento nos lo ha confirmado: es el mismo 787 que revisó hace ahora casi cuatro meses: según dice, los daños son menores, como si el avión hubiese pasado la mitad del tiempo bajo el granizo, pero ha reconocido sin asomo de duda determinados impactos en el parabrisas, determinados desperfectos en el radomo, etcétera. Estamos en conexión directa con el piloto.

El sonido se acopla y un ligero silbido recorre la sala de mando.

—Buenas noches, comandante Markle. Le habla de nuevo el general Patrick Silveria. Estoy reunido con el comité de crisis del Estado Mayor. ¿Puedo pedirle una vez más que se presente? Díganos su fecha de nacimiento, si es tan amable.

La voz de Markle resuena en la sala. Parece cansada.

—David Markle, nacido el 12 de enero de 1973. General, los pasajeros están al borde de un ataque de nervios, quieren desembarcar ya.

—Los evacuaremos en unos minutos. Una última pregunta, comandante Markle: ¿a qué día estamos y qué hora es?

—Los instrumentos de vuelo no funcionan. Pero hoy es 10 de marzo y mi reloj señala las 20:45 horas.

Silveria corta la comunicación. El reloj de pared luminoso señala como fecha el 24 de junio y como hora las 22:34 horas. En el monitor principal aparece de pronto la imagen de un enfermo intubado en una cama de hospital.

—Esta fotografía ha sido tomada hace diez minutos por un agente del FBI en la habitación 344 del Mount Sinai Hospital. El hombre que ven también se llama David Markle. Es el piloto del vuelo Air France 006 del pasado 10 de marzo y se está muriendo de un cáncer de páncreas que le diagnosticaron hace cosa de un mes.

Silveria se vuelve hacia Adrian Miller y Tina Brewster-Wang, que se han quedado mudos.

—¿Entienden por qué hemos activado el protocolo 42? Y ¿cuál es el procedimiento que vamos a seguir a partir de ahora?

II

LA VIDA ES SUEÑO, DICEN (24 de junio - 26 de junio de 2021)

La existencia precede a la esencia, y de largo.

La anomalía, Victør Miesel

EL PRECISO INSTANTE

Jueves, 24 de junio de 2021,
McGuire Air Force Base, Trenton, Nueva Jersey

En fila india, entre dos columnas de soldados armados y equipados con trajes amarillos anticontaminación, los pasajeros se dirigen al hangar. Atraviesan un detector de radiactividad, una cámara antibacteriana y entran con cuentagotas en la inmensa nave abovedada, donde una hilera de soldados anota nombres, apellidos y números de asiento. Pocos son los que protestan. El nerviosismo y el enfado iniciales han dado paso al agotamiento y la ansiedad. Solo una abogada indignada encuentra la energía necesaria para distribuir sus tarjetas profesionales.

En el hangar, los militares han instalado duchas, baños portátiles, un centenar de tiendas y mesas largas. Sirven comida caliente, algunos pasajeros intentan descansar en los colchones que hay en las tiendas, pero todo resuena bajo la bóveda de acero, los niños gritan, las discusiones estallan. Decenas de soldados patrullan y controlan cada entrada y cada salida; en la esquina norte, un equipo médico dispone de un laboratorio protegido por una carpa esterilizada y una docena de enfermeros toma muestras de saliva de todos los pasajeros; en unos módulos de la esquina este, los psicólogos de las PSYOP que han ido llegando empiezan los interrogatorios individuales, siguiendo el cuestionario que Miller y Wang han redactado deprisa y corriendo. En las últimas horas, el protocolo 42 se ha enriquecido extraordinariamente.

En el flanco oeste, a cinco metros de altura, una gran plataforma metálica domina el hangar. El grupo operativo se ha instalado en una de las salas voladizas, desde donde puede observarse, a través de los ventanales, el hervidero ruidoso y caótico que hay abajo. Las tabletas muestran sin cesar nuevos datos. La NSA ha geolocalizado a la mayor parte de los pasajeros y de la tripulación del vuelo París-Nueva York del 10 de marzo. Un centenar se encuentra ya en arresto domiciliario bajo vigilancia policial. Los biólogos han comparado sus ADN con los de sus homólogos retenidos en el hangar: son estrictamente idénticos. El avión inmovilizado en McGuire es la réplica exacta del que aterrizó hace casi cuatro meses.

Mitnick, el friki de la NSA, muestra en un monitor una imagen de la cabina de pasajeros, desdoblada.

—Estos son los videos de la cámara situada en primera clase: a la izquierda, el primer avión, el pasado 10 de marzo; a la derecha, el que ha aterrizado hoy. Si detengo la imagen, ambos *timecodes* indican que son las 16 horas 26 minutos y 30 segundos... Las dos muestran exactamente lo mismo. Estamos en plenas turbulencias. Pero si avanzamos imagen a imagen...

En el monitor, a las 16 horas 26 minutos 34 segundos y 20 centésimas, los videos divergen y la pantalla desdoblada se convierte en un juego de encuentra las diferencias: a la izquierda, los lentes de una pasajera salen volando, mientras que a la derecha permanecen sobre su nariz; aquí se abre uno de los compartimentos para equipajes, allí permanece cerrado. Pero lo más relevante es que la imagen de la izquierda está oscura, mientras que en la de la derecha un sol radiante inunda la cabina. El primer avión prosigue su agitada ruta en medio de la terrible tormenta del 10 de marzo, mientras el segundo asoma en el apacible cielo del 24 de junio a las 18:07 horas.

La algarabía es tal que Mitnick se ve obligado a gritar para hacerse oír:

—Eureka —exclama con una voz sobreexcitada—. Todo ocurre en ese preciso instante: a las 16 horas 26 minutos 34 segundos y 20 centésimas... Y lo inverosímil continúa: hemos seleccionado tres cámaras interiores del Boeing 787: una de la parte delantera, otra de la parte central y otra de la parte de atrás. Entre cada una de ellas hay diez metros. A 900 kilómetros por hora o, lo que es lo mismo, a 250 metros por segundo, el Boeing recorre esos diez metros en un veinticincoavo de segundo y, oh, milagro, las cámaras toman veinticinco imágenes por segundo... ¿Me siguen?

Como nadie contesta, Mitnick continúa:

—Dividamos ahora la pantalla en tres. A la izquierda, la grabación de la primera cámara; en el centro, la grabación de la segunda, y a la derecha, la tercera. A las 16 horas 26 minutos 34 segundos y 20 centésimas, el sol inunda de golpe la cabina en la primera cámara. El mismo fenómeno se produce en la segunda cámara, pero en la imagen siguiente: a las 16 horas 26 minutos 34 segundos y 24 centésimas. Y en la tercera cámara, la de la derecha, el sol aparece a las 16 horas 26 minutos 34 segundos y 28 centésimas.

—¿Y eso qué significa? —pregunta Silveria.

Mitnick se regocija.

—Que hay un desfase de un veinticincoavo de segundo entre cada cámara. Como si nuestro segundo avión surgiese de la nada a través de un plano vertical inmóvil. Antes del plano, la tormenta; una vez franqueado, el cielo azul. Según nuestros satélites de observación, dicho plano se encontraba el 10 de marzo exactamente a 42° 8′ 50″ N 65° 25′ 9″ O, pero el avión ha reaparecido hoy un poco más hacia el suroeste, a unos 60 kilómetros.

—Y ¿cuál es su conclusión, Mitnick?

—¿Mi conclusión? Ninguna, yo no extraigo conclusiones. Me limito a aportar un dato más para que las lumbreras de Princeton se devanen los sesos —dice volviéndose hacia los dos matemáticos.

—O sea que ha pasado un poco como con una fotocopia: se escanea en un sitio y se imprime en otro, como una hoja que sale de una fotocopiadora, ¿no? —pregunta Tina Wang.

Mitnick vacila. La idea le había parecido demasiado absurda como para sugerirla él mismo.

Se vuelve a hacer el silencio. Aún no han instalado los aparatos de aire acondicionado y reina un calor húmedo. Un mensaje hace vibrar el celular del hombre de la Seguridad Nacional, que lo lee y suspira:

—El presidente de Estados Unidos exige que la NSA compruebe si el 10 de marzo no hubo cerca de nuestras costas atlánticas ningún barco ruso o chino haciendo experimentos de viajes en el tiempo...

Una mezcla de desánimo y exasperación se apodera del general Silveria. Apoya la cabeza en el cristal y observa el hangar, bajo la cruda luz que lo ilumina.

—Pero ¿de dónde ha salido ese avión? —suspira Silveria—. Alguna teoría tendrá, profesora Wang. Un profesor sin teorías es como un perro sin pulgas.

—Pues lo siento, pero de momento no tengo ninguna pulga.

—Confiamos en localizar a todo el mundo en las próximas cuarenta y ocho horas —prosigue Silveria—, incluidos los pasajeros de origen extranjero que regresaron a su país después del 10 de marzo. Tienen hasta entonces para encontrar una explicación.

—Hay que reforzar el equipo científico —sugiere Adrian—. Física cuántica, astrofísica, biología molecular... El equipo completo debería estar aquí al amanecer.

—Denos treinta minutos para confeccionar una lista de científicos —añade Tina Wang—. Y también dos o tres filósofos.

—¿Qué? ¿Y eso por qué? —pregunta Silveria.

—Porque no es justo que los científicos sean los únicos a los que siempre se despierta en mitad de la noche, ¿no le parece?

Silveria se encoge de hombros.

—No renuncien a ningún nombre, tengo plena autoridad para secuestrar a todo premio Nobel que se encuentre en el territorio. La fórmula exacta que deben utilizar es «le pedimos que coopere por petición expresa del presidente de Estados Unidos».

—Consíganos también una sala de hipótesis: una gran sala para trabajar en equipo, con distintos espacios, varias mesas, sillones, sofás, pizarrones, gises, en fin, ya sabe...

—Los pizarrones serán blancos e interactivos, ¿está bien? —pregunta Silveria sin el menor asomo de ironía.

—Y drogas para mantenernos despiertos.

—Les mandaremos un cargamento de modafinilo. Tenemos cientos de cajas...

—También necesitaremos una especialista en problemas de continuidad espacial y en teoría de grafos —se aventura Adrian.

—¿Por qué «una»? ¿Tiene a alguien en mente?

Adrian tiene a alguien en mente.

—La profesora Harper, de Princeton. Meredith Harper. Hace apenas unas horas estábamos... discutiendo precisamente... sobre los topos de Grothendieck en geometría.

—Ahora mismo mando un vehículo militar a buscarla. ¿Es... fiable? En materia de seguridad nacional, me refiero.

—Absolutamente. Aunque es inglesa. ¿Hay algún problema?

El general Silveria se muestra dubitativo.

—Hay trece ingleses en ese maldito avión, así que... mientras no sea rusa, china o francesa no me importa. De todos modos, vamos a colaborar con los servicios británicos.

—Y una cafetera, una de verdad, que haga un expreso decente —añade Adrian Miller.

—No pidan cosas imposibles —tuerce el gesto el general.

Poco antes de las once, en la esquina norte del hangar se levanta una nube de humo gris, que al principio no es más que una voluta, pero que no tarda en volverse oscura y densa. Una voz de hombre grita: «¡Fuego!», y una oleada de pánico se propaga entre la muchedumbre: algunos pasajeros se abalanzan hacia las puertas cerradas, empujan a los militares que las custodian y los equipos de seguridad no tardan en acudir en su ayuda.

El incendio está enseguida controlado, pero Silveria toma un megáfono.

—Les habla el general Patrick Silveria. Por favor, no sucumban al pánico. Voy a bajar a darles las explicaciones pertinentes.

El hangar se convierte en un pandemonio.

—¿Qué va a contarle a toda esa gente? —pregunta Tina Wang cuando el oficial se dispone a bajar de la plataforma—. Yo que usted no les diría que ya existe un doble de todos ellos en algún lugar y que no pintan nada en este planeta...

—Improvisaré. Además, ¿quién sabe qué hacemos todos en este jodido mundo?

Mientras Silveria, megáfono en mano, da falsas explicaciones a unos doscientos pasajeros y les habla de seguridad nacional, de hackers o de salud pública, los militares examinan los desperfectos: una de las camillas se ha incendiado y el fuego se ha propagado por toda la tienda. Un acto voluntario.

A unos treinta metros de allí, alguien ha forzado con una palanca una estrecha puerta metálica que da al exterior. Durante el momento de pánico generalizado, los soldados que la custodiaban la dejaron sin vigilancia. Diez minutos después, descubren que la cerca de alambre que rodea la base está hundida en un tramo de unos cinco metros. Ha sido derribada por un vehículo de color gris, como demuestran los restos de pintura; pero solo en el estacionamiento que hay junto al hangar, del que sin duda ha sido sustraído, hay más de trescientos.

Un pasajero se ha escapado y ha desaparecido en la noche.

A medianoche, la lista del equipo multidisciplinar se ha completado: hay premios Nobel, premios Abel, medallas Fields, galardonados o candidatos. Media hora después, el FBI empieza a llamar a sus puertas, interrumpiendo toda actividad nocturna, siendo el sueño la más común. La «petición expresa del presidente de Estados Unidos» y las luces giratorias que rasgan la noche producen su efecto. Y no es ni la una de la madrugada cuando un baile de coches, helicópteros y jets empieza a desembarcar a los científicos en la base McGuire.

Meredith está entre los recién llegados, reconocible por su olor a vodka y a pasta de dientes. Resulta evidente que la han sacado de la cama y, cuando Adrian empieza a contarle —confusamente— la situación, su rabia hace tiempo que se ha apagado. Se limita a escucharlo, con el ceño fruncido, y a mirar a la muchedumbre que hay a sus pies, sin decir nada. Adrian parece sorprendido:

—¿No tienes ninguna pregunta?

—¿Acaso hay alguna respuesta?

Adrian niega con la cabeza, desconcertado, y le da un comprimido de modafinilo. Para que no te duermas, está a punto de añadir, pero Meredith ya se lo ha tragado sin pestañear.

—Deberías haberme dicho que eras agente secreto, Adrian.

—No... no es exactamente eso. Eh... Ven, vamos a la sala de mando.

—Mira tú. Matemático en Princeton, vaya tapadera para un espía...

En cuanto Adrian empuja la puerta, Meredith alucina con el decorado.

—Oh, Adrian, me encanta —exclama—, estamos en *Dr. Insólito o Cómo aprendí a dejar de preocuparme y amar la bomba*..

En las pantallas, cada nuevo dato confirma lo imposible. El avión que hay en la pista es absolutamente idéntico al

787 que aterrizó en marzo. Ciertamente, el aparato ha sido reparado; ciertamente, los pasajeros han envejecido: esta misma noche, en Chicago, ha cumplido seis meses un bebé que, en el hangar, es un recién nacido de dos meses que no para de llorar. En los ciento seis días que separan ambos aterrizajes, entre los doscientos treinta pasajeros y trece miembros de la tripulación hay una mujer que ha dado a luz y dos hombres que han muerto. Pero genéticamente son los mismos individuos. Silveria hace balance en *petit comité* y no presta ninguna atención a los matemáticos.

—¿Cómo van los interrogatorios?

—Hemos enriquecido el cuestionario elaborado por los profesores Wang y Miller —responde Jamy Pudlowski, la mujer de Operaciones Psicológicas—, añadiendo detalles inexactos para suscitar reacciones que confirmen las identidades. No olvidemos que los nombres de los pasajeros deben permanecer en secreto.

El hombre de la NSA enarbola de nuevo su tableta.

—Nosotros estamos monitorizando las redes sociales, hemos puesto alertas en palabras clave como *Boeing* o *McGuire*. Cuando estalle la crisis, podremos identificar a los emisores y limitar la difusión de las informaciones. Pero no estamos en China o en Irán, no podemos bloquear internet. De momento, solo una web, la de un soldado de la base, ha mencionado el avión y ya la hemos borrado. Gracias a Dios...

—Hablando de Dios... —dice Pudlowski.

El nombre de Dios tiene la virtud de hacer callar a la gente. La mujer del FBI menea la cabeza y, a la luz de los fluorescentes, una fina trenza negra rompe la blanca armonía de su cabello.

—Me refiero a que... Dios puede ser un problema en sí mismo. Tanto aquí como en muchos otros países se hablará de la intervención de Dios. O del diablo. No podremos contener las oleadas de superstición, los actos irracionales de los iluminados. He tomado la iniciativa de convocar un consejo de líderes espirituales de las distintas confesiones. Los consejeros religiosos del presidente son todos evangélicos y no podemos dejar que nos acusen de habernos limitado solo a ellos. A bordo de ese avión iban cristianos, musulmanes, budistas... El tiempo juega en nuestra contra, y lo religioso es impredecible por naturaleza.

—Carta blanca, Jamy —dice el general—. Supongo que, con los nueve mil millones de presupuesto que tiene el FBI, algo podrán hacer.

—Y con los franceses, los otros europeos, los chinos y todos los demás, ¿qué hacemos? —pregunta Mitnick—. ¿Avisamos a los embajadores?

—¿Para qué?, ¿para decirles que tenemos detenidos ilegalmente a sus ciudadanos? No vamos a hacer nada. Esperaremos a que el presidente tome una decisión. ¿Algo más?

Desde el fondo de la sala, Adrian levanta un dedo, tímidamente.

—Necesitaremos un código para diferenciar a la gente del primer avión, el que aterrizó en marzo, de la gente del segundo: ¿uno y dos? ¿Alfa y beta? O colores: ¿azul y verde, azul y rojo?

—¿Tom y Jerry? ¿Laurel y Hardy? —sugiere Meredith.

—Excelentes propuestas, pero no —zanja Silveria—. Hagámoslo más fácil: March para el primero, el que aterrizó en marzo, June para el de junio.

El tiempo es oro, y Blake lo sabe. Le bastan quince minutos en el hangar para aprovechar un fallo en el sistema de seguridad, escapar y, en siete minutos más, estar conduciendo hacia Nueva York en una vieja *pick-up* Ford F, el vehículo más común que existe y que ha tomado prestado del estacionamiento de la base. Ventajas de tener la costumbre de no llevar más que una mochila. Por supuesto, no ha entregado al personal de a bordo el celular desechable que compró en París; desde luego, se las ha ingeniado para evitar el control de ADN. Llega a Nueva York a las dos de la madrugada, tira en un basurero el pasaporte australiano del viaje de ida, abandona la *pick-up* en una calle oscura, limpia cualquier huella que haya podido dejar en el volante y en el asiento, y aun así prende fuego al vehículo para mayor seguridad.

Es con toda evidencia una noche de verano, incluso de canícula, y Blake, que descubre estupefacto en un periódico la fecha del 24 de junio, piensa que al menos la temperatura es lógica. En un cibercafé de Manhattan que no cierra nunca, se informa de lo ocurrido en los últimos meses. Es así como descubre que, en Quogue, un tal Frank Stone fue asesinado el 21 de marzo; alguien ha llevado a cabo su encargo. Intenta consultar sus cuentas corrientes secretas, pero las claves no funcionan. Entra en el Facebook de su restaurante parisino, luego en el de Flora. En una foto subida el 20 de junio, un hombre que se le parece demasiado tiene a su hija sentada en las rodillas y cinta adhesiva en la frente, con este comentario de Flora: «El poni, ese feroz depredador». Blake examina su propia frente: ninguna cicatriz, ningún hematoma. Por un instante, en una explicación tan risible como irrisoria, había pensado en un ataque de amnesia. Opción descartada.

Como siempre, Blake opta por el pragmatismo. Tiene que volver con los suyos: toma un taxi al aeropuerto JFK y compra, en efectivo y bajo una nueva identidad, un pasaje para el primer vuelo con destino a Europa. El Nueva York-Bruselas despega a las 6:15 horas. El sábado a las nueve de la noche estará en suelo europeo, y cada hora sale un autobús hacia París. Blake tiene por delante varias horas para dormir y, si no para comprender, al menos sí para reflexionar.

SIETE INTERROGATORIOS

Extractos del interrogatorio a David Markle

Confidencialidad: Información reservada / Protocolo: n.º 42
Interrogatorio realizado por: Of. Charles Woodworth, PSYOP, SOC
Fecha: 25/06/2021 / Hora: 00:12 a. m. / Lugar: McGuire Airbase, US Army
Apellido: Markle / Nombre: David Bernard / Código: June
Fecha de nacimiento: 12/01/1973 (48 años) / Nacionalidad: USA
Puesto tripulación: Comandante de a bordo / Asiento: CP 1

Of. CW: Día 2, cero cero doce. Buenas noches, comandante Markle, soy el oficial Charles Woodworth, Special Operation Command, US Army. Su nombre es David Bernard Markle, nacido el 12 de enero de 1973, en Chicago, Illinois. Con su autorización, esta conversación será grabada y supervisada por la NSA.

DBM: De acuerdo. Pero nací en Peoria, no en Chicago.

Of. CW: Gracias por la corrección. Empezó usted su carrera en Delta Airways, en 1997. Entró en Air France en marzo de 2003. Realizó durante tres años vuelos de corto alcance con Airbus A319 / 320 / 321, luego de largo alcance con Airbus A330 / 340 y actualmente pilota un Boeing B787. ¿Es correcto?

DBM: Sí.

Of. CW: Comandante Markle, volvamos a su último vuelo, ¿podría describir el cumulonimbo y las turbulencias, por favor?

DBM: Hacia las 16:20, hora de Nueva York, al sur de Nueva Escocia, tuvimos que atravesar un cumulonimbo no señalado en el mapa meteorológico, un monstruo que ocupaba un frente muy extenso. Terminaba a una altura de 15 000 metros, algo anormal para el mes de marzo. Caímos en un ángulo de al menos 25 grados, durante un kilómetro, calculo. Chocamos contra un muro de granizo, recuperamos la inclinación y, al cabo de cinco o seis minutos, salimos bruscamente del cúmulo para encontrarnos con un cielo despejado.

Of. CW: ¿Hizo la primaria en Peoria?

DBM: ¿Disculpe?

Of. CW: Responda a mi pregunta, por favor, comandante Markle. ¿Recuerda el nombre de su escuela?

DBM: Kellar Primary School. ¿Va a estar mirando la tableta todo el rato?

Of. CW: Es el protocolo: las preguntas son deliberadamente personales y sus respuestas se cotejan en tiempo real. ¿Se acuerda del nombre de su maestro o maestra?

DBM: Uf, hace más de cuarenta años de eso. Ah, sí..., la señorita Pratchett.

Of. CW: Gracias, comandante. [...] En su tiempo libre, ¿se dedica a la pintura, a la música?

DBM: No.

Of. CW: Al salir de la nube, ¿se sintió confuso o indispuesto?

DBM: No.

Of. CW: ¿Sus oídos perciben ruidos persistentes, agradables, melodiosos?

DBM: No.

Of. CW: ¿Tiene dolores de cabeza, jaquecas?

DBM: No.

Of. CW: ¿Ojos irritados, sinusitis?

DBM: A veces, sí. Pero ¿qué preguntas son esas?

Of. CW: No hago más que seguir el protocolo, comandante Markle. ¿Tiene sarpullidos, quemaduras en la cara?

DBM: No.

Of. CW: ¿Reconoce a la mujer de la fotografía que acabo de recibir y que aparece en la pantalla que tiene enfrente?

DBM: Creo que sí.

Of. CW: ¿Puede decirme su nombre?

DBM: Diría que es la señorita Pratchett.

Of. CW: Es una foto de Pamela Pritchett, no Pratchett, hace cincuenta años. Ahora tiene ochenta y cuatro y sigue viviendo en Peoria.

DBM: Me gustaría hablar con su superior. Y llamar a mi mujer, debe de estar muy preocupada.

Of. CW: Enseguida podrá hacerlo, comandante Markle. ¿Ha pasado recientemente algún reconocimiento médico? [...]

Fin del interrogatorio el 25/06/2021 a las 00:43

Confidencialidad: Información reservada / Protocolo: n.º 42
Interrogatorio realizado por: Tte. Terry Klein, PSYOP, SOC
Fecha: 25/06/2021 / Hora: 07:10 a. m. / Lugar: McGuire Airbase, US Army
Apellido: Vannier / Nombre: André Frédéric / Código: June
Fecha de nacimiento: 13/04/1958 (63 años) / Nacionalidad: Francia
Puesto pasajero: cabina 2 clase turista / Asiento: K02

Of. TK: Día 2, siete y diez. Buenos días, soy el oficial Terry Klein, Special Operation Command, US Army. ¿Es usted el señor André Vannier, nacido el 13 de abril de 1958 en París?

AFV: Sí.

Of. TK: Señor Vannier, por motivos de seguridad estoy grabando esta conversación.

AFV: Desearía avisar a mi socio. Estamos haciendo una obra en Nueva York. Tengo que decirle que estoy aquí retenido.

Of. TK: De momento no puedo prometerle nada, señor Vannier.

AFV: Muy bien, entonces exijo que contacte al Quai d'Orsay.

Of. TK: ¿Al Kay qué, señor Vannier?

AFV: Al Ministerio francés de Asuntos Exteriores. Pregúntele a su jefe del Special Operation Command, seguro que conoce a Armand Mélois.

Of. TK: Daré parte de ello. ¿Puede describir el vuelo, en especial las turbulencias? [...]

Fin del interrogatorio el 25/06/2021 a las 07:25

Extractos del interrogatorio a Sophia Kleffman

Confidencialidad: Información reservada / Protocolo: n.º 42
Interrogatorio realizado por: Tte. Mary Tamas, PSYOP, SOC
Fecha: 25/06/2021 / Hora: 08:45 a. m. / Lugar: McGuire Airbase, US Army
Apellido: Kleffman / Nombre: Sophia Taylor / Código: June
Fecha de nacimiento: 13/05/2014 (7 años) / Nacionalidad: USA
Puesto pasajero: cabina 1 clase turista / Asiento: F3

Of. MT: Son las nueve menos cuarto de la mañana del día 2. Buenos días, Sophia, me llamo Mary y soy oficial de las fuerzas de seguridad. ¿Te encuentras bien?

STK: Sí, señora.

Of. MT: Puedes llamarme Mary. ¿Has conseguido dormir? ¿Has desayunado?

STK: Sí.

Of. MT: Hay que comer bien. Ayer tuvieron un vuelo agotador. Voy a hacerte algunas preguntas y a anotar todas tus respuestas en esta tableta que ves aquí. También grabaré nuestra conversación. ¿Te parece bien, Sophia?

STK: ¿He hecho algo malo?

Of. MT: Claro que no, Sophia, no tienes por qué preocuparte. Luego iremos las dos juntas a ver la zona de juegos que han montado durante la noche, porque son casi treinta niños, ¿sabes? Y también podrás ver las caricaturas, si quieres.

STK: Sí. ¿Y podré jugar con el iPad? Tengo uno, pero me lo quitaron.

Of. MT: Pronto te lo devolverán. ¿Qué edad tienes, Sophia?

STK: Tengo seis años, cumpliré siete dentro de dos meses.

Of. MT: Ah, muy bien. ¿Qué día los cumples, exactamente?

STK: El 13 de mayo.

Of. MT: ¿Y el 13 de mayo es dentro de dos meses?

STK: Sí.

Of. MT: ¿Qué te gustaría que te regalaran?

STK: Otra rana. Para que *Betty* no esté sola.

Of. MT: ¿Quién es *Betty*?

STK: Mi rana. Me está esperando en casa.

Of. MT: Voy a enseñarte una foto que tomó tu mamá, ¿reconoces tu casa?

STK: Sí...

Of. MT: ¿Puedes decirme quiénes son los de la foto?

STK: Sí, son mis amigos de la escuela, esta es Jenny, este es Andrew, Sarah...

Of. MT: Muy bien, Sophia. ¿Ves? Estoy apuntando todo lo que me dices, es muy importante. Es una fiesta de cumpleaños, ¿puedes contar las velas encendidas que hay en el pastel?

STK: Sí... Hay siete velas.

Of. MT: Gracias, Sophia. ¿Te mareaste mucho en el avión?

STK: Uy, sí, se movió muchísimo.

Of. MT: ¿A veces tienes la sensación de estar oyendo música?

STK: No, señora.

Of. MT: Ya sabes que puedes llamarme Mary, Sophia. ¿Y te duele la cabeza, a veces?

STK: No, no demasiado.

Of. MT: ¿Y tampoco te arden los ojos?

STK: Tampoco.

Of. MT: Mejor. ¿Y no te pica la piel de la cara, en las mejillas o en la frente?

STK: No.

Of. MT: En el avión ibas con tu mamá y tu hermano pequeño, Liam, ¿verdad?

STK: No, es mi hermano mayor.

Of. MT: Ay, sí, perdona, me equivoque. Y tu papá, ¿no ha venido con ustedes?

STK: No. Se quedó en Europa.

Of. MT: ¿Pasaste unas buenas vacaciones en Europa?

STK: Sí. No he hecho nada malo, ¿no?

Of. MT: No, Sophia, claro que no. Tu papá está en el ejército, ¿verdad?

STK: Sí. Él tampoco ha hecho nada malo, ¿no?

Of. MT: Claro que no, Sophia. Pero no llores. Ten, suénate. No tienes que preocuparte de nada. Absolutamente de nada. ¿Quieres que le diga a tu mamá que venga a hablar con nosotras?

STK: No.

Of. MT: Mira, traje plumones y papel. ¿Te gusta dibujar, Sophia? ¿Por qué no me haces un dibujo?

STK: ¿Qué tengo que dibujar?

Of. MT: Lo que tú quieras, Sophia.

Interrupción del interrogatorio el 25/06/2021 a las 09:02
Reanudación del interrogatorio el 25/06/2021 a las 09:09

Of. MT: Muchas gracias, Sophia. Es un dibujo muy bonito. Lo hiciste todo con el plumón negro. ¿No viste que había otros colores?

STK: Sí.

Of. MT: ¿Quién es este señor de aquí tan alto?

STK: Es mi papá.

Of. MT: ¿Y a su lado quién está?

STK: Yo.

Of. MT: Pero te dibujaste con cuatro garabatos. ¿Por qué?

STK: *(silencio)*

Of. MT: ¿Esto de aquí es tu boca?

STK: *(movimiento de cabeza afirmativo)*

Of. MT: ¿Y no dibujaste a tu mamá?

STK: No.

Of. MT: ¿Por qué no me hablas un poco más del dibujo, Sophia? Voy a pedirle a otra mujer que venga conmigo a escucharte, si te parece bien. ¿Te parece bien, Sophia?

STK: Sí. [...]

Fin del interrogatorio el 25/06/2021 a las 09:19

Extractos del interrogatorio a Joanna Woods

Confidencialidad: Información reservada / Protocolo: n.º 42

Interrogatorio realizado por: Tte. Damian Hepstein, PSYOP, SOC

Fecha: 25/06/2021 / Hora: 07:23 a. m. / Lugar: McGuire Airbase, US Army

Apellido: Woods / Nombre: Joanna Sarah / Código: June

Fecha de nacimiento: 04/06/1987 (34 años) / Nacionalidad: USA

Puesto pasajero: cabina primera clase / Asiento: D2

Of. DH: Día 2, siete y veintitrés. Buenos días, señora Woods, soy el teniente Damian Hepstein, Special Operation Command, US Army. Esta conversación va a ser grabada, con su permiso.

JSW: Pues no se lo doy, mire usted.

Of. DH: Señora Woods, negarse a cooperar en un contexto de seguridad nacional puede ser considerado como un acto sospechoso. Es usted Joanna Woods, nacida el 4 de junio de 1987 en Baltimore, ¿no es cierto?

JSW: Teniente Hepstein, la cuarta enmienda me protege contra toda detención arbitraria. Quiero llamar a mi despacho de abogados.

Of. DH: Le aseguro que la situación justifica las medidas de restricción de movimientos adoptadas.

JSW: Teniente Hepstein, que yo sepa, ningún juez ha firmado una petición de encarcelamiento contra mí, de lo contrario enséñemela. No pueden detenernos de esta manera, es un caso de *habeas corpus*.

Of. DH: Lo comprendo, señora Woods, pero recibirán las explicaciones pertinentes en las próximas horas.

JSW: Estoy recabando apoyos para llevar a cabo una acción colectiva federal, incluso internacional. Cuarenta y siete pasajeros han aceptado ya que mi despacho los represente...

Of. DH: Está en su derecho. ¿Y ahora puedo hacerle unas preguntas, señora Woods?

JSW: Pues va a ser que no. Y me gustaría hablar con su superior. [...]

Fin del interrogatorio el 25/06/2021 a las 07:27

Confidencialidad: Información reservada / Protocolo: n.º 42
Interrogatorio realizado por: Tte. Francesca Caro, PSYOP, SOC
Fecha: 25/06/2021 / Hora: 07:52 a. m. / Lugar: McGuire Airbase, US Army
Apellido: Bogaert / Nombre: Lucie / Código: June
Fecha de nacimiento: 22/01/1989 (32 años) / Nacionalidad: Francia
Puesto pasajero: cabina 2 clase turista / Asiento: K03

Of. FC: Día 2, siete y cincuenta y dos. Buenos días, soy la oficial Francesca Caro, Special Operation Command, US Army. ¿Necesita un intérprete, señora Bogaert?

LB: No.

Of. FC: Señora Bogaert, nuestra conversación está siendo grabada por motivos de seguridad. ¿Entiende lo que le digo?

LB: Hablo inglés, se lo acabo de decir.

Of. FC: ¿Es usted Lucie Bogaert, nacida el 22 de enero de 1989 en Lyon?

LB: ¿Dónde? No. En Lyon, no. En Montreuil.

Of. FC: Gracias por la corrección. ¿Cuál es el motivo de su presencia en territorio estadounidense, señora Bogaert?

LB: Un motivo personal... Oiga, soy madre de un niño de diez años, tengo que llamarlo cuanto antes. No han querido devolverme el teléfono.

Of. FC: Lo siento, podrá ponerse en contacto con su hijo muy pronto.

LB: Tendría que haberlo llamado ayer. Estará muy preocupado. ¿Usted tiene hijos, acaso?

Of. FC: Tranquilícese, señora Bogaert.

LB: Nadie nos dice nada. Llevamos horas retenidos...

Of. FC: Tengo que hacerle unas cuantas preguntas.

LB: Prométame que avisará a Louis. Este es el número al que tiene que llamar.

Of. FC: Está bien, señora Bogaert. ¿Puede hablarme del viaje y describirme el momento de las turbulencias? [...]

Fin del interrogatorio el 25/06/2021 a las 07:59

Extractos del interrogatorio a Victor Miesel

Confidencialidad: Información reservada / Protocolo: n.º 42
Interrogatorio realizado por: Of. Fredric Kenneth White, PSYOP, SOC
Fecha: 25/06/2021 / Hora: 08:20 a. m. / Lugar: McGuire Airbase, US Army
Apellido: Miesel / Nombre: Victor Serge / Código: June
Fecha de nacimiento: 03/06/1977 (44 años) / Nacionalidad: Francia
Puesto pasajero: cabina 2 clase turista / Asiento: L08

Of. FKW: Día 2, ocho y veinte. Señor Miesel, soy el oficial Fredric Kenneth White, Special Operation Command, US Army. Por motivos de seguridad, con su autorización, esta conversación será grabada. ¿Es usted Victor Serge Miesel, nacido el 3 de junio de 1977 en Lorient, Francia?

VSM: Nací en Lille, no en Lorient.

Of. FKW: Gracias por la corrección, señor Miesel.

VSM: ¿Puede explicarme qué está pasando?

Of. FKW: Lo siento, no estoy autorizado. ¿Cuál es el motivo de su visita a Estados Unidos?

VSM: He venido a recoger un premio de traducción por una novela.

Of. FKW: ¿Es usted traductor? Aquí consta como escritor.

VSM: Yo... también escribo novelas y cuentos. De todos modos, una traducción es una obra de creación, los traductores también son autores. En fin... ¿Por qué me lo pregunta?

Of. FKW: ¿Puede describir el viaje, especialmente las turbulencias?

VSM: El avión cayó en picada, dando enormes bandazos, el ruido era espantoso, pensamos que nos íbamos a morir. Y entonces, de pronto, todo terminó. Así fue.

Of. FKW: ¿Está trabajando en algún libro actualmente?

VSM: Estoy... estoy traduciendo una novela fantástica de un autor norteamericano, una historia de vampiros adolescentes...

Of. FKW: Pero ¿no está trabajando en un libro más personal, un libro titulado *La anomalía*?

VSM: *¿La anomalía?* No. ¿A qué viene esa pregunta?

Of. FKW: Señor Miesel, ¿le gusta pintar, toca algún instrumento?

VSM: No.

Of. FKW: ¿Percibe ruidos persistentes, agradables, melodiosos?

VSM: No.

Of. FKW: ¿Tiene dolores de cabeza, jaquecas?

VSM: No.

Of. FKW: ¿Ojos irritados, sinusitis?

VSM: Pero... ¡me está tomando el pelo! ¿Esto qué es?, *¿Encuentros cercanos del tercer tipo?*

Of. FKW: No entiendo a qué se refiere, señor Miesel.

VSM: He visto veinte veces la película de Spielberg, me la sé de memoria: me está usted haciendo las preguntas que François Truffaut le hace a Richard Dreyfuss, casi al pie de la letra. ¿Quién es el idiota que ha redactado este cuestionario?

Of. FKW: No sé de qué me habla. Es el protocolo que sigue el Departamento de Defensa en este tipo de situaciones.

VSM: Pero ¿de qué situaciones me habla? ¿Acaso cree que he entrado en contacto con extraterrestres? Y ahora me preguntará si tengo escozores, o si me he quemado la frente y las mejillas, ¿verdad?

Of. FKW: Eh... Pues sí... Entonces, ¿tiene sarpullidos o quemaduras en la cara? [...]

Fin del interrogatorio el 25/06/2021 a las 08:53

Extractos del interrogatorio a Femi Ahmed Kaduna, llamado Slimboy

Confidencialidad: Información reservada / Protocolo: n.º 42

Interrogatorio realizado por: Of. Charles Woodworth, PSYOP, SOC

Fecha: 25/06/2021 / Hora: 09:08 a. m. / Lugar: McGuire Airbase, US Army

Apellido: Kaduna / Nombre: Femi Ahmed / Código: June
Fecha de nacimiento: 19/11/1995 (25 años) / Nacionalidad: Nigeria
Puesto pasajero: cabina 2 clase turista / Asiento: N04

Of. CW: Día 2, nueve y ocho. Soy el oficial Charles Woodworth, Special Operation Command, US Army. Su nombre es Femi Ahmed Kaduna y nació el 19 de noviembre de 1995, en Ibadán, Nigeria, ¿es correcto?

FAK: Sí. Pero en Lagos. No en Ibadán.

Of. CW: ¿Cuál es el motivo de su visita a Estados Unidos, señor Kaduna?

FAK: Todo el mundo me llama Slimboy. Soy el cantante de un grupo de música. Los demás integrantes llegaron ayer. Tocamos mañana en Nueva York. No pueden retenerme de esta manera.

Of. CW: Lo comprendo, señor Kaduna.

FAK: Slimboy...

Of. CW: ¿Cuándo es el concierto, Slimboy?

FAK: Mañana, se lo acabo de decir. A las diez de la noche en el Mercury Lounge.

Of. CW: ¿Es decir? ¿Qué fecha?

FAK: El 12 de marzo...

Of. CW: Quiero que escuche una canción: *Yaba Girls*. Póngase los auriculares, por favor.

Interrupción del interrogatorio el 25/06/2021
a las 09:15
Reanudación del interrogatorio el 25/06/2021
a las 09:19

Of. CW: ¿Conoce la canción?

FAK: No. Y no está nada mal. ¿*Yaba Girls*? Yaba es un

barrio de Lagos. ¿Es un grupo nigeriano? Qué raro, no me suena.

Of. CW: Señor Kaduna, ¿percibe usted de manera recurrente sonidos agradables, melodiosos?

FAK: Claro, soy músico. [...]

Fin del interrogatorio el 25/06/2021 a las 10:07

DESCARTES 2.0

Viernes, 25 de junio de 2021,
sala de hipótesis, McGuire Air Force Base

La gente cansada es pendenciera. La gente exhausta lo es bastante menos. Son las seis de la mañana cuando Adrian, Tina y los veinte primeros expertos se reúnen en una sala de mando. A las siete, a medida que los helicópteros van llegando a McGuire, ya son cuarenta. Los sofás y los pizarrones interactivos están instalados, un soldado enchufa la máquina de los expresos.

Basta un minuto para exponer la situación. Siguen dos minutos más de preguntas, a las que Tina y Adrian se limitan a responder constatando lo inverosímil: las personas que están en el hangar son exactamente las mismas que las que aterrizaron hace ciento seis días en el mismo avión. El breve diálogo entre Adrian Miller y Riccardo Bertoni —candidato al Nobel de Física en 2021 por sus trabajos sobre la materia oscura— resume la situación:

—¿Se están riendo de nosotros, profesor Miller?

—Ojalá.

A las nueve de la mañana, mientras Tina Wang continúa moderando las reuniones interdisciplinares en la sala de las hipótesis, Adrian vuelve al grupo operativo, acompañado de Meredith y de un tipo alto y delgado, de exuberante pelo gris y acerados ojos azules. Silveria señala una pantalla de videoconferencias donde hay varias caras conocidas.

—Profesor Miller, tenemos en directo al presidente de Estados Unidos, desde Río de Janeiro, y a los ministros de Asuntos Exteriores y de Seguridad Nacional.

—Es un fenómeno prodigioso, señor presidente —empieza Adrian con un carraspeo—, pero toda tecnología suficientemente avanzada es indiscernible de la magia, como decía Arthur C. Clarke. Hemos llegado a diez hipótesis, de las cuales siete parecen un chiste, tres merecen nuestra atención y una de estas despierta la adhesión de la mayoría. Empecemos por la más simple de las tres.

—Por favor —dice Silveria.

—El «agujero de gusano». Dejo que sea la topóloga Meredith Harper quien lo exponga.

Meredith toma un lápiz y un folio del escritorio y pliega el papel en dos. Tiene la sensación de estar interpretando la típica escena pedagógica de una película de anticipación de bajo presupuesto, pero qué se le va a hacer.

—Gracias, Adrian. Supongamos que el espacio pueda doblarse como una hoja de papel..., pero en una dimensión a la que no tenemos acceso, pues no es ninguna de las tres que conocemos. Si la teoría de cuerdas está en lo cierto, entonces nuestro universo es un hiperespacio de diez, once o veintiséis dimensiones. En dicho modelo, cada partícula elemental es una cuerdecilla que vibra de manera distinta de las demás, en una serie de dimensiones enroscadas sobre sí mismas. ¿Me explico?

El presidente permanece con la boca abierta, como un enorme mero de peluca rubia.

—Así pues, una vez doblado el espacio, hacemos un «agujero»...

Meredith Harper atraviesa el folio con la punta del lápiz y mete el dedo en el orificio.

—... y podemos pasar fácilmente de nuestro espacio en tres dimensiones a otro punto. Es lo que se conoce como un puente de Einstein-Rosen, un agujero de gusano de Lorentz con masa negativa...

—Ya veo —dice el presidente de Estados Unidos frunciendo el ceño.

—Esta hipótesis respeta las leyes de la física clásica. En nuestro espacio einsteiniano, la velocidad de la luz no puede ser superada. Pero, al abrir un agujero en el hiperespacio, podemos viajar entre galaxias en una fracción de segundo.

—La idea aparece en muchas novelas —dice Adrian, a quien la explicación de Meredith le parece demasiado abstracta—. En *Dune*, de Frank Herbert, por ejemplo. O en películas como *Interstellar*, de Christopher Nolan. O en la nave *Enterprise* de la saga de *Star Trek*.

—¡*Star Trek!* Esas las he visto —exclama de pronto el presidente.

—Habitualmente..., en fin, es una manera de hablar —continúa Meredith—, el tiempo y el espacio se atraviesan de manera instantánea, no hay ningún motivo para que algo se desdoble. Pero aquí tenemos dos aviones...

—Es como si la *Enterprise* surgiera en dos puntos del espacio —se anima Miller—, con dos capitanes Kirk, dos señores Spock, dos...

—Gracias, profesor Miller —interviene Silveria—, ha quedado claro... ¿Y la segunda hipótesis?

—Es la «hipótesis de la fotocopiadora», sugerida por Brian Mitnick, de la NSA.

Mitnick asiente con la expresión del alumno orgulloso de que reconozcan sus méritos.

—Como saben —prosigue Miller—, la revolución de la bioimpresión ya ha comenzado...

—¿Perdón? ¡Haga el favor de ser más claro! —le pide Silveria, anticipándose a la exasperación del presidente y atribuyéndose el papel del ignorante.

—Se imprime en 3D materia biológica. Hoy en día ya es posible fabricar, en una hora, un corazón humano del tamaño de un ratón. En los diez últimos años hemos conseguido multiplicar por dos la precisión de la resolución y la velocidad de impresión, así como el volumen de los objetos que podemos reproducir. Si seguimos las curvas exponenciales en cada uno de estos campos, y siendo conservadores...

—Yo soy conservador —interrumpe el presidente, y Miller se pregunta por un instante si lo está diciendo en serio.

—En tal caso —continúa el matemático—, en menos de dos siglos podremos escanear en una fracción de segundo e imprimir con la misma velocidad un objeto del tamaño de ese avión, con una definición del orden del átomo. Pero esta hipótesis tiene dos problemas: uno, ¿dónde está la impresora?, y dos, ¿de dónde proceden las materias primas para fabricar el avión y los pasajeros?

—Precisamente —interviene Meredith—, la idea de la «fotocopiadora» presupone la existencia de un original y de una copia. Y en la fotocopiadora de nuestro despacho lo que sale primero es siempre la copia.

—Ya entiendo —reflexiona Silveria en voz alta—. El avión «copia» sería el que aterrizó el 10 de marzo. Y el «original» es el que acaba de aterrizar. En tal caso, no veo por qué deberíamos tratar de manera distinta a los miembros de ambos grupos, con el pretexto de que el primer avión...

—... ha salido «antes» de la «fotocopiadora»... —concluye Meredith.

—Me gustaría comentar la última hipótesis —retoma Miller la palabra—. Es la que tiene de largo más adeptos, pero es también la más rara.

En la pantalla, el presidente sacude la cabeza y frunce el ceño en señal de concentración, antes de preguntar:

—¿Se refiere a un acto de Dios?

—Eh..., no, señor presidente... Nadie ha valorado dicha hipótesis —responde Adrian sorprendido.

Silveria se seca la frente.

—Adelante con la tercera, Miller.

—La llamamos «la hipótesis Bostrom». Me refiero a Nick Bostrom, un filósofo de la Universidad de Oxford que propuso a principios de siglo...

—Eso es muy antiguo —suspira el presidente.

—A principios de *este* siglo —precisa Miller—. En el año 2002, exactamente. Cedo la palabra al profesor Arch Wesley, de la Universidad de Columbia, especialista en lógica.

El tipo alto de pelo alborotado se acerca al pizarrón y escribe la ecuación

$$f_{sim} = (f_p f_i N_i) / ((f_p f_i N_i) + 1)$$

antes de volverse hacia la pantalla, con una amplia sonrisa y cierta dosis de excitación.

—Buenos días, señor presidente. Antes de explicarle esta ecuación, me gustaría empezar hablando de la «realidad». Toda realidad es una construcción, por no decir una reconstrucción. Nuestro cerebro está incrustado en la oscuridad y el silencio de la cavidad craneal, y solo tiene acceso al mundo a través de los sensores que son nuestros ojos, nuestros oídos, nuestra nariz, nuestra piel: todo lo que vemos y sentimos se lo transmiten unos cables eléctricos, las sinapsis..., nuestras células nerviosas, señor presidente.

—Lo había entendido, gracias.

—Por supuesto. Y el cerebro reconstruye la realidad. Por medio de las sinapsis, el cerebro realiza unos diez mil billones de operaciones por segundo. Bastante menos que una computadora, pero con más interconexiones. Dentro de unos años, sin embargo, conseguiremos simular un cerebro humano y el programa alcanzará cierta conciencia. Eric Drexler, el gran especialista en nanotecnología, ha imaginado un sistema del tamaño de un terrón de azúcar capaz de reproducir cien mil cerebros humanos.

—Déjese ya de cifras, que no me dicen nada —interviene el presidente—, y a muchos de mis colegas tampoco. Siga con la demostración, por favor.

—Muy bien, señor presidente. Me gustaría que imaginara a unos seres superiores cuya inteligencia sea a la nuestra lo que la nuestra es a la de una lombriz... Nuestros descendientes, por así decirlo. Imaginemos también que disponen de computadoras tan potentes que son capaces de recrear un mundo virtual donde hacen revivir de manera precisa a sus «ancestros» y los dejan evolucionar a su suerte. Con una computadora del tamaño de una luna pequeña se podría simular mil millones de veces la historia de la humanidad desde el nacimiento del *Homo sapiens*. Es la hipótesis de la simulación informática...

—¿Como en *Matrix*? —pregunta el presidente, con tono de no estar entendiendo nada.

—No, señor presidente —responde Wesley—. En *Matrix*, las máquinas explotan la energía corporal de seres humanos de verdad, esclavos encadenados de carne y hueso. Y los ponen a vivir en un mundo virtual. En nuestra hipótesis ocurre lo contrario: no somos seres reales. Creemos ser seres reales cuando no somos más que programas. Programas muy evolucionados, pero programas al fin y al cabo. Como el agente Smith de *Matrix*, señor presidente. Con la salvedad de que el agente Smith sabe que es un programa.

—Entonces, en este momento, ¿no me estoy tomando un café en una mesa? —pregunta Silveria—. Lo que percibimos, sentimos, vemos... ¿también es simulado? ¿Todo es falso?

—General, el hecho de que usted esté tomando un café en esa mesa no cambia —aclara Wesley—, lo que cambia es tan solo el material del que están hechos el café y la mesa. Sería bastante fácil hacerlo: el ancho de banda sensorial que puede alcanzar el ser humano no es muy grande: simular todos los sonidos, las imágenes, el tacto y los olores tendría un costo insignificante. Ni siquiera resulta difícil remedar nuestro entorno, todo depende del grado de detalle: los «humanos simulados» no encontrarían ninguna anomalía en su entorno virtual, tendrían sus propias casas, sus propios coches, sus propios perros y, ya puestos, sus propias computadoras.

—Como en la serie británica *Black Mirror*, señor presidente —resopla Adrian Miller.

El presidente frunce el ceño y Wesley continúa:

—De hecho, cuanto más profundizamos en el conocimiento del universo, más nos parece que está regido por leyes matemáticas.

—Con el debido respeto, profesor —lo interrumpe Silveria—, ¿no podríamos demostrar, haciendo algún experimento, que todo lo que nos está contando no tiene ni pies ni cabeza?

—Me temo que no —se divierte Wesley—. Si la inteligencia artificial que nos simula descubre que un «humano simulado» está a punto de observar el mundo microscópico, no tiene más que aumentar los detalles «simulados». Y si se produjera un error, le bastaría con reprogramar los «cerebros virtuales» en los que se hubiese detectado una anomalía. O retroceder varios segundos, como quien le da al *rewind*, ya me entiende, y ejecutar de nuevo la simulación evitando el problema...

—Lo que está diciendo es ridículo —explota el presidente—. Yo no soy ningún Super Mario y no pienso explicarles a mis conciudadanos que son programas informáticos de un mundo virtual.

—Lo comprendo, señor presidente. Pero no me negará que un avión que surge de la nada y que es la copia compulsada de otro, con todos los pasajeros y con la misma mancha de cátsup en la alfombra, no resulta igualmente inverosímil. ¿Me autoriza a explicarle la fórmula que he escrito en el pizarrón?

—Adelante —suelta el presidente, furioso—. Pero rapidito.

—Expondré solo la idea general. Me gustaría demostrarles que es bastante probable que formemos parte de esas conciencias simuladas. Tan solo hay tres destinos posibles para una civilización técnica: desde luego, puede extinguirse antes de alcanzar la madurez tecnológica, y nosotros somos el mejor ejemplo de ello, por culpa de la contaminación, el calentamiento climático, la sexta extinción, etcétera. Personalmente creo que, simulados o no, vamos a desaparecer.

El presidente se encoge de hombros, pero Wesley continúa:

—Esa no es la cuestión. Supongamos que, a pesar de todo, una civilización de cada mil no se destruya a sí misma. Que alcance un estadio postécnico y adquiera un poder de cálculo inimaginable. Supongamos además que, entre todas las civilizaciones que hayan conseguido sobrevivir, solo una de cada mil siente el deseo de simular a sus «ancestros» o a los «emuladores de sus ancestros». Luego, esa civilización técnica entre un millón podrá simular ella sola, pongamos, mil millones de «civilizaciones virtuales». Y con «civilización virtual» me refiero, en cada caso, a cientos de milenios virtuales durante los cuales se suceden millones de generaciones virtuales que dan lugar a cientos de miles de millones de seres pensantes también virtuales. Por poner un ejemplo más concreto: en cincuenta mil años de existencia, menos de cien mil millones de cromañones se han paseado sobre la faz de la Tierra. Simular al hombre de Cromañón, es decir, simularnos a nosotros, es una simple cuestión de potencia de cálculo. ¿Me explico?

Wesley no mira la pantalla, donde el presidente pone los ojos en blanco, y prosigue:

—Lo importante es esto: una civilización hipertécnica puede simular mil «falsas civilizaciones» por cada civilización «verdadera». Lo cual significa que, si tomamos al azar un «cerebro pensante», el mío, el suyo, existen 999 probabilidades sobre 1 000 de que sea un cerebro virtual y una sobre 1 000 de que sea un cerebro real. Dicho de otro modo: el «Pienso, luego existo» del *Discurso del método* de Descartes ha quedado obsoleto. Debería ser más bien: «Pienso, luego lo más seguro es que sea un programa informático». Descartes 2.0, por usar la fórmula de una topóloga del equipo. ¿Me sigue, presidente?

El presidente no dice nada. Wesley observa su gesto tosco y furioso, antes de concluir:

—Mire, señor presidente, conociendo esta hipótesis, hasta el día de hoy calculaba que las probabilidades de que nuestra existencia no fuera más que un programa en un disco duro eran de una sobre diez. Tras esta «anomalía», estoy casi seguro de que es así. Esto explicaría, por otro lado, la paradoja de Fermi: si nunca hemos entrado en contacto con extraterrestres es porque en nuestra simulación su existencia no está programada. Creo, incluso, que nos estamos enfrentando a una especie de test. Es más: si la simulación nos propone este test es quizá porque ya somos capaces de contemplar la idea de que seamos programas informáticos. Y más nos vale superarlo, o por lo menos hacer algo interesante con ello.

—¿Y eso por qué? —pregunta Silveria.

—Porque, si fracasamos, los responsables de esta simulación podrían decidir apagarlo todo.

MESA 14

Viernes, 25 de junio de 2021, 8:30 h,
hangar B, McGuire Air Force Base

¿Encuentros cercanos del tercer tipo?, ¿de verdad? Al volver del interrogatorio, Victor no sabe si montar en cólera o echarse a reír. Ante la incertidumbre del mañana, el escritor opta por consignar fríamente, en un extenso catálogo, lo que pasa en el hangar. *Hangar* es una palabra extraña. Le recuerda a *hagard* y a *hasard*, que en francés significan «azorado» y «azar». Ha sacado una libreta y un bolígrafo, intenta abstraerse de los gritos y del ruido, toma algunas notas: *Agotamiento de un lugar improbable.* Ay, no. ¿Por qué escribir a la sombra de Perec? ¿Por qué no se libera de una vez por todas de las influencias, de las figuras tutelares? ¿Por qué se siente siempre un impostor o, en su defecto, un muchacho en busca del espaldarazo?

Con trazo firme, escribe: *Modo avión.*

«La fecha: 11 de marzo de 2021.

»Hay muchas cosas en este hangar, a saber: un centenar de tiendas de color ocre, un hospital de campaña, varias hileras de mesas largas, una cancha de baloncesto improvisada, decenas de módulos prefabricados, baños públicos, vallas metálicas formando dos filas, una caseta de "información" donde no hay nadie que informe, un "espacio ecuménico" señalado con un cartel escrito en seis idiomas, cuatro dispensadores de agua y un montón de cosas más.

»El tiempo: demasiado caluroso, demasiado húmedo para esta época del año.

»Esbozo de un inventario de las cosas estrictamente visibles: para empezar, las letras del alfabeto, de la A a la E, en uno de los muros del hangar, luego una H mayúscula para designar el "hospital", las palabras "Air France" en los bolsos de mano de azafatas y azafatos, las marcas de la ropa de los pasajeros, "US Air Force" en el suelo, "*Danger*" y "*High Voltage*" en las cajas de fusibles. Eslóganes en las paredes: "*Aim High, Fly-Fight-Win*", "*Mors Ab Alto*", el lema de la US Air Force, "*Do something amazing*".»

Victor escribe sin prisas, mecánicamente. Habiendo leído y traducido tantas bobadas camufladas de maravillas, le parece indecente castigar al mundo con una tontería más. Se burla de esa prosa deslumbrante que brota del simple «discurrir de la pluma sobre la página», no se cree «omnipotente ante la frase», no se le ocurrirá nunca «cerrar los párpados para mantener los ojos abiertos» o «desentenderse del mundo para plasmar su propia perdición» en este lugar sin alma, y es que en el fondo desconfía de las metáforas. La guerra de Troya empezó seguramente así. De todos modos, sabe que bastará con que una de sus frases sea más inteligente que él para convertirse milagrosamente en escritor.

Victor observa todas esas vidas desperdigadas, todos esos seres angustiados moviéndose en la desmesurada caja de Petri que es el hangar —curiosa palabra, definitivamente—, sin saber con cuál quedarse. Se abandona a la fascinación por las vidas ajenas. Le gustaría elegir una, encontrar las palabras exactas para contar la historia de esa criatura y llegar al convencimiento de haberse acercado lo suficiente como para no traicionarla. Luego hacer lo mismo con otra. Y con otra más. ¿Tres personajes, siete, veinte? ¿Cuántos relatos simultáneos puede aceptar un lector?

En su mesa, marcada con el número 14, además de otros pasajeros, está el comandante de a bordo. A Victor le recuerda a su padre. Los mismos ojos de un gris verdoso, la misma nariz aguileña, las mismas entradas que acabarán ganándole la partida al pelo tupido y canoso, el tronco robusto. Instintivamente, el escritor se lleva la mano al bolsillo, donde nota el tacto liso de la piececita de Lego roja. Victor lleva en la cartera una foto de su padre desaparecido, sacada de un álbum, de la época en que aún había fotos, cuando el exceso de fotos no había matado a la fotografía. En ella, el hombre tiene veinte años, una sonrisa cautivadora, una mirada franca. Un día, medio en broma, le dijo a su hijo: «En esa época aún era joven, no sé en qué momento empezó a torcerse todo». Sí, a la luz del alba, el comandante Markle se parece mucho a ese padre a quien Victor se parece tan poco.

Anoche, su uniforme atrajo a los más angustiados, como si el azul de Air France los tranquilizara, o a los más furiosos, deseosos de encontrar a un culpable. Pero ya no es el blanco de todas las hostilidades. Al verlo compartir la exasperación general, los demás han comprendido que no goza de ningún trato de favor, ni tiene acceso a ninguna información privilegiada. Como si quisiera demostrarlo, o por simple comodidad, hoy se ha vestido con traje de calle. A ras de suelo, David Markle ya no es el único amo después de Dios, sino un simple tipo amable digno de conmiseración, un general Dumouriez abandonado por sus hombres, aunque bastante más simpático, todo hay que decirlo. Esta mañana, con otra decena de pasajeros, y sin explicación alguna, se ha visto sometido a una serie de pruebas médicas.

En la mesa 14 también está ese chico negro tan alto, de hermosos ojos profundos y melancólicos. Lleva un corte de pelo de fantasía, donde las formas geométricas no tienen nada que envidiar a los mosaicos de la Alhambra. Pronuncia «Johnny» cuando dice *journey*, «yuwa» cuando dice *you are*, «vishon» cuando dice *vision*: un nigeriano, guitarrista y cantante. Por mucho que mañana tenga un concierto en una sala de Brooklyn, hace rato que ha entendido que no sirve de nada insistir y ha dejado de protestar. Por lo menos ha podido recuperar la Taylor de doce cuerdas que se había quedado en el avión y se pone a tocar, componiendo una canción de ritmo lento.

I remember your eyes of yesterday
The way you smiled in a dazzling way

La guitarra produce un sonido rico y redondo, su voz es áspera y cálida. Su delgadez casa perfectamente con el nombre artístico que se ha puesto. Sonríe a Victor:

—Hacía mucho que no cantaba en acústico, sin efectos.

Toca un acorde y continúa:

But beautiful men in uniform forbid you...

—¿*Beautiful men in uniform*? —pregunta Victor, señalando a los soldados que vigilan las puertas.

—Sí. Seguramente será el título.

Y sigue, casi en un susurro:

The way to the light way to the light way to the light.

A un extremo de la mesa se oye un murmullo, «Solo tu nombre es mi enemigo», y Victor reconoce enseguida a Shakespeare. «Porque tú eres tú mismo, seas o no Montesco.»

Julieta Capuleto está aquí, una chica muy joven ensayando su texto: «¿Qué es Montesco? No es ni mano, ni pie, ni brazo, ni rostro, ni parte alguna que pertenezca a un hombre. ¡Oh, sea otro tu nombre! ¿Qué hay en tu nombre? ¡Lo que llamamos rosa exhalaría el mismo grato perfume con cualquier otra denominación! De igual modo Romeo, aunque Romeo no se llamara, conservaría sin ese título las raras perfecciones que atesora...».

Intensa hasta en la duda, sabe que logrará llorar cuando haga falta. El casting es la semana que viene, le dice a Victor. Van a dejarnos salir en cuanto nos hagan los test, porque es eso lo que nos están haciendo, ¿verdad? No se puede retener así a la gente, esto es un país libre, digo yo que habrá leyes.

«Sí, hay leyes», dice una mujer joven de rasgos delicados, piel negra y pelo recogido con una horquilla de plata. La abogada ha conseguido ya cincuenta firmas para llevar a cabo una *class action* con media docena de denuncias: detención arbitraria, arresto discrecional, confiscación ilegal de bienes, negación de asistencia jurídica durante más de cuarenta y ocho horas, etcétera. ¿Cuánto vale cada minuto que pasa sin poder estar en su despacho? ¿Cómo calcular su propio dolor por no poder oír la voz de Aby, por creerlo muerto de preocupación? Valorar en solo diez mil dólares por persona y día los daños e intereses de la detención, ¿no es hacer un regalo a la US Air Force y al gobierno?

¿Cómo era el chiste ese? Ah, sí. El diablo entra en la casa de un abogado y le dice: «Buenos días, soy el diablo. Vengo a proponerle un trato». «Soy todo oídos», responde el abogado. «Voy a hacer de usted el abogado más rico del mundo. A cambio, me dará su alma, el alma de sus padres, la de sus hijos y las de sus cinco mejores amigos.» El abogado lo mira sorprendido y dice: «Ok, a ver: ¿dónde está la trampa?».

La joven tuerce el gesto. No, definitivamente ella no tiene nada que ver con el tipo mezquino del chiste. Pero en esta vida hay que darles donde más les duele, en la cartera, eso es lo único que entienden. Le pide el plumón y un nuevo folio a la niña y se dispone a redactar una nueva carta. La madre, joven y rubia, vacila.

—Mi marido trabaja en el ejército, no quiero causarle problemas.

—Al contrario, mujer. ¿No me ha dicho que su marido es un héroe de guerra, herido en combate? Eso lo hace intocable. Además, al firmar este documento de *class action*, impedirá que el ejército pueda intimidarlo, amenazarlo. Sería ponerle demasiadas trabas a la justicia. La unión hace la fuerza. No pueden tenernos encerrados más tiempo. Usted es responsable de dos niños, ¿no es cierto? Las secuelas psicológicas serán importantes, sobre todo para ellos.

—¿Secuelas psicológicas? —repite la mujer.

Mira a su pequeño, que ha dejado de reclamar la tableta y está medio dormido sobre la mesa, luego a su hija, que pinta unos monigotes oscuros y extraños, de extremidades largas, escuálidas y espantosas, para acabar llenando de tachones negros todo el dibujo.

Pero Victor se fija sobre todo en esa otra joven de la mesa 14. Una treintañera morena, delgada como una sílfide, y enseguida se reprocha el tópico. Le recuerda a aquella otra chica con la que se cruzó hace algunos años, en las jornadas de traducción de Arles, aquella que tanto lo impresionó y que nunca más ha vuelto a ver. La nostalgia es traicionera. Nos hace creer que la vida tiene sentido. Victor se sienta a su vera, como imantado, pues es propio de la atracción querer reducir las distancias.

Intenta intercambiar algunas frases. No, ella es como todos, no sabe nada, hace una mueca de desánimo y vuelve a su libro. Está acompañada por un hombre, un sesentón elegante, que evidentemente no es su padre, Victor se da cuenta por la atención con que la trata y también por la mirada que le ha dirigido cuando ha intentado charlar con ella. Una desconfianza, una inquietud animal que no ha sabido esconder. Se presentan. Es arquitecto. Victor conoce su nombre, pero no su trabajo. Ese universo de hormigón y de cristal lo aburre soberanamente. A veces, en mitad de una traducción, aparece un tecnicismo —*arquitrabe*, *tejuela*...— y tiene que buscarlo, pero lo olvida al instante. Victor observa al hombre y, sin que le parezca feo, ve anunciarse al viejo en la piel translúcida de sus manos o en las arrugas de su frente. Sin duda, tiene la edad que ella le presta. ¿Qué debe de ver en él? ¿Qué sabrá él del deseo de una mujer por un hombre?

El hombre se levanta y le pregunta a la mujer si quiere un café, el ejército ha instalado máquinas expendedoras. Ella niega con la cabeza y él se aleja sin prisas. Victor lo entiende como una deferencia, una forma de dejarla respirar. El lugar ya es suficientemente agobiante como para que encima él la atosigue de tanto estar encima.

Vaya, el libro es de Coetzee. Victor no lo ha leído.

¿Está bueno?, pregunta Victor. ¿Qué? El libro de Coetzee. Sí, responde ella, pero me gustó más *Desgracia*. Completamente de acuerdo, responde él, es el mejor que tiene, ¿verdad? Una obra maestra, concede la joven, apartándose un poco. Victor comprende que la está molestando, opta por no insistir, saca la libreta y anota, sin ironía, la palabra *desgracia*.

E PUR SI MUOVE

Sábado, 26 de junio de 2021, 9:30 h,
sala de crisis, Casa Blanca, Washington

Jamy Pudlowski y su equipo han reunido en la sala de crisis subterránea de la Casa Blanca a una docena de individuos de sexo masculino, todos ellos convencidos de haber nacido gracias a Dios en el seno de la buena religión: dos cardenales, dos rabinos —uno tradicionalista y el otro liberal—, un pope ortodoxo, un pastor luterano, otro bautista, un predicador mormón, tres sabios musulmanes de las ramas sunita, salafista y chiita, un monje budista vajrayāna y otro mahāyāna. En la mesa hay mucho café, aunque Pudlowski haya podido dormir durante los cuarenta minutos de helicóptero.

La jefa de Operaciones Psicológicas está preocupada. El recto camino detesta los baches, y lo oscuro siente aversión por lo inexplicable. La inmovilidad de la Ley choca obstinadamente con la evolución del cosmos y los avances del saber. ¿Quién es capaz de encontrar en la Torá, en el Nuevo Testamento, en el Corán o en cualquier otro texto sagrado la más mínima referencia, ya sea sura ambigua o versículo tenebroso, que prediga o justifique la aparición en el firmamento de un avión idéntico a otro aterrizado tres meses antes?

Cuando los pueblos de América descubrieron muy a su pesar a Cristóbal Colón y a la retahíla de conquistadores que llegaron tras él, la Iglesia católica tuvo que encontrar en los textos una explicación a su existencia. Bien es cierto que, si hacemos caso de lo que dice san Pablo, el Evangelio «se oyó hasta en los confines de la Tierra», pero ¿cómo diantres se las arreglaron los tres hijos de Noé, Sem, Cam y Jafet, para repoblarla entera?, ¿por dónde pasaron esos dichosos chiquillos para esparcir su semilla hasta en las Indias Occidentales? ¿Aquellos hombres nuevos no serían tal vez las tribus perdidas de Israel de las que habla el libro cuarto de Esdras, ese Apocalipsis apócrifo que menciona Tertuliano? Finalmente, lograron encontrar en el Evangelio de san Juan una fórmula que dejó a todos contentos: Jesús tenía «otras ovejas que no son de este redil».

Jamy Pudlowski es católica por parte de padre y judía por parte de madre. En enero de 1960, una doctora asquenazí de Boston se enamoró perdidamente de un policía goy de Baltimore y, a partir de entonces, nada fue fácil. La pequeña Jamy creció entre abuelos que no tenían nada amable que decirse, judíos y alemanes por parte de madre, católicos y polacos por parte de padre, y sus interminables discusiones acabaron de modelar a aquella niña inquieta. Jamy pasó de dubitativa a escéptica, antes de volverse reacia a cualquier forma de convicción religiosa. Habiendo sido bautizada —en secreto— por los abuelos Pudlowski, se negó a hacer la comunión, y al año siguiente el bat mitzvá. Tampoco tiene convicciones políticas demasiado firmes, aunque siempre vota por el Partido Demócrata.

Cuando Jamy realizó la entrevista para entrar a trabajar en el departamento de las PSYOP y la responsable de contratación le preguntó qué religión profesaba, la psicóloga respondió: «Ninguna». La mujer insistió: «Atea, pues», jugando con el bolígrafo como si tuviese que marcar una casilla en un cuestionario imaginario. Jamy Pudlowski se encogió de hombros: «Es que me tiene sin cuidado, para mí Dios es como el bridge: no pienso nunca en él. Así que no me defino por el hecho de que el bridge me tenga sin cuidado, ni me junto con gente que discute del hecho de que a ellos también les tiene sin cuidado el bridge». La respuesta dio en el clavo. Seis años después, sin haber cumplido aún los cuarenta, Pudlowski dirigía ya uno de los departamentos de Operaciones Psicológicas de la CIA, antes de asumir las mismas funciones en el SOC.

Jamy Pudlowski se especializó en cuestiones religiosas y hoy sabe reconocer a todos los hombres que se encuentran en la sala. Siendo la única mujer, Pudlowski empieza con un «Damas y caballeros...», esperando que alguno capte la ironía, pero no, qué va, así que señala la gran pantalla, donde aparece el presidente acompañado por las mismas personas que ayer, pero también por sus consejeros espirituales.

—Señor presidente, puede usted intervenir cuando quiera, por descontado. Gracias a todos por haber venido. Mi nombre es Jamy Pudlowski, oficial superior del Special Operation Command del US Army. Están ustedes aquí porque representan a la aplastante mayoría de las confesiones practicadas en territorio nacional.

Pudlowski presenta entonces a todos y cada uno de los prelados, sin dejar que se quejen por haber sido despertados de madrugada, conducidos sin demora a la Casa Blanca y aventados en la sala de crisis.

—Les expondré primero una situación y luego les haré algunas preguntas sencillas. No espero de ustedes respuestas de naturaleza ética, sino teológica. Allá voy. Ya saben que ciertos laboratorios son capaces de imprimir en 3D materia orgánica y fabricar objetos artificiales biológicos, músculos, corazones, a partir de células madre, sin riesgo de rechazo por parte del paciente. Y...

El rabino tradicionalista la interrumpe:

—Sí, ya hemos llegado a un acuerdo unánime. También con nuestros amigos católicos y musulmanes.

Los cardenales asienten, el imán salafista aprueba:

—El Consejo Islámico del Fiqh ha dictaminado que el islam autoriza la ingeniería genética, siempre y cuando sirva para salvar vidas.

—Gracias, caballeros. Ahora les pediré que imaginen la posibilidad de que se pueda duplicar completamente a alguien.

—¿Qué entiende usted por «completamente»? —pregunta el luterano.

—Reproducirlo con precisión infinitesimal. El nuevo individuo tiene el mismo código genético que el original, entre otras cosas.

—¿Como una copia de carbón perfecta? —pregunta el predicador mormón.

—Exacto —sonríe Pudlowski—. Como una copia de carbón.

—¿Es una especulación? —pregunta uno de los budistas, con una calma oriental que raya en la caricatura.

La responsable de Operaciones Psicológicas hace una pausa, tomándose todo su tiempo antes de responder.

—No, mi pregunta no es teórica. Hemos interrogado a un individuo que resulta indistinguible de otro y que, además, afirma ser ese otro. El careo ya ha tenido lugar. Es desconcertante.

—¿Como si fueran gemelos?

—No... Ambos poseen la misma personalidad y los mismos recuerdos, hasta el punto de que tanto el uno como el otro están convencidos de ser el original. Sus dos cerebros están codificados del mismo modo, a nivel químico y eléctrico, a nivel atómico.

La sala entra en efervescencia. Se oyen las palabras *blasfemia* y *abyección*, así como otras de índole más escatológica que teológica.

—¿Quién es el responsable de esta ignominia? —resume el bautista.

—No lo sabemos —dice Jamy Pudlowski—. No les estamos pidiendo un juicio ético. Pero esos seres existen.

—Ha sido Google, ¿verdad? —dice un cardenal, visiblemente alterado—. Han...

—No, su eminencia, no ha sido Google.

—Pero lo cierto, señora —insiste el prelado—, es que Google ha invertido en una sociedad israelí de impresión 3D y...

—No, su eminencia, no han sido ellos. Mi primera pregunta es la siguiente: según la Ley, ese... ser, ¿es una creación divina?

No es que a Pudlowski le falte vocabulario, lo que pretende con su duda retórica es provocar el debate: la confusión se apodera de la sala y el salafista es el primero en tomar el micrófono:

—Alá ha dado al hombre y a los animales el don de la procreación, y Alá ha dado al hombre la razón, que le permite inventar objetos. Pero el Profeta (que la paz y la bendición de Alá sean con él) también dice, en el Peregrinaje: «¡Oh, seres humanos! Se da una parábola, presten atención: aquellos a quienes, aparte de Alá, deifiquen e invoquen nunca podrán crear ni una mosca, aunque se unieran para hacerlo». Eso dice la parábola: el hombre no podrá crear la vida, aunque sea la de una mosca.

—Lo entiendo, querido amigo, pero nos enfrentamos a algo más que una mosca —matiza Pudlowski.

El sunita se incorpora y dice:

—En el hadiz *Sahih al-Bujari*, Abu Sa'id al-Judri (que Alá esté complacido con él) recoge que el Profeta (la paz y las bendiciones de Alá sean con él) dejó dicho: «No hay ser creado más que por Alá». Eso es lo importante.

—Entonces, en su opinión, esos seres son criaturas de Dios.

—No hace falta que le repita la parábola de la mosca —retoma la palabra el salafista—. Si Alá no hubiese querido que ese ser fuera creado, no lo habría autorizado a existir.

—Ya veo —dice Pudlowski—, ya veo...

Guarda entonces unos segundos de silencio, esperando en vano que católicos o protestantes intervengan. El rabino tradicionalista duda un momento antes de decir:

—No obstante, existen mitos de creación en el Talmud. En el tratado del Sanedrín se dice que el rabí Rava, bendito sea, crea a un hombre con sus poderes mágicos. El tratado no dice cuáles son...

—Disculpe, pero ¿quién es el rabí Rava? —pregunta Pudlowski.

—Es un rabino de la cuarta generación... En fin, lo importante es que el rabí Rava envía al hombre que ha creado al rabí Zera, que le hace una pregunta, pero como el hombre no responde, el rabí Zera entiende que no ha sido creado por Dios, que es un gólem, y le ordena que vuelva a convertirse en polvo.

—En otras versiones —completa el rabino liberal—, el hombre creado por el rabí Rava puede hablar, pero no reproducirse. Más adelante, en el Sanedrín se dice que el rabí Hanina y el rabí Oshaya crean un carnero y se lo comen... Todo es bastante confuso... Hay que leerlo como una parábola. Una parábola que muestra la vanidad del hombre y la omnipotencia de Dios.

El chiita suspira.

—En todo caso, volvamos al Corán. En árabe, la palabra *crear*, *khalaqa*, tal como se está utilizando aquí, significa «fabricar a partir de nada», algo que solo (en esto estamos todos de acuerdo) puede hacer Alá. Incluso su rabí Rava crea a partir de la tierra. Pero en el caso del que usted habla, señora, ese... ser..., ¿no ha sido creado a partir de nada?

—De nada en absoluto —responde la mujer del FBI—. Sin embargo, ignoramos todo de... del proceso de... fabricación.

El rabino liberal aprovecha un pequeño momento de silencio.

—No nos olvidemos de las enseñanzas de Maimónides: Dios dio al hombre su alma, *néfesh*, pero si le dio también leyes y preceptos es porque el hombre goza de libre albedrío, con sus virtudes y sus debilidades.

—No veo la relación entre la cuestión del libre albedrío y lo que estamos hablando —protesta el rabino tradicionalista—. Se nos está pidiendo un juicio teológico y, sin que venga al caso, como siempre, ¡va usted y saca a colación a su dichoso Maimónides!

—¡Ahí vas! ¡Yo no saco a colación a mi Maimónides!

—Por favor —intenta calmar los ánimos Pudlowski—. Compréndanme: si les pregunto sobre la creación es porque no quiero que nadie pueda decir que ese hombre es una creación satánica.

—¡Satanás no puede crear! —se indigna el sabio salafista.

—¡Eso sí que no! —corrobora el rabino tradicionalista, y los dos protestantes asienten con la cabeza.

—Dios creó a Satanás —dice uno de los cardenales persignándose—. Lo creó para tentar a los hombres y, en el jardín del Edén, Satanás se encarnó en serpiente, la más astuta de todas las criaturas de Dios. Pero Satanás sería incapaz de crear.

—Vaya —se extraña Pudlowski, haciéndose la ingenua—. Pues yo juraría haber oído hablar de «criatura de Satanás».

—Es un abuso del lenguaje, un dicho popular —sonríe el salafista, mientras el chiita, al otro extremo de la mesa, suelta una carcajada y exclama, indignado:

—¿Un dicho popular? Pues parece que su teólogo Muhammad al-Munajjid ha tachado a Mickey Mouse de «criatura de Satanás».

—¡¿Mickey Mouse?! —da un respingo el presidente de Estados Unidos, que aún no había abierto la boca.

—Al-Munajjid no es «nuestro» teólogo, como usted dice —suspira el salafista—, es un sabio muy respetado, nada más. Lo que dijo exactamente fue «soldado de Satanás», y sus palabras fueron tergiversadas por los descreídos y los apóstatas que pretenden burlarse del islam.

—No me negará que lanzó una *fatwa* contra Mickey Mouse —continúa el chiita con ironía—. Y al-Munajjid no está en contra de la esclavitud, ni de las relaciones sexuales con esclavas.

—Así lo acordó la *ijma* y, por tanto, se trata de la opinión de los sabios musulmanes —se enfada el salafista—. Muhammad al-Munajjid se limita a repetirlo, y yo...

—¡Ja! Y también lo de que hay que quemar en la hoguera a los homosexuales, ¿verdad? —pregunta el luterano.

El rabino liberal levanta los ojos al cielo.

—Ejem..., ¿tengo que recordarle lo que dijo Lutero sobre los homosexuales?

—Señores, por favor —interviene Pudlowski con autoridad—. Nos estamos alejando del tema. Doy por resuelta esta primera cuestión: nuestro hombre no es una criatura del diablo. ¿De acuerdo?

—Solo hay criaturas de Dios, y en eso estamos todos de acuerdo —dice el rabino tradicionalista en tono conciliador.

Uno de los monjes budistas, que hasta ahora han guardado silencio, toma la palabra, visiblemente molesto:

—A propósito de sus «criaturas de Dios»... Los hemos dejado discutir, pero el mundo no tiene más que un origen relativo. Es un ciclo ininterrumpido donde el universo fluctúa entre estados de creación, privilegio de Brahma, momentos de estabilidad, donde impera Vishnu, y fases en las que Shiva lo destruye todo, de manera lenta o rápida. Y todo puede entonces volver a empezar. Para nosotros, su pregunta no tiene el más mínimo sentido. Todos los seres sensibles llevan en sí la presencia de Buda y pueden alcanzar el Despertar. No esperen ver a un budista gritando a las «criaturas de Satanás». Demos la bienvenida a ese nuevo ser. Y, como siempre, enviemos un mensaje de paz.

—Un mensaje de paz muy bonito, ciertamente —replica el sunita—, mientras sus correligionarios masacran a nuestros hermanos rohingyas en Birmania, capitaneados por ese fanático de Wirathu...

—Pero... ese no es mi budismo... Además, ¿quién destruyó los Budas de Bāmiyān, si se puede saber? Y en Sri Lanka, ¿quién...?

Pudlowski interviene para apaciguar los ánimos:

—Por favor. Sé que todos ustedes están llenos de buenas intenciones, pero, sintiéndolo mucho, no vamos a poder solucionar desde esta sala los problemas del mundo. Se trata, pues, de una criatura de Dios o de un ser que siente la presencia de Buda. Partamos de este punto en común. Y ahora déjenme hacerles otra pregunta, relativa a un concepto: el alma.

—¿El alma? —repite el sunita.

—Sí. No sabría cómo definirla, pero se trata de un principio esencial, ¿no es cierto?

—Esencial pero complejo —dice el sunita—. ¿Me deja desarrollarlo?

—Soy toda oídos... —suspira Pudlowski.

La reunión dura dos horas, dos horas tras las cuales nada está resuelto, y Jamy Pudlowski, agotada, decide ponerle punto final. Aunque estuvieran una semana discutiendo, o incluso un mes, no resolverían nada.

—Por favor, caballeros. ¿Podríamos llegar a una posición común y redactar una declaración, lo más unánime posible y, obviamente, provisional, que proteja a esa persona de cualquier acto criminal fruto de una lectura incorrecta de los textos sagrados?

—Es la mejor solución —dice uno de los budistas.

—Totalmente de acuerdo —admite el rabino liberal—, podríamos recordar aquellas hermosas palabras del Levítico (19, 18) en las que Dios nos pide amar a nuestro prójimo como a nosotros mismos.

—O las del Evangelio (Juan 13, 34) —dice el pastor luterano—, donde Jesús pide a sus discípulos amarse los unos a los otros.

El salafista se inclina y concluye:

—«Hagan el bien», dijo el Profeta (que la paz y la bendición de Alá sean con él). «Alá ama a los bienhechores.» Y al acoger a esos seres sin atormentarlos, no estamos haciendo el mal.

—Perfecto —dice Jamy Pudlowski—. Se lo agradezco. Pero debo añadir un elemento en absoluto insignificante. No nos enfrentamos a un ser «duplicado», sino a unos cuantos. A doscientos cuarenta y tres, exactamente.

—¿Doscientos cuarenta y tres?

Pero Pudlowski no da tiempo a las reacciones:

—Queridos amigos, los emplazo a volver a vernos mañana por la mañana para darles toda la información. En cualquier caso, entiendo que esto no cambia en nada el fondo del asunto. Redactaré una síntesis de la reunión y les presentaré una resolución ecuménica que trascienda las diferencias religiosas.

Pudlowski da las gracias atentamente a cada uno de los participantes y se despide. Una vez a bordo del helicóptero que debe llevarla a la base, llama a Adrian Miller.

—¿Ha salido todo bien? —pregunta el matemático.

—Más que bien —suspira Pudlowski—. Más que bien.

Justo entonces, le vibra el celular. Es un mensaje del POTUS.

«*Great job!*», ha escrito el presidente.

HANGAR

Sábado, 26 de junio de 2021,
hangar B, McGuire Air Force Base

—¡¿Qué?! ¡Están bailando! —exclama Silveria desde lo alto de la plataforma.

En la esquina norte, los pasajeros han hecho un hueco entre las mesas y están bailando. Hay adolescentes y niños, pero también algunos adultos, moviéndose al ritmo del nuevo hit de Ed Sheeran, *So Tired of Being Me*, algo a medio camino entre el R&B y el dancehall, pero Silveria no es ningún experto y ni Pudlowski ni Mitnick, que están a su lado, pueden ayudarlo.

Hace tanto tiempo que no baila. ¿Tal vez dos años, cuando abrió el baile de boda de su hija? Aquel día danzaron al ritmo de Louis Armstrong, él apretujado en su traje y ella desbordando alegría con su vestido blanco. Silveria, que acababa de volver de Afganistán, daba vueltas riendo con Gina y Gina reía dando vueltas en brazos de su padre, en cuya cabeza daban vueltas las imágenes repulsivas de la guerra. Incluso con los ojos cerrados, incluso tras haber bebido tres cervezas, incluso envuelto en la dulzura del perfume afrutado de su hija, el mundo de Silveria era cada vez menos un *wonderful world*. Aun bailando con ella, aun intentando ahuyentar bien lejos la sangre y el polvo y el desierto, no podía dejar de maldecir a todos los demonios del infierno.

—¿Quién los ha dejado poner música? —pregunta Silveria molesto.

—A mí me parece una buena iniciativa —dice Jamy Pudlowski—. A los niños les hemos puesto películas y no tardaremos en repartir juegos de mesa, tableros de ajedrez, cartas. Debería ayudar a rebajar la tensión.

—Pues que bailen, entonces.

El general mira la hora en el reloj de la pared: son las dos de la tarde y está tan cansado como si fuera de noche. Desde la plataforma en que se encuentra observa el hangar, convertido en un poblado de tiendas color arena de camuflaje y módulos prefabricados blancos, una aldea de circunstancias que huele a queso rancio y a desinfectante. La logística militar intenta adaptarse en la medida de lo posible a los indisciplinados civiles. Los soldados saben lo imprescindible, que es como decir nada, y la única consigna que han recibido es no revelar la fecha. La mayoría vigila las puertas escrupulosamente, pero algunos tienen permiso para ocuparse de los niños. Silveria ha triplicado el número de efectivos y, viendo a sus hombres algo nerviosos, les ha cambiado los fusiles ametralladores por pistolas eléctricas.

Sí, Patrick Silveria está cansado, y sin embargo flota en una extraña plenitud. Por primera vez en su vida se hace preguntas que van más allá de saber por qué ha terminado convirtiéndose en el general Silveria, condecorado con la Air Force Cross, la Purple Heart y la Legion of Merit. De pequeño quiso ser médico para curar a su madre agonizante, de adolescente fantaseó con ser actor y al final empezó estudios de física teórica. Pero las cosas fueron de mal en peor. No consiguió la beca para entrar en la Lawrence University, su padre sufrió una leucemia mortal y la hermosa Myra lo dejó por un viejo de treinta y cinco años. Entonces, casi por despecho, se presentó al examen de West Point y lo aprobó, convirtiéndose en el único de su generación que no tenía ningún militar en la familia. Desde aquel día no ha dejado de interrogar a eso que llamamos destino: ¿y si a los dieciocho años le hubiesen dado un papel secundario en aquella comedia policiaca de Broadway?, ¿y si Hannah no se hubiese quedado tan pronto embarazada?, ¿y si en 2003, durante la ofensiva de abril, no hubiese conseguido echarse a aquel jodido MiG-25 mientras sobrevolaba Mosul? Ahora, por fin, tiene la respuesta: tan azaroso camino ha existido para que hoy, desde lo alto de la plataforma de acero del hangar de un Lockheed Galaxy, se apoye con ambas manos en un barandal pintado de minio, rodeado de premios Nobel, y observe a esa muchedumbre surgida de la nada.

—Voy a bajar al foso de los leones —decide Silveria.

—Hace un rato han estado a punto de amotinarse —dice Pudlowski—. Van a comérselo vivo...

—Quizá es lo que quiero.

—Ah, se me olvidaba —interviene Mitnick—: hay una abogada entre los pasajeros... Joanna Woods, se llama. No soy jurista, pero el dosier parece cosa seria, aunque muy... colorida.

—¿Colorida? —se extraña Silveria.

—Está redactando las solicitudes en las hojas de dibujo que hemos repartido a los niños, con sus plumones de colores.

El general suspira. Le viene a la cabeza al menos una decena de chistes sobre abogados, y en particular uno muy bueno sobre la diferencia entre un abogado y una sanguijuela, pero se los calla. Ni siquiera servirían para relajar el ambiente.

—Si quiere negociar con ella, está en la primera fila, mesa 14, junto al comandante.

Ante la cara de sorpresa del general, Mitnick añade:

—General, si mirase un poco más su tableta, vería que hemos instalado en los muros cientos de cámaras de alta definición, y otros tantos micrófonos direccionales. También disponemos de una interfaz con un sistema de reconocimiento facial y de análisis del habla en todas las lenguas, con traducción simultánea. Basta con dar clic en el nombre de un pasajero para que el *script* se muestre en directo. Los ramos de flores secas que hay en las mesas son un prodigio de la electrónica. Las tiendas también se encuentran bajo escucha.

—Bravo. ¿Y en los baños no han puesto nada, ya que en eso estaban?

—Lo hemos estado valorando, pero al final hemos decidido que no.

El rostro de Mitnick permanece imperturbable y Silveria se pregunta si es un socarrón o lo ha dicho en serio.

—Como veo que lo tiene todo controlado, Mitnick, supongo que podrá mostrarme también la imagen del pasajero fugado...

—No. Instalamos las cámaras y los micrófonos ayer por la mañana. Para entonces ya se había escapado. Sabemos que embarcó en París con el nombre de Michaël Weber, una identidad usurpada. Viajaba con pasaporte australiano, un país que aún no ha adoptado el pasaporte electrónico. En Australia hay decenas de Michaël

Weber, pero ese en concreto vive en Gold Coast, es un conductor de autobús escolar que no ha salido nunca de su ciudad. En el Boeing hemos intentado encontrar huellas digitales en su asiento, pero es de tela. Hemos recuperado las charolas de la comida y los cubiertos. Eliminando el ADN de los demás pasajeros, todavía quedaría el de los preparadores de las charolas. Si aun así conseguimos dar con el suyo, sabremos el color de su piel, el color de sus ojos, la textura de su pelo, su edad y su fisonomía, elaboraremos un retrato robot genético y lo buscaremos en las redes sociales. Pero yo no me haría muchas ilusiones.

—¿Y las imágenes del avión?

—Reservó el asiento 30E, que no se encuentra en el campo de visión de ninguna de las cámaras de control, y ni siquiera tenemos ningún plano del embarque en el que se le vea la cara. Hemos interrogado a sus vecinos de asiento, pero nadie se fijó demasiado bien en él. Con lo que nos han dicho, hemos esbozado su retrato robot: lentes de fondo de botella, pelo largo y bigote, detalles que atraen la atención y la desvían de lo esencial. Además, se pasó el vuelo con la capucha puesta.

—¿Y las imágenes de las cámaras de seguridad del aeropuerto Charles de Gaulle?

—Fue en marzo: la mayoría ya están borradas. Y en las pocas que quedan no se ve absolutamente nada. Con semejante nivel de invisibilidad, no cabe duda de que nos enfrentamos a un profesional.

—Y ¿qué hay de la fuga?

—Forzó una puerta aprovechando el momento de pánico que se produjo tras el incendio que sin duda él mismo provocó. No hay huellas ni en el pomo de la puerta ni en la barra de hierro que utilizó para forzarla. A mediodía encontramos en Nueva York la *pick-up* robada, incendiada. Un profesional, ya le digo.

—Sigan buscando. Hasta las hormigas dejan rastro.

—No si son hormigas voladoras —rezonga Mitnick.

LAS PREGUNTAS DE MEREDITH

Sábado, 26 de junio de 2021, 7:30 h,
McGuire Air Force Base

—Me niego a ser un programa —protesta Meredith—. Adrian, si esa hipótesis es correcta, entonces vivimos una alegoría de la caverna, pero elevada a la enésima potencia. Y eso es insoportable: que no podamos acceder más que a la superficie de lo real, sin esperanza alguna de alcanzar el conocimiento verdadero, de acuerdo; pero que encima esa superficie sea una ilusión, ya es para darse un tiro.

—No sé yo si «darse un tiro» sería propio de un programa —intenta calmarla Adrian mientras le ofrece el tercer café de la mañana.

Pero Meredith está furiosa, completamente fuera de sí, aunque sea a todas luces un efecto indeseado del modafinilo que toma cada seis horas para no dormirse. Adrian soporta una retahíla de preguntas para las que Meredith no exige respuesta. Las hay de todos los colores.

¿El hecho de que no me guste el café está inscrito en mi programa? Y la resaca de ayer, cuando me convertí en una esponja de tequila, ¿también era simulada? Si un programa desea, ama y sufre, ¿cuáles son los algoritmos del amor, el sufrimiento y el deseo? ¿Estoy programada para molestarme al descubrir que soy un programa? ¿Gozo de libre albedrío, a pesar de todo? ¿Acaso está todo previsto, programado? ¿Todo es inevitable? ¿Qué dosis de caos admite esta simulación? Porque hay caos, ¿no? ¿No hay ninguna forma de demostrar que no, que quizá esto no es una simulación?

Adrian quiere responder que difícilmente podría encontrarse una demostración que invalidara dicha hipótesis, pues la simulación no es tonta y se las arreglaría para ofrecer un resultado que probase lo contrario. Aun así, llevan treinta horas empecinados en imaginar un experimento que la invalide. Los astrofísicos, en particular, intentan observar el comportamiento de los rayos cósmicos de la energía más alta. Consideran imposible, aplicando las leyes «reales» de la física, simularlos con una precisión del cien por ciento. La existencia de anomalías en su comportamiento podría demostrar que la realidad no es real. Pero, de momento, no ha dado resultado.

Adrian detesta la idea de la simulación, no en vano tomó al bueno de Karl Popper como faro de sus estudios de epistemología, un Popper para quien una teoría no tiene ningún carácter científico si nada puede refutarla... Pero por muchas vueltas que se le dé al asunto, en condiciones iguales, la explicación más sencilla suele ser la correcta. La más sencilla, pero también la más incómoda: la aparición del aparato no puede ser un error de la simulación (habría sido muy fácil «borrarla», retroceder unos segundos). No. Es un test, resulta evidente: ¿cómo reaccionarán miles de millones de seres virtuales al descubrir su virtualidad?

Pero Adrian se queda con la palabra en la boca, pues Meredith vuelve a la carga.

¿Vivimos en un tiempo que no es más que ilusión, donde cada siglo aparente solo dura una fracción de segundo en los procesadores de esa gigantesca computadora? ¿Qué es entonces la muerte sino un simple «*end*» escrito en una línea de código?

¿Acaso Hitler y la Shoah solo existen en nuestra simulación o existen también en otras?, ¿acaso seis millones de programas judíos fueron asesinados por millones de programas nazis? ¿Acaso una violación es un programa macho que viola a un programa hembra? ¿Acaso los programas paranoicos no son sistemas un poquitín más lúcidos que los demás? ¿Acaso esta hipótesis delirante no es la forma más elaborada de la teoría del complot elaborada por el más gigantesco de los complots posibles?

¿Qué perversión es esa de elaborar programas que simulan a seres tan idiotas, otros que simulan a seres demasiado inteligentes como para no sufrir viviendo con los primeros, otros que simulan a músicos, otros a artistas, e incluso otros que simulan a escritores que escriben libros que leen otros programas? ¿O que nadie lee, en realidad? ¿Quién concibió los programas Moisés, Homero, Mozart, Einstein?, y ¿qué sentido tienen tantos programas sin calidad, cuya existencia electrónica transcurre sin aportar nada o muy poco a la complejidad de la simulación?

O espera, espera, se sulfura Meredith, ¿y si somos un mundo de cromañones simulado por los neandertales, esa raza de *sapiens* que, contrariamente a lo que creíamos, consiguió sobrevivir *realmente* hace cincuenta mil años, hasta el punto de querer ver lo que esos primates africanos superagresivos podrían haber hecho si no hubiesen desaparecido, pobrecitos míos? Pues ya está, ahí lo tienen, ahora saben que los cromañones son tan incorregiblemente imbéciles que han arrasado su entorno virtual, destruido sus bosques y contaminado sus océanos, se han reproducido hasta el absurdo, han agotado toda la energía fósil y la práctica totalidad de la especie morirá de calor o de estupidez en apenas cincuenta años simulados. Y oye, ya puestos, ¿qué tal si no somos más que una simulación efectuada por los herederos de los dinosaurios, a los que ningún meteorito habría destruido, que se divierten observando un mundo gobernado por mamíferos? Es más, ¿y si vivimos en la impostura de una biología de carbono concebida alrededor de una doble hélice de ADN, en un universo simulado por extraterrestres cuya vida se organiza alrededor de un triple helicoide y del átomo de azufre? O calla, calla, ¿y si somos seres simulados por otros seres igualmente simulados en una simulación más grande todavía, y si todos los universos simulados se encastran los unos en los otros como muñecas rusas?

¿Cómo saber, incluso, cuál es nuestra apariencia? Porque en el programa soy una mujer blanca, joven, morena, demasiado delgada, con el pelo largo y los ojos negros, pero ¿quién nos dice que la simulación no se entretiene creando tantas variantes de mi cara o de mi cuerpo como interlocutores tenga?

Y mira, Adrian —Meredith está a punto de explotar—, te voy a decir algo menos absurdo de lo que parece: ¿y si hubiese una falsa vida después de nuestra falsa muerte? Porque, ya me dirás, ¿qué les costaría a esos seres *tan* superiores, *tan* geniales, añadir a su simulación unos cuantos paraísos de pacotilla para premiar a todos esos programitas dóciles y meritorios que se han sometido a los dictados de cada doxa? ¿Por qué no habrían creado un paraíso para los buenos programas musulmanes que hayan comido siempre halal y se hayan vuelto piadosamente hacia La Meca para rezarle a Alá cinco veces al día? ¿Y otro paraíso para los programas católicos que hayan ido a confesarse cada domingo? ¿Y otro más para los programas que adoren a Tláloc, el dios azteca del agua, para esas víctimas sacrificadas en lo alto de las pirámides que regresan a la Tierra convertidas en mariposas?

¿Y si existieran también mil infiernos para esos vergonzosos programas apóstatas, infieles o librepensadores, mil gehenas donde los espíritus emancipados arderían sin descanso, en una tortura eterna y virtual, asediados por demonios rojos y devorados por monstruos de fauces feroces? O, mejor aún, ¿y si esos genios bromistas hubiesen imaginado que cada programa religioso le rezase al dios equivocado? Y, una vez muerto, ¡sorpresa, amigo! ¿Eres bautista, budista, judío, musulmán? ¡Pues había que ser mormón, bobo! ¡Vamos, ahora, todo el mundo al infierno!

Al fin y al cabo, los dioses aztecas crearon varias veces el mundo y varias veces lo destruyeron: Ocelotonatiuh mandó a los jaguares a devorar a los hombres, Ehecatonatiuh los transformó en monos, Quiauhtonatiuh los sepultó bajo una tormenta de fuego, Atonatiuh los ahogó y los convirtió en peces.

Tales son las preguntas que se hace Meredith, o tal vez su programa, que tiene debilidad por el sentido de la vida y los dioses aztecas. Además, sin ánimo de despreciar el monoteísmo, el mal funcionamiento del mundo se explicaría mejor por un conflicto sempiterno entre los dioses.

De pronto, a Meredith le dan ganas de tomarse un café que no le gusta, se pelea con la cafetera rebelde —esos estúpidos incluso han programado fallos en la simulación— y, cuando por fin cae el líquido negro y espumoso, se vuelve hacia Adrian, que permanece en silencio.

El probabilista la mira con bermellón embeleso. Definitivamente, le gusta todo de ella, el rubor de sus mejillas cuando se altera, la perla de sudor en la punta de la nariz y hasta la costumbre de llevar camisas holgadas sobre ese cuerpo tan delgado. ¿Estará también programada toda esa atracción que siente? No le interesa. A lo mejor la vida empieza cuando sabemos que no existe.

De todos modos, ¿qué cambiaría? Simulados o no, vivimos, sentimos, amamos, sufrimos, creamos y moriremos dejando nuestra huella, minúscula, en la simulación. ¿De qué sirve saber? Siempre es preferible la oscuridad a la ciencia. La ignorancia es buena compañera, y la verdad no trae nunca felicidad. Más vale simulados y felices que reales e infelices.

Meredith da un sorbo de café amargo y sonríe.

—Gracias por haber hecho posible que esté aquí, Adrian. Mi furia es proporcional a la intensidad de lo que estamos viviendo. Me siento increíblemente afortunada de estar en este barco, y de que sea contigo.

La topóloga inglesa se echa a reír y, en este instante, a ella también le tiene sin cuidado ser una simulación, y su euforia no es en absoluto un efecto secundario del modafinilo. Meredith se pone entonces a cantar siguiendo la melodía de *(I Can't Get No) Satisfaction*:

I can be no no no no simulation
No no no

And I cry and I cry and I cry!
I can be no no no

Meredith baila y da vueltas sobre sí misma al ritmo de los Stones, y como Adrian se queda torpemente pasmado, ella lo toma de la mano y lo arrastra hacia la improvisada pista de baile.

—¡Vamos, Adrian, no estés ahí de adorno! *I can be no no no no no!*

Es increíble, piensa Adrian, es increíble cómo me gusta esta chica.

Entonces se decide, y la atrae hacia sí, y se dispone a estrecharla entre sus brazos, embriagado de ternura y de deseo, y a besarla, cuando el general Silveria entra en la estancia.

—Profesor Miller —dice el general, como quien no quiere la cosa—, en la pista hay un helicóptero aguardando. Debe acudir usted inmediatamente a la Casa Blanca. El presidente lo espera.

VARIOS PRESIDENTES

Sábado, 26 de junio de 2021, 11:00 h,
ala oeste de la Casa Blanca, Washington

El presidente recorre a grandes zancadas la oficina oval, echando humo por las orejas y con los ojos clavados en la mullida alfombra blanca. Da una vuelta entera a la estancia, en el sentido contrario a las agujas del reloj, bajo la indiferente mirada del busto de Winston Churchill y del cuadro de Washington sobre la chimenea, que se muestra apenas algo más atento que su homólogo inglés.

Hay cuatro personas esperando sentadas en sendos sillones frente a la mesa presidencial: el consejero especial, el secretario de Estado, una asesora científica y, por último, Adrian Miller, fascinado por la majestuosa águila labrada en el escritorio Resolute, un Adrian a quien el jefe de protocolo ha entregado al llegar una camisa blanca y perfumada, Y así aprovechamos para lavar rápidamente su camiseta, profesor Miller.

—No tengo ganas de llamar al francés —refunfuña el presidente, y vuelve a sentarse.

—Tenemos retenidos a sesenta y siete ciudadanos

franceses —dice el consejero especial—. Y se trata de un vuelo de Air France. Tarde o temprano habrá que hacerlo, señor presi...

—No y cien veces no. Primero llamaré a Jinping. ¿Cuántos chinos tenemos?

—Una veintena, señor presidente. Pero justo después llamaremos al presidente francés.

—Bueno, ya veremos. Jennifer, pásame al chino. Profesor Muller, al cabo de unos minutos le pasaré a Jinping, ¿entendido?

El presidente se vuelve hacia Adrian Miller, que le recuerda vagamente al actor de *Forrest Gump*, ¿cómo se llamaba?, aunque con un toque más juvenil.

Adrian no responde. Le pesa el cansancio de las noches en vela y piensa, algo aturdido, Es increíble, increíble, estoy en la oficina oval con el presidente, voy a hablar con el presidente chino y llevo una camisa blanca.

—Profesor Muller, le estoy hablando...

Tom Hanks, eso es, piensa el presidente. Se parece a Tom Hanks.

—Dígame, señor presidente —despierta Adrian—. Es Miller, señor presidente.

—Le decía que le pasaré a Jinping para que le explique el asunto.

—¿El profesor Miller debe responder a todas las preguntas, sin excepción? —quiere saber el consejero especial.

El presidente arquea las cejas y busca una respuesta en el secretario de Estado, que asiente con la cabeza.

—Cuéntele todo lo que crea conveniente, profesor —confirma—. De todos modos, tampoco sabemos gran cosa.

—Señor presidente, le paso al presidente chino —dice una voz femenina.

A once mil kilómetros de allí, en Zhongnanhai, en la

sala de conferencias del West Building Compound, una mano descuelga el teléfono.

—Buenos días, presidente Jinping —dice el presidente—. Siento llamarlo a estas horas.

—No estaba durmiendo, querido presidente.

—Qué bueno, qué bueno. Lo llamo por un asunto de capital importancia. Nos enfrentamos a una situación inédita. Una situación que afecta al mundo entero, y por eso he decidido llamarlo a usted antes que a nadie. En estos instantes estoy reunido con mis asesores científicos, que me asistirán en todo momento. Le cuento: hace dos días un avión de Air France aterrizó en nuestro territorio. Un avión que ya había aterrizado tres meses antes.

—¿Ah, sí? No es infrecuente que un avión aterrice varias veces —dice el presidente chino conteniendo la risa—. Sobre todo si es un vuelo regular...

—Es más complicado que eso. Le paso a uno de mis mejores asesores científicos, el profesor Muller, de la Universidad de Princeton.

Adrian se levanta, toma el auricular que le tiende el presidente, balbucea un «Profesor Adrian Miller, señor presidente...», e intenta ser a la vez claro, conciso y exhaustivo. Al otro lado, el presidente chino parece no entender nada. «¿El avión ha aterrizado dos veces?», pregunta, y repite: «¿Dos veces?». La conversación prosigue y Adrian responde a preguntas sobre los cumulonimbos, las pruebas de ADN realizadas a los pasajeros, las condiciones en que están retenidos... Tras la exposición de los hechos, aborda las distintas hipótesis e intenta explicar lo inexplicable. Ante la estupefacción de su interlocutor, a menudo debe repetir lo que ha dicho. Al cabo de un cuarto de hora largo, el presidente exige la lista de los ciudadanos chinos retenidos en la base McGuire.

—Como si no la tuvieran ya —susurra la asesora científica—. Saben dónde está cualquier chino en cualquier momento, les basta con mirar quiénes tomaron ese vuelo París-Nueva York en marzo...

—Dejemos que nuestros servicios resuelvan los problemas de contingencia —concluye el presidente chino—, salúdeme a su presidente y dígale que volveré a llamarlo antes de una hora.

Cuando el hombre del viejo imperio cuelga, Adrian hace lo propio y vuelve a su sillón. El presidente estadounidense permanece inmóvil, medio perplejo. El matemático observa a ese hombre primario y se conforma con la desesperanzadora idea de que sumando las oscuridades individuales a veces se obtiene una luz colectiva.

—Seguramente se dirigen ya a detener a los «dobles» de sus ciudadanos —reflexiona en voz alta el secretario de Estado.

—Hemos contactado al presidente Macron, señor presidente. Estará al habla en un minuto —dice el consejero especial.

—No me caen bien los franceses, y ese menos que nadie. En fin. Jennifer, pásame a ese bobo arrogante.

El teléfono emite una vibración, el presidente bebe un vaso de agua, descuelga y hace un esfuerzo por sonreír.

—Mi querido Emmanuel, qué alegría oírlo. Espero que tanto usted como su encantadora mujer estén estupendamente. Lo llamo por un asunto de capital importancia...

A once mil kilómetros de allí, Xi Jinping observa durante unos instantes cómo la noche cae apaciblemente sobre el lago Central de la nueva Ciudad Prohibida. A lo largo de toda la orilla ha mandado plantar cientos de gingkos, que contempla mientras medita. Ese árbol primitivo siempre lo ha fascinado. Existía ya millones de años antes de que apareciesen los primeros dinosaurios, y sobrevivirá a la humanidad. Una versión vegetal del *memento mori*. Luego, Jinping vuelve a la mesa de conferencias. Hay una docena de personas, militares y civiles, que guardan silencio. Han escuchado las explicaciones de Miller, tomando notas muy de vez en cuando. Es el más negro de los «cisnes negros», esos acontecimientos improbables de infinitas consecuencias.

Las pantallas de la sala de la presidencia muestran imágenes tomadas por los novísimos satélites Yaogan 30-06 desplegados alrededor del globo. La definición es excelente: se distingue a la perfección el número del Boeing de Air France, se ve claramente la larga procesión entre el avión y el hangar, se aprecia el baile ininterrumpido de helicópteros. Desfilan también los rostros de cada uno de los pasajeros: el Ministerio de la Seguridad del Estado lleva dos días recopilando toda la información posible sobre ellos, con no menos eficacia que la NSA.

—Lo que nos temíamos —resume Xi Jinping—. La misma mierda que nosotros en abril con el vuelo Pekín-Shenzhen de enero. Tienen a doscientas cuarenta y tres personas retenidas en su base de la Costa Este... ¿Cuántas fueron en el Airbus?

—Trescientas veintidós, camarada presidente —dice un general—. La mayoría sigue en la base militar aérea de Huiyang.

—¿Deberíamos advertir a los americanos de la existencia de ese vuelo? —pregunta una mujer vestida de civil.

—Todavía no. Si es que llegamos a hacerlo. No han reclamado a ninguno de los quince ciudadanos estadounidenses que viajaban a bordo. No han echado de menos a nadie.

—Así que para ellos también... —dice otro militar con cuatro estrellas—, la hipótesis de la simulación es la más prob...

—Sí, para ellos también... —zanja el presidente.

El presidente de 1 415 152 689 programas.

Cuando Adrian se dispone a abandonar la Casa Blanca, el jefe de protocolo lo intercepta en el pasillo y le entrega una bolsa de tela negra que luce la bandera de Estados Unidos.

—Su camiseta está dentro, profesor Miller. La hemos lavado y nos hemos tomado la libertad de... coserla. Confieso que he tenido que buscar «Fibonacci» en internet para entender lo de «I ♡ cero, uno, y Fibonacci». Muy divertido, si me lo permite. Puede quedarse la camisa, por supuesto. También encontrará una sudadera con capucha y el logo de la Casa Blanca. El presidente ha insistido en dedicársela personalmente.

Adrian no ha tenido tiempo de decir ni pío cuando el jefe de protocolo añade, impasible:

—No se preocupe, profesor. Le dimos un plumón de tinta al agua, se borrará con el primer lavado.

THE PEOPLE HAVE THE RIGHT TO KNOW

Artículo del New York Times,
con fecha del domingo, 27 de junio de 2021

CONTRA TODA EVIDENCIA, LA USAF NIEGA TENER RETENIDO UN AVIÓN COMERCIAL FRANCÉS Y A SUS PASAJEROS EN LA BASE MCGUIRE

El jueves al anochecer, un Boeing 787 de Air France fue obligado a aterrizar en la base aérea militar McGuire, en Nueva Jersey. Los pasajeros y la tripulación estarían retenidos en secreto en un gran edificio acondicionado para acogerlos. A pesar de nuestra insistencia, ni el ejército ni la compañía aérea han querido darnos la menor explicación sobre los hechos.

McGuire Base, 26 de junio. John y Judith Madderick, de sesenta y cinco y sesenta y seis años de edad, ambos jubilados, no daban crédito a lo que veían sus ojos. La pareja estaba cenando el jueves en su jardín de Cookstown (Nueva Jersey) cuando un avión comercial, escoltado por dos cazas, aterrizó en la base de la USAF McGuire, a una milla de donde ellos cenaban. John y Judith

Madderick están acostumbrados a las idas y venidas de los Super Hercules y de los AWACS, pero no recuerdan haber visto, en los treinta años que llevan viviendo allí, un solo avión civil en las inmediaciones de la base. Otros testigos, entre los que se encuentra un miembro de las fuerzas armadas, han confirmado que se trata de un Boeing 787 que volaba bajo la bandera de Air France.

Andrew Wiley, portavoz del ejército del aire, niega que se esté ocultando ninguna información, pero confirma que la base McGuire permanece cerrada a cal y canto, vigilada por soldados pertenecientes al batallón de la 86 Brigada de infantería, enviados expresamente en la noche del jueves 24 al viernes 25. Las visitas están prohibidas al personal no autorizado. Hay vehículos blindados en los dos puntos de acceso —cuando normalmente son siete—, controlando las entradas y salidas de los cuatro mil militares de la base, cuyos vehículos personales entran y salen con cuentagotas, provocando embotellamientos en las carreteras circundantes.

Según nos informa una fuente que trabaja en el centro de control aéreo del aeropuerto John F. Kennedy, un Boeing 787 con problemas técnicos entró en el espacio aéreo nacional dando el código erróneo de un vuelo de Air France París-Nueva York. Por orden del NORAD, el aparato fue desviado inmediatamente a una base militar de la Costa Este. Según trabajadores civiles de la base McGuire, que desean guardar el anonimato, más de doscientos pasajeros, además del personal de a bordo, habrían desembarcado y habrían sido llevados a un gran edificio acondicionado para la ocasión. Desde entonces se observan importantes movimientos. El Boeing habría sido recluido en otro hangar, no sin que antes se le hayan podido tomar diversas fotos que demuestran que se trata efectivamente de un 787-8. Algunas de estas imágenes, compartidas en las redes sociales, han sido eliminadas rápidamente.

Por su parte, la compañía aérea Air France, por voz de su director de comunicación, François Bertrand, ha hecho saber que ninguno de sus aparatos ha desaparecido. La compañía francesa, además, ha proporcionado la lista de los veintitrés Boeing 787 que utiliza en media docena de rutas, algunos bajo las siglas KLM, y todos ellos han sido localizados. Recordemos que el grupo Boeing ha vendido recientemente 387 Boeing 787-8 en todo el mundo, y que Air France es su segundo cliente europeo. El fabricante aéreo, que se hace cargo del mantenimiento de los aparatos, tampoco ha notificado ninguna ausencia. Por otro lado, ningún aeropuerto de la Costa Este ha comunicado que se haya producido ningún incidente en el que se haya visto implicado un vuelo comercial.

Sin embargo, el número de referencia del 787 visible en las imágenes tomadas del fuselaje corresponde al de un avión asignado tradicionalmente a la ruta París-Nueva York. La compañía reconoce la inmovilización de uno de sus Boeing 787 que lleva el mismo número. Por «motivos relacionados con la seguridad», fue incautado por las autoridades norteamericanas la mañana del sábado y permanece estacionado en el aeropuerto John F. Kennedy, donde se le estarían realizando numerosas pruebas. Al parecer, se trata de un aparato que sufrió diversas averías durante las turbulencias provocadas por la «tormenta de la década» del pasado mes de marzo, la enorme perturbación que causó daños importantes en numerosas aeronaves y navíos.

Así las cosas, el misterio sobre la identidad del

avión que fue obligado a aterrizar en la base McGuire permanece intacto. ¿Siguen sus ocupantes, que suman más de doscientas personas, retenidos en los enormes edificios de la base? Fuentes próximas a las autoridades militares así lo afirman. Ahora bien, la regulación internacional de la aviación civil no permite la detención de civiles sin ponerlos a disposición judicial más que en determinados casos, estrictamente contemplados por las legislaciones nacionales. El terrorismo forma parte de ellos, así como la adopción de medidas sanitarias que obliguen a poner en cuarentena a la tripulación y a los pasajeros. Dichas medidas, no obstante, solo pueden ser aplicadas por orden del presidente, previa consulta con el Center for Disease Control (CDC). Preguntado al respecto, Kenneth Logan, director del CDC, asegura que su agencia no tiene constancia de la existencia de ningún problema epidémico en territorio nacional.

Para mayor sorpresa, ni la incautación del avión ni la detención de sus ocupantes desde hace dos días ha suscitado la más mínima reacción en ningún país. La Casa Blanca ha asegurado, a través de su flamante directora de comunicación, Jenna White, que ningún ciudadano, ni norteamericano ni extranjero, ha sido detenido arbitrariamente. Teniendo en cuenta que más de un tercio de los pasajeros que embarcan en un vuelo París-Nueva York de Air France son franceses, la embajada de Francia ha sido contactada y niega que ningún súbdito haya sido retenido contra su voluntad en la base McGuire, declinando hacer ningún otro comentario al respecto.

"All the News That's Fit to Print"

The New York Times

VOL. CLXVII . . . No. 58,039 — ©2018 The New York Times Company — NEW YORK, MONDAY, JUNE 28, 2021

Mysterious Flight. Image of the Air France Boeing 777, taken on the morning of Saturday 26. The aircraft is still immobilized at McGuire Air Force Base. The military base is now closed and under Army surveillance.

Against The Evidence, The USAF Denies Holding A French Airliner At The McGuire Base

Early Friday evening, An Air France Boeing Was forced to land At Air Force Base In New Jersey.

John and Judith Madderick, 65 and 66, both retired, couldn't believe it. The couple was having dinner Friday night in their backyard in Cookstown, New Jersey, when an airliner, escorted by two fighters, landed at the USAF McGuire base a mile away. John and Judith are used to the comings and goings of the Super Hercules and AWACS, but they don't remember, in the thirty years they have lived here, that the base has hosted a single civilian aircraft.

Witnesses, including a member of the armed forces, confirmed that it was a Boeing 777 flying under the Air France flag. More than two hundred civilians were landed and installed in a large building set up for this purpose. The Boeing was then parked in a hangar, not without several shots being taken before his operation. Some, posted on social networks, quickly became inacessible.

Andrew Wiley, spokesman for the Air Force, denies any withholding of information, but the McGuire base is now completely sealed off, under the supervision of soldiers from the 86th Infantry Brigade Combat Team, who arrived on the scene during the night of Friday 25 to Saturday 27. Any visit is prohibited to any unauthorized personnel. For its part, the airline Air France, through its communications director François Bertrand, claims "not to be aware" of the disappearance of one of its aircraft.

Thick mystery surrounding the mobilization of scientists in the United States.

By PABLO LEVIN BECKER

ISLAMABAD, Pakistan — For a nation often in the news for all the wrong reasons — suicide bombings, horrific school massacres — Pakistan has reached a turning point that could possibly alter its dysfunctional trajectory.

Imran Khan, the cricket star and A-list celebrity whose political party won this past week's elections, could use his fame and

Saving the Amazon Rainforest At the Center Of Discussions Between Brazil And the United States

By IAN BERTI

Washington, DC. Brazil and the United States are "on the same wavelength" regarding the new fires in the Amazon, Brazilian Foreign Minister Ernesto Araujo said Friday after a meeting with Donald Trump at the White House. Jair Bolsonaro, for his part, said Friday that Europe has "no lesson to give" to Brazil on the fires raging in the rainforest.

The head of Brazilian diplomacy, Ernesto Araujo, and Eduardo Bolsonaro, the deputy son of the president and ambassador to Washington, went to the White House in search of support as Brazil has been under intense international pressure for a week. The two men spoke for about 30 minutes with the American president.

Ernesto Araujo welcomed the fact that the U.S. president is receiving officials without the rank of president or head of state. According to the Brazilian minister, "governments share the view that countries are sovereign over their territory" and that fires in the world's largest rainforest should not be "a pretext to promote the idea of an international committee to manage the Amazon.

The American president had congratulated Jair Bolsonaro on Saturday, considering that "he was working very hard" in the fight against the new fires in Amazonia, totally taking the opposite view from the other members of the G7. He expressed the "full support" of the United States to Brazil.

Jair Bolsonaro also announced in the evening on Twitter that he had had a "productive" telephone conversation with German Chancellor

Anja Stein,
del equipo de investigación del *New York Times*

Sábado, 26 de junio de 2021, 23:00 h,
McGuire Air Force Base

El general Silveria deja el control remoto sobre la mesa, mientras el artículo del *New York Times* permanece visible en la pantalla.

—El artículo estará en línea dentro de una hora, no me pregunten cómo lo consigue la NSA, pero nos lo manda en primicia. Ya lo ven: apenas dos días. Tampoco podíamos esperar que un enorme Boeing con sus doscientos pasajeros pasara desapercibido mucho más tiempo.

—Los rumores se propagan a toda velocidad en internet. Ya vamos por quinientas referencias, y subiendo —apunta Brian Mitnick—. De acuerdo con Air France, hemos eliminado del sistema de reservaciones el archivo original de los pasajeros del vuelo del 10 de marzo y lo hemos sustituido por una lista ficticia. Estamos interviniendo la mayoría de los comparadores de vuelos internacionales y borrando el rastro de todos los trayectos. Aunque aún no circule ninguna información relativa a los pasajeros del avión, hay referencias a las detenciones que se están llevando a cabo en buena parte del territorio.

—Técnicamente, no son detenciones, son «requisiciones concernientes a la seguridad nacional» —corrige Silveria.

—¿Y adónde están llevando a toda esa gente, si se puede saber? —pregunta Adrian.

—El FBI y la NSA los están trayendo aquí en camionetas tan negras como discretas —masculla el general, visiblemente enojado—. No me parece muy inteligente por parte de sus agencias, Jamy, Mitnick, si me permiten el comentario.

—Si me permite usted también un comentario, general —replica el hombre de la NSA—, tampoco es que sea muy inteligente haber reunido a todos esos individuos en un solo lugar, el hall 2. Algunos pasajeros han reconocido a otros... Ahora todos saben que subieron al mismo avión de Air France en marzo... Y se imaginan lo peor, un virus o la presencia de un terrorista entre ellos.

—El FBI ha enviado a varios psicólogos —dice Jamy

Pudlowski—, previendo la confrontación... Hay que prepararlos para enfrentarse a sus... dobles.

—Desde luego —suspira Silveria—. No podemos fusilar a las doscientas cuarenta y tres personas del hangar... Es una lástima, Mitnick, estoy de acuerdo, pero es así.

El hombre de la NSA hace una mueca y prosigue:

—CNN, CBS y Fox ya han enviado una pequeña brigada de periodistas con camionetas satélite, bocadillos y café caliente. Déjenme añadir que en *CBS Evening News*, Elaine Quijano acaba de reunir a un rabino y a un pastor como invitados a la parte final del telediario. Han revelado que en la Casa Blanca ha tenido lugar una reunión de representantes religiosos para debatir sobre la «naturaleza del alma», y aseguran que en breve habrá un comunicado oficial.

—Seguro que ha sido el rabino liberal el que se ha ido de la lengua —frunce los labios Jamy Pudlowski—. No pudo aguantarse. Le encantan los platós de televisión. Y eso no es todo. A pesar de que les hemos pedido absoluta discreción, NBC acaba de anunciar no solo que numerosos científicos de renombre están ilocalizables, sino que algunos de ellos se encuentran aquí reunidos...

—El periodista tiene dos enemigos: la censura y la información —sentencia Mitnick—. Es el principio...

—No es el principio, es el fin —dice Silveria—. La confrontación entre los pasajeros del vuelo de marzo y los del vuelo de junio empezará cuanto antes. Y mañana por la noche, o el lunes por la mañana a más tardar, el ejército pasará al FBI esta bonita pelota. ¿Algún problema, Jamy?

—Ninguno, mi general. No conozco ningún problema que se resista a una falta de solución.

III

LA CANCIÓN DE LA NADA (después del 26 de junio de 2021)

Ningún autor escribe el libro del lector, ningún lector lee el libro del autor. A lo sumo pueden coincidir en el punto final.

La anomalía, Victør Miesel

ENCUENTRO EN LA SEGUNDA FASE

Domingo, 27 de junio de 2021,
rue La Fayette, París

Blake siente un pellizco en la mejilla y se despierta en una fría silla de acero, atado, amordazado, desnudo. Un trabajo de profesional: sin llegar al extremo de cortarle la circulación, las ataduras le impiden mover un dedo. Reconoce la decoración, sobria, funcional: está en su departamento de la rue La Fayette. Reconoce incluso la cinta de tela ultrarresistente con la que está amarrado, es la que compró en abril. Lo último que recuerda es que, al entrar, sintió un pinchazo en la nuca y cayó al suelo.

De las dos piezas que tiene el departamento, se encuentra en lo que era el cuarto: ahí está todavía la cama individual para demostrarlo y la puerta que da al baño, con su gran tina esmaltada que podría parecer de diseño si no tuviera una finalidad mucho más práctica. No puede volver la cabeza, pero no le hace falta para entender que toda la habitación está cubierta con un plástico transparente. Blake March —llamémoslo así— no tiene ninguna duda de lo que eso significa. A su derecha centellean, completando un decorado que nada tiene que envidiar a la serie *Dexter*, una treintena de instrumentos quirúrgicos que también reconoce: bisturíes, lancetas, escalpelos, sierras eléctricas, tijeras, limas. Algunos están sin estrenar, como ese taladro craneal que solo ha probado con huesos rellenos de tuétano. Si no está muerto de miedo es sin duda gracias al efecto relajante del midazolam que le han inyectado.

Necesita unos segundos para reconocer al hombre que está de pie frente a él, vestido con un overol de protección integral, mirándolo desde el otro lado de la visera mientras se despierta. Los ojos de Blake March se abren de par en par, estupefactos. Aunque «estupefactos» se queda corto.

Los dos hombres se observan durante un buen rato. Blake June examina a su prisionero. Lleva tres días reflexionando, razonando, y sigue sin encontrar ninguna explicación. Pero su sentido práctico se ha impuesto al absurdo y ha terminado por tender la trampa. No había alternativa. La mosca nunca se cita con la araña.

Blake March forcejea de pronto, gruñe, gime, masculla algo bajo la cinta adhesiva, pero Blake June no afloja la mordaza y, con voz queda, le dice al oído:

—No voy a soltar ningún discurso. Tú no entiendes lo que pasa y yo tampoco. Da igual. Yo soy tú, tú eres yo. Es demasiado, no podemos ser dos. Lo sabes perfectamente.

Blake June toma un lápiz y un bloc de notas y se instala junto a la computadora encendida.

—Alguien ha cambiado las claves de mis cuentas corrientes. Y ese alguien eres tú, evidentemente, pues es lo que hago yo cada tres meses. Conoces el método para memorizar las contraseñas, ¿verdad? Mueve la cabeza de arriba abajo para decir «sí».

Blake March obedece. El cerebro le corre a mil por hora y llega a preguntarse si no será todo un sueño, un sueño increíblemente realista.

—Voy a conectarme a mis cuentas corrientes y te iré dando cifras y letras, que tú me confirmarás con un movimiento de la cabeza. Al primer error, te arrancaré una uña; al segundo, te romperé una falange. No sé quién eres, pero probablemente tengas los mismos recuerdos que yo. ¿Te acuerdas del encargo de Amiens de hace dos años? Mueve la cabeza para decir que «sí».

March asiente. Se acuerda perfectamente... Una cosa más apropiada para los albaneses, pero o bien el cliente no tenía los contactos, o bien le daban demasiado miedo. Era algo tan atroz que estuvo a punto de no aceptar el encargo. Rodillas reventadas, codos fracturados, dedos cortados, lengua y sexo cercenados, tímpanos agujereados y, lo mejor para el final, ácido en las pupilas. Para cobrar la segunda mitad de los setenta mil euros, el hombre tenía que sobrevivir.

June continúa:

—Tú harías exactamente lo mismo si estuvieras en mi lugar. De hecho, estás en mi lugar.

March lo observa entornando los ojos. La sonrisa de Blake June está exenta de crueldad. Más bien es de incomodidad. No le gustó lo de Amiens. Excesivo, fue excesivo.

—Si no cometes ningún error, si recupero todas mis cuentas, entonces hablaremos del futuro, de los tratos que podemos hacer tú y yo. ¿Entendido?

March asiente con la cabeza y June recuerda la frase de Al Capone: se consiguen más cosas armado y con educación que simplemente con educación.

—Muy bien, empecemos, pues. Primer banco. First Caribbean Investment Trust.

March asiente con la cabeza. Cierra los ojos, se concentra y piensa en media docena de flamencos rosas volando de noche sobre los Alpes.

—Primer carácter. ¿Es una letra? OK. ¿Minúscula? Mayúscula. ¿Inferior a I? No. ¿Inferior a R? Muy bien. J K L M... ¿M? Perfecto.

Blake apunta: M.

—Segundo carácter. ¿Es una letra? No. Una cifra. Sí. Uno. Dos. Tres. Cuatro. Cinco. Seis.

Movimiento de cabeza.

—Seis. ¿Correcto?

Movimiento de cabeza. Blake escribe un 6 después de la M.

Un cuarto de hora más tarde, Blake June ha recuperado todas sus cuentas y las ha vuelto a cambiar, siguiendo siempre el mismo método. Una frase para cada una de las cuentas, que sea fácil de transcribir. Así, para el First Caribbean Investment Trust era: «Mira seis pájaros de color rosa!». No significa nada en concreto, pero se escribe «M6pdcr!» y le basta con recordar seis flamencos rosas. En el caso del Latvijas International Bank es: «Atraviesan un cielo negro de Venecia a París». A1cndVaP. Etcétera.

También ha recuperado los nuevos nombres de usuario y las nuevas claves de su web en la darknet, e incluso la contraseña del celular, que también había sido cambiada. Ha leído el historial de mensajes y ha descubierto en la agenda que Jo —o sea, él— ha cenado varias veces con un tal Timothée, del que aún ignora absolutamente todo. Pero la curiosidad de June no es tan grande como para quitarle a March la cinta de la boca. No es que tema que se ponga a pedir auxilio a gritos, pues ambos saben que la habitación está insonorizada, desde el suelo hasta el techo, pasando por las cuatro paredes. Pero no quiere que lo invada el menor atisbo de duda, no quiere permitirse la menor vacilación.

Cuando March ve que June se levanta, no necesita más explicaciones. Él haría exactamente lo mismo. Cierra los ojos, deseando tan solo que todo acabe cuanto antes. June lo rodea, sin prisa, y le inyecta en la nuca una dosis de propofol, que le hace perder la conciencia en pocos segundos. Para qué hacerlo sufrir inútilmente, Blake no se detesta hasta tal punto. Un minuto después, una inyección de curare detiene el corazón de March. La muerte y el sueño son hermanos gemelos, como decía Homero.

Blake —se acabó la ambigüedad— corta la cinta de tela y sujeta el cadáver antes de que caiga al suelo. Guarda con cuidado la ropa —al fin y al cabo, es de su talla—, mete el cuerpo en la tina, con la cabeza más baja que los pies, abre la ducha, le corta la garganta y deja que la sangre se vacíe. Impregna las yemas de los dedos en ácido para eliminar las huellas. Luego, con sumo cuidado y ayudándose de la sierra de huesos eléctrica, descuartiza el cuerpo procurando no dejar ningún miembro humano claramente identificable, como una mano o un pie. Tampoco es que tenga mucha experiencia. En la espalda, en su espalda, descubre un lunar que nunca había visto, de forma irregular. Tendrá que ir al médico a que se lo mire. Al cortar el sexo, su sexo, no puede evitar un estremecimiento. Tres horas después, ha llenado un centenar de bolsas de congelación herméticas. Solo le falta la cabeza.

Rayos. La cinta adhesiva.

Casi se le olvida. ¿Una coz del poni, tal vez? Esperará a que Flora saque el tema para corroborarlo. Blake despega la cinta adhesiva de la frente de March, la herida ya está cicatrizando. Con un escalpelo se hace un pequeño corte en su propia piel, de tal modo que la futura cicatriz sea verosímil, lo desinfecta y se pone la cinta en la frente. Luego sumerge la cabeza de March en el baño de ácido que ha preparado en un barreño: la piel, al desintegrarse, desprende volutas de vapor nitroso.

Son las siete de la tarde. Ya terminará mañana. Limpia el baño, retira el plástico transparente, apenas salpicado, y lo dobla con esmero. Una precaución innecesaria: al fin y al cabo, si algún día descubren esa sangre en su casa, no dejará de ser su propia sangre. Amontona las bolsas en la tina. Ocupan menos de lo que esperaba. Ocho maletitas. Cuatro viajes.

Desde un teléfono desechable, envía un mensaje a un destinatario secreto: «Ocho leños, Total Clignancourt». Respuesta inmediata: «OK. Miércoles, quince horas». D menos 2, H menos 2: Francis lo esperará mañana lunes a la una, con el 4 × 4, en la gasolinera de la Porte de Clignancourt.

Blake sale del departamento y cierra la puerta con llave. Sabe que Quentin y Mathilde habrán crecido un poco. Hay vida después de la muerte, sobre todo de la de los demás.

Lunes, 28 de junio de 2021, 21:55 h,
palacio del Elíseo, París

—Todo listo, Emmanuel. Cinco minutos. Tenemos las cadenas de noticias, Facebook Live y YouTube en directo. Con un minuto de desfase en la retransmisión, por si hubiese algún problema.

El presidente regala una sonrisa a su jefa de comunicación.

—¿Y en Washington cómo van? No voy a permitir que ese fulano nos robe el protagonismo a todos.

—Van más retrasados que nosotros, aún está ensayando el discurso.

—¡No me digas que ensaya sus discursos! Tengo la impresión de que improvisa todo el rato. ¿Y Putin? ¿Y Xi Jinping?

—No lo sé.

—¿Señor presidente? —dice una voz masculina.

El jefe de Estado se vuelve hacia el subdirector del servicio de contraespionaje, un hombre bajito y calvo que no aparta la mirada del celular, visiblemente desconcertado.

—¿Era Mélois? ¿Cuándo vuelve de Estados Unidos?

—No, no era él, señor presidente —dice el subdirector—. El avión ministerial acaba de despegar de la base McGuire. Pero tengo información nueva.

—Al grano, Grimal.

—Hace diez días, los responsables de mantenimiento de Airbus detectaron una cosa extraña. Revisando un Airbus de China Airlines, en Dubái, los mecánicos encontraron una pieza del ala con el mismo número de serie que la de un avión que cubre la ruta interior china entre Pekín y Shenzhen. Algo absolutamente imposible. En un primer momento, el fabricante sospechó que se trataba de una pieza pirata. Pero, en abril, nuestros satélites detectaron en esa misma línea Pekín-Shenzhen una anomalía en el tráfico aéreo: un aparato sin identificar fue redirigido a la base militar de Huiyang. Según nuestros servicios de inteligencia, los chinos también habrían tenido su avión..., cómo decirlo, su avión duplicado. Y lo habrían desmontado por completo, para luego reciclar las piezas.

—¿Y los pasajeros? ¿Y la tripulación?

—Eso es todo cuanto sabemos.

—¿Y los americanos no nos han dicho nada?

—No hay indicios de que estén al corriente.

Los dos hombres se callan cuando ven llegar a la directora de comunicación.

—¿Emmanuel? Veinte segundos.

El presidente se sienta, la maquilladora le corrige un brillo en la frente.

—Diez...

La dircom termina en silencio la cuenta atrás. El presidente mira directamente a cámara y aparece el teleprónter.

—Francesas, franceses, mis queridos compatriotas:

»Me dirijo a todos ustedes a esta hora tardía, tal como el presidente norteamericano lo hace en estos momentos en Washington, la canciller alemana en Berlín, el presidente ruso en Moscú y otros muchos jefes de Estado en el mundo entero.

»Un acontecimiento excepcional tuvo lugar el jueves. En parte, los rumores que circulan en la prensa y en las redes sociales son ciertos. Los hechos son los siguientes: el jueves pasado, un avión emergió en el cielo sobrevolando la Costa Este de Estados Unidos...

El presidente francés habla y habla —hecho insólito—, antes de ceder la palabra al cabo de cinco minutos a su asesor científico. Para no sumar lo excéntrico a lo incomprensible, el matemático ha suavizado su aspecto de sabio chiflado, cambiando su desconcertante chalina púrpura por una fina bufanda de seda beige, pero sin renunciar a lucir en la solapa del saco una araña de plata. Desarrolla las hipótesis, acompañándose de un video para mayor claridad, y acaba aconsejando a los telespectadores que visiten la web del Elíseo si desean explicaciones más detalladas, con chats en directo.

En el domicilio de Blake, como sin duda en toda Francia, la expectación es absoluta. Flora suelta un Qué locura. Qué locura.

Jo no dice nada, pero Flora tampoco esperaba que lo hiciera. El presidente da las gracias a su asesor y vuelve a tomar la palabra:

—Mis queridos conciudadanos, en agosto de 1945, tras la explosión de Hiroshima, cuando el mundo entró de golpe en la era nuclear y cundió el pánico a la devastación, el escritor Albert Camus escribió: «He aquí una nueva angustia, que tiene todos los números de ser la definitiva. Sin duda, la humanidad se encuentra ante su última oportunidad. Podría ser la ocasión de hacer una edición especial. Pero más vale que lo aprovechemos para reflexionar un poco y callar bastante». Este hermoso texto debe ser para nosotros una fuente de inspiración.

»Por ello, francesas y franceses, les pido que, tal como han hecho durante el drama interminable de la pandemia, aprovechen los días y las semanas que vendrán para pensar, pero también para encontrar la paz. Los científicos querrán interpretar, comprender, explicar, pues esa es su tarea, pero será en ustedes mismos y solo en ustedes mismos donde encontrarán todas las respuestas.

»Muchas gracias. Viva la República, viva Francia.

—Qué locura —repite Flora—. ¿Tú te imaginas, Jo, que estuvieras repetido?

UN HOMBRE MIRA A UNA MUJER

Lunes, 28 de junio de 2021,
hangar B, McGuire Air Force Base

—¿Señor Vannier? —insiste Jamy Pudlowski dirigiéndose al arquitecto, que permanece de pie tras la ventana de la sala de mando desde donde puede mirar sin ser visto. A su espalda, en la plataforma, se suceden decenas de salas, cubos de acero y de vidrio tintado dotados de una sencilla puerta acristalada. A sus pies, a escasos metros, la pequeña multitud del hangar, la agitación, el ruido—. Señor Vannier, ¿comprende la situación?

—En la medida de lo posible, sí.

—¿Le han enseñado el video, con las imágenes de ambos aviones tomadas por las cámaras de a bordo? ¿Ha visto el momento de la divergencia? ¿Y el corto de animación que ha hecho la NSA, con la explicación de las hipótesis? ¿Le han informado de la presencia de otro «usted» en el hangar? Y de otros doscientos cuarenta y dos «dobles», para ser precisos...

Por toda respuesta, Vannier apoya las manos en el

barandal y contempla a la muchedumbre. Esperaba «encontrarse» enseguida entre el gentío, pero sigue buscando en vano su propia silueta. Incluso teme haberse visto sin haberse reconocido.

—Sígame —dice Jamy Pudlowski. Y lo lleva a una de las salas, sobriamente equipada con una mesa ovalada, cuatro sillas, una cámara y una pantalla en la pared. La transparencia de los tabiques y el tono ocre y granate de los muros evitan que el lugar tenga un aspecto carcelario, por mucho que no sea más que una espaciosa celda. Mientras se acomodan, Pudlowski manipula su tableta, tomándoselo con calma—. Veo que su estudio de arquitectura, Vannier & Edelman, participó en el concurso de licitación de la nueva sede del FBI en Washington. Lástima que el proyecto haya sido abandonado por falta de financiación.

—Presentamos una propuesta, es cierto. Veo que está usted informada de todo.

—No crea. Ignorábamos, por ejemplo, que conociese al director del servicio de contraespionaje francés. Con semejante amigo, nunca habría ganado el concurso... Francia es un país aliado, pero nunca se es demasiado prudente.

—Lo que cuenta es participar —suspira Vannier—. Mélois y yo estudiamos en la misma *grande école*, luego yo me decanté por la arquitectura y él por la diplomacia.

Pudlowski desliza el dedo y la pantalla ofrece un plano general del hangar.

—Las grabaciones son ilegales —se excusa la oficial—, pero las circunstancias son excepcionales.

Vannier mira la cámara que hay en medio de la habitación y comprende que todo se está grabando. Pudlowski asiente con la cabeza, visiblemente incómoda, y opta por continuar:

—Cámaras de alta definición, micrófonos unidireccionales. La NSA ha puesto... unos cuantos. Por mucho que la tripulación o los pasajeros se levanten y se desplacen, las cámaras están programadas para seguirlos automáticamente.

Pudlowski teclea algo en la tableta y la imagen del otro André, el «June», aparece al instante. Vuelve a teclear y la pantalla se divide en dos: la segunda mitad muestra ahora a Lucie.

Vannier acusa el golpe. Saber algo no es vivirlo.

Lucie y «él» están sentados a una mesa, hablando ociosamente. Nuevo tecleo de Pudlowski y la escena cobra voz, el diálogo aparece en la pantalla traducido directamente al inglés. «¿Café americano?», pregunta André June arqueando las cejas. «*What faith, American?*», traducen estúpidamente los subtítulos. «Qué fe» por «café», el sistema aún deja mucho que desear, se tranquiliza André March...

—Salgo un momento, señor Vannier —dice la mujer del FBI levantándose y dejándolo solo frente a la pantalla.

Hechizado, estupefacto, Vannier contempla al otro André, las arrugas, los ojos grises como un zafiro lechoso, las mejillas chupadas donde asoma una barba blanca y el pelo despeinado. André ve su imagen reflejada en el espejo al afeitarse cada mañana, pero han aprendido a domeñarse mutuamente. Aquí, en cambio, la cámara es insobornable, la alta definición despiadada, el primer plano descortés: está contemplando a un viejo. Un hombre consumido, sin encanto, agotado. Busca en ese rostro la marca de la eterna juventud que a veces cree encarnar, y no la encuentra. La edad lo cubre todo, como una pátina de polvo. Además, se ve hinchado, abotargado. Debería ponerse a dieta. Definitivamente, envejecer no es solo haber adorado a los Stones y empezar a preferir a los Beatles.

Hay un ángel sentado junto a ese hombre. La luz le hace justicia. Es la Lucie de principios de marzo, una Lucie con el pelo todavía largo, con la mirada todavía dulce, una Lucie que aún era suya, a la que aún no había espantado. Cuando ese otro André le toma la mano, no siente celos, la fascinación es superior a todo. Ve cómo el André que fue se levanta, se dirige hacia las máquinas de café y, de manera instintiva, viéndolo tan encorvado y tan lento, se endereza y aprieta los puños hasta hacerse daño.

En esta sala vigilada, con la NSA observando sus reacciones —algo que le da exactamente igual—, André no piensa en nada más que en Lucie y en ese otro él, y para nada en cuestiones de orden práctico. Ni un instante se preocupa por el estudio Vannier & Edelman, que no puede convertirse de ningún modo en Vannier, Vannier & Edelman, tampoco piensa en su hija Jeanne, que ahora tiene dos padres, y sin duda le sobran dos, aunque la cosa tenga sus ventajas, ni se preocupa por el departamento parisino que se verá obligado a compartir, ni por su casa en la Drôme...

No, todavía no piensa en nada de todo eso. Se limita a regodearse en el desastre que le ofrece la pantalla. Le gustaría poder apartar la mirada, pero está atrapado en un torbellino vertiginoso. En la celda en que se encuentra, un peso enorme le oprime el pecho y le cuesta respirar. No es una pareja lo que ve, ni mucho menos: es un viejo atento y ansioso que tiembla de amor por una joven distante. Ese André se encuentra aún bajo la fascinación de los comienzos, interpreta aún la reserva de Lucie como prudencia, su desinterés como expresión de inteligencia. Pero André March comprende que nunca ha dejado de temer la posibilidad de ahuyentarla, de apartar de su lado a esa adorable golondrina que había aceptado volar junto a un viejo cuervo. Rayos, el amor, el amor verdadero, no se puede vivir con el corazón en un puño. Nunca ha estado tranquilo y, obviamente, esa ansiedad contenía la semilla del fracaso.

El André del hangar vuelve con dos cafés y esboza una sonrisa, una sonrisa famélica, pero Lucie no levanta los ojos del libro. El André que está frente a la pantalla reconoce esa indiferencia, esa manera que ella tiene de estar ausente. Pero míralo, carajo, suelta ese maldito Gary de la Pléiade y acaricia con tus hermosos ojos a ese viejo algo chapado a la antigua que tienes a tu lado y préstale un poco de atención, dale un poco de afecto. Pero nada, ni caso. No todo el mundo tiene la oportunidad de asistir de lejos a su propio declive, de poder apiadarse de sí sin tener que autocompadecerse.

Una mueca de dolor aflora en sus labios. En el fondo siente lástima del André de ayer. Sabe lo que le queda por sufrir, la humillación y la frustración que le esperan. La edad no ha tenido la culpa de nada. Se trata sencillamente de no amar a alguien que te ama tan poco. ¿Por qué le ha costado tanto?

Sentado frente a la pantalla, André March se aleja de Lucie como una hoja muerta se desprende de un árbol, o más bien como un árbol dejaría ir a una hoja muerta. Diez minutos de observación minuciosa valen por varios meses de doloroso duelo. Desde lo alto de la plataforma, el André que se detesta por quererla todavía se alegra ya de quererla un poco menos.

Se produce un movimiento entre la muchedumbre. Varios agentes de civil se han adentrado en el hangar y la gente se les echa encima, acribillándolos a preguntas. Uno de los agentes se acerca a Vannier y le dice algo al oído. Vannier lo mira sin entender nada y estrecha la mano de Lucie, que le sonríe. Luego se resigna a seguir al hombre del FBI.

En la sala acristalada, un André desengañado observa cómo se aleja un André cansado. Descubre entonces en la pantalla, a un extremo de la mesa, a un hombre bajito, delgado y moreno, de unos cuarenta años no muy bien llevados, que escribe con letra apretada en una libreta de tapas negras, un hombre que de vez en cuando, disimuladamente, observa a Lucie. André March reconoce enseguida en su mirada ese aturdimiento particular propio del desequilibrio que provoca la atracción. Otra mariposa atrapada en la telaraña que Lucie teje inocentemente. André lo reconoce al instante y se queda anonadado: Victor Miesel. ¡Pero si se supone que ese tipo está muerto! Entonces, ¿viajaba en el avión?

¿Cómo decía eso que escribió? La esperanza es el rellano de la felicidad, su consecución es la antesala de la infelicidad, algo por el estilo. Así que Victor Miesel se encuentra en ese rellano, esperando captar la atención de Lucie. ¿Será posible que la frase se le ocurriera pensando en ella? El hombre se levanta y se dirige él también hacia la máquina de café, otro que se conforma con cualquier cosa, se aleja sin que Lucie levante los ojos del libro. André se reprocha el alivio que siente. Pero el hecho de enfadarse es una prueba más de la creciente brecha que se abre entre ellos.

—¿Señor Vannier?

André da un respingo, se vuelve y descubre a Jamy Pudlowski apoyada en el marco de la puerta. ¿Cuánto rato hace que lo observa? Va acompañada por un hombre de unos cincuenta años, alto y encorvado, como afligido por tener que cargar torpemente con un cuerpo demasiado grande que le estorba. El hombre se acerca y le tiende la mano, desde una distancia prudencial:

—Jacques Liévin, del consulado. Agregado comercial.

La voz es neutra, el gesto, dubitativo. André sonríe al ver el miedo que el hombre rezuma: no le extrañaría que hiciera la señal de la cruz o esgrimiera un collar de dientes de ajo. El arquitecto entiende que acaba de hablar con el André del avión y que este segundo André no es para él más que una monstruosidad.

—Qué historia, ¿verdad, señor agregado comercial? —bromea André—. En su opinión, ¿yo soy el original o la copia?

—Eh... Un avión militar francés aterrizará en unos minutos en McGuire, el gobierno francés ha enviado a una veintena de... de agentes, y el señor Mélois, del servicio de contraespionaje, viene en persona. Todos los ciudadanos franceses deberán regresar con él. Me ha pedido que lo salude por anticipado.

—Querrá decir que nos salude, a mí y a mí, ¿no?

—¿Está preparado, señor Vannier? —interrumpe Pudlowski, a quien el juego no le hace ninguna gracia—. Podemos organizar el encuentro con su «doble».

—Insisto en que nos dejen solos. Se trata de una conversación privada, aunque sea entre yo y yo...

—El... Su... El otro me ha pedido lo mismo. Pero usted será el primer francés en... confrontarse, y el Quai d'Orsay me ha dado la orden de permanecer junto a ustedes en todo momento —lo lamenta Liévin—. Debo entregar una relación...

—Una relación relacionada con nuestras relaciones, supongo —se burla Vannier.

El arquitecto señala la cámara. La mujer del FBI hace un leve gesto y, de inmediato, los indicadores luminosos de color verde se apagan. Al diablo los mirones, piensa André. Entonces se da cuenta de que el hombre del consulado mira furtivamente a su izquierda: tras la pared acristalada aguarda el otro André, un André desorientado que abre bruscamente la puerta y entra.

Permanecen un buen rato frente a frente, sin decir nada. Sus ojos se evitan. Es sumamente inquietante: ninguno de los dos es el André del espejo. Nada les resulta familiar, la inversión de los rasgos convierte al otro en un ser extraño, hostil. Uno de los dos se dispone a hablar, pero un gesto del otro retrasa el momento. André March se vuelve hacia Liévin y Pudlowski, que permanecen de pie, incómodos. Pudlowski asiente con la cabeza. Liévin sale de la habitación dando muestras de alivio. Cuando se cierra la puerta, los dos André se observan. La originalidad indumentaria nunca ha sido su fuerte: llevan el mismo pantalón de mezclilla, uno ligeramente más desgastado que el otro, la misma sudadera gris con capucha de los largos viajes de avión, tranquilizadora y familiar, los mismos zapatos de montaña negros y resistentes. Ah, no, no son exactamente los mismos, descubre André June. Los dos André continúan callados. Pero no aguantarán mucho más. Un proverbio hindú dice que los que mendigan en silencio mueren de hambre en silencio.

—¿Zapatos nuevos?

—De hace quince días.

Ambos se sorprenden al oír la voz del otro. Un timbre menos grave de lo que esperaban, y también menos agradable. André siempre se ha oído «desde dentro». Cuando da una charla, cuando concede una entrevista ralentiza su cadencia, procura articular bien, tiende hacia los tonos graves. Acaba de descubrir su verdadera voz.

—¿Y Jeanne? —pregunta André June tras una nueva pausa.

—Está bien. Aún no sabe nada, evidentemente.

—¿Y Lucie? ¿Cómo va lo nuestro?

—Hemos terminado.

Mas André March rectifica, pues uno siempre puede autoengañarse, pero ¿qué sentido tiene mentirse a sí mismo?

—Me dejó ella, en realidad. Había poco deseo por su parte y demasiadas frustraciones por la mía. Demasiadas expectativas también, sin duda, y demasiada impaciencia. Ya te lo esperabas, ¿no?

—Hombre precavido vale por dos.

Por un instante, solo por un instante, a André March se le ocurre que podría intentar reconquistar a la Lucie de ayer, a la Lucie del mes de marzo que aún no lo ha rechazado. Pero hace una mueca, que se convierte en sonrisa. Consiguió gustarle a esa mujer siendo menos joven y menos guapo que los demás pretendientes y nunca sabrá cuáles fueron sus bazas. Competir consigo mismo sería toda una novedad. Además..., con un André son treinta años de diferencia, pero con dos sería un geriátrico. Lucie solo puede salir corriendo, es evidente. Más le vale desearle suerte a André June. De modo que añade:

—Solo tengo un consejo: sé cariñoso, sé atento, pero hazte un poco el indiferente. Y no la desees demasiado. Ya lo has entendido, pero aún no lo has aceptado. Lo recuerdo perfectamente.

Tiene uno tan pocas ocasiones de hacer de *coach* de sí mismo.

A André June le gustaría mostrarse sereno, pero siente un nudo en el estómago. En una hora volverá a estar con Lucie, y ¿cómo le confesará que su destino seguramente ya está escrito? ¿O cómo se lo ocultará?

—¿Y el estudio? —pregunta André June, que prefiere cambiar de tema.

—Hemos tenido un problema con el hormigón en la Sūryayā Tower. Pero ya está solucionado. Por lo demás, ya sabes que llevo unos meses pensando en tomarme un descanso, o incluso en jubilarme. Estoy un poco harto, qué te voy a contar.

André March le hace una señal al agregado, que parecía estar mirando el suelo metálico al otro lado del cristal, pero que enseguida capta el gesto y entra.

—Me ha dicho que el gobierno francés puede ofrecer una segunda identidad, ¿no es cierto, señor agregado?

—Sí. ¿Para quién sería la segunda identidad?

—Para mí —continúa André March, antes de dirigirse a June—: Es mejor que seas tú el que vuelva al estudio. He pasado allí la mayor parte del tiempo de los tres meses que estuvimos juntos. Quedarme todo el día en casa esperándola me habría vuelto loco. Lucie, te darás cuenta enseguida, no para de trabajar. Necesitarás estar ocupado. Te pondré al corriente de cómo van los proyectos. Y yo me iré a la Drôme. Allí estoy a gusto. De hecho...

March frunce el ceño y se vuelve hacia el agregado comercial.

—Seamos prácticos: ¿cómo piensa solucionar el gobierno las cuestiones materiales? Hay unos setenta franceses afectados, según he oído. Supongo que no pretenderán que compartamos nuestra casa, que perdamos la mitad de nuestros ahorros. Sin duda puede considerarse que ha habido una... catástrofe natural, ¿no? Entiendo que recurrirán a... las aseguradoras, ¿verdad? El concepto de catástrofe virtual podría entrar en los textos jurídicos. Y si decidiera jubilarme, ¿qué pasaría? ¿También debería jubilarse mi... doble? Teniendo en cuenta la generosidad que se gastan los planes de pensiones, ¡dudo mucho que dupliquen las prestaciones! A menos que las autoridades los obliguen a ello...

El hombre del consulado parece abrumado. Consulta su celular como si fuera un salvavidas.

—Vaya, me dicen que el señor Mélois acaba de llegar.

—Pues este es el tipo de problemas que le encantan —se ríe André June.

—De hecho, la casita aquella que había estado mirando, el antiguo relevo de postas de Montjoux, sigue a la venta —dice André March—. Creo que la compraré, tanto si se aprueba lo de la «catástrofe virtual» como si no. Así tendremos dos casas, a diez kilómetros la una de la otra. Los amigos que venían de vacaciones podrán repartirse entre los dos. Ya veremos quién es más simpático.

EL MUNDO DE LAS SOPHIAS

Lunes, 28 de junio de 2021,
Clyde Tolson Resort, anexo del FBI, Nueva York

Un rubio alto y de ojos azules, muy delgado, un joven recién salido de la academia de formación del FBI, permanece de pie, tieso como un palo, frente a un hombre negro sentado, de unos cuarenta y cinco años, complexión atlética y vencido por la calvicie. El agente especial Walker apenas levanta la mirada hacia el aspirante Jonathan Wayne.

—Aspirante Wayne. ¿Qué tal van las prácticas? No, no me responda. Veo en su expediente que es originario de Alaska.

—Soy de Juneau, agente especial Walker. Un pueblecito a orillas del Pacíf...

—Y acaba de salir de Quantico.

—Sí, agente especial Walker.

—Deje de llamarme agente especial Walker. Llámeme Julius...

—Muy bien, Julius.

—Bueno, no, mejor siga llamándome agente especial Walker.

—Como quiera, agente esp...

—Veo que cazaba osos grises con su padre. Así que tiene experiencia con animales salvajes. ¿Ha sido asignado ya a alguna misión?

—No, agente especial Walker.

Julius Walker deja sobre la mesa el expediente, visiblemente preocupado. Se vuelve hacia la agente superior Gloria Lopez, que permanece de pie junto a él, con un vaso de café en la mano.

—Gloria —suspira Walker—, confiarle esta misión sería imprudente.

—Julius, es una ocasión única para probar sus capacidades sobre el terreno. Además, tendrá a la aspirante Anna Steinbeck a su lado. Lleva ya un mes pisando calle, y sus resultados están siendo plenamente satisfactorios.

—¿Dos aspirantes juntos? ¿En una misión con nivel de peligrosidad 4?

—Estamos desbordados.

El agente especial Julius Walker se vuelve hacia el aspirante en prácticas y le entrega un dosier de tapas negras.

—Aspirante Wayne, su misión consiste en capturar a esta fiera, sin que sufra el más mínimo rasguño...

El rubio larguirucho abre la carpeta y no da crédito a lo que ven sus ojos.

—Pero... si es una rana.

—Es un sapo. Y se llama *Betty*, como es natural. Tráiganoslo dentro de su vivario.

—Pero...

—Ya debería haber salido por esa puerta, aspirante Wayne.

—Una última cosa —añade Gloria Lopez—. Si el sapo corriese algún peligro, debería dar su vida por él.

Dos horas más tarde, los aspirantes Wayne y Steinbeck han cumplido su misión y *Betty* está sano y salvo. Eso sí, después de aprovechar durante el trayecto un frenazo para escaparse del vivario, que había quedado entreabierto, y refugiarse en el lugar más recóndito posible, justo debajo del asiento del conductor. Anna Steinbeck, sin poder contener un ataque de risa, ha tenido que detenerse en el acotamiento y Wayne se las ingenió para recuperar al bicho sin estrujarlo entre sus manos ni poder evitar que un inconcebible número de *F words* saliera a borbotones por su boca.

Los especialistas en ciencias cognitivas han acondicionado un espacio agradable, tranquilo y colorido, donde las niñas duplicadas se relacionan «a través del juego».

Sophia March y Sophia June juegan, sentadas en el suelo. Según los especialistas cognitivos, a su edad no tienen miedo de la novedad, el Otro no es aún un enemigo. *Betty* ya no es para ellas un batracio, sino un objeto transicional que croa oportunamente. Por otro lado, la Torre Eiffel del vivario lleva ahora incorporado un micro de alta fidelidad. Las dos psiquiatras procuran pasar desapercibidas durante la merienda: sentadas a la mesa, mordisquean unas magdalenas con chispas de chocolate o beben jugo de naranja, fingiendo no prestar ninguna atención a las dos niñas idénticas, que lo comparan todo: recuerdos, gustos, conocimientos. ¿Te acuerdas del cumpleaños de Norma? ¿Cuál es tu helado preferido? ¿Sabes lo que es un *Anaxyrus debilis*?

Al principio, ninguna de las dos consigue agarrar en falta a la otra. Pero Sophia March pronto se da cuenta de que solo ella está al corriente de lo que ha ocurrido en los últimos meses. Ha encontrado el punto débil de la otra y se siente triunfadora. ¡Ah, no te acuerdas de lo que dijo Liam en mi cumpleaños! ¿Y de lo que me regaló mamá?

La exultación de Sophia March contrasta con la desolación de Sophia June. Hasta que, de improviso, June encuentra el modo de replicar y suelta, en voz baja pero desafiante:

—¿Papá también te hizo jurar a ti que no le dirías una cosa a nadie, y a mamá menos aún?

Sophia June añade algunas palabras más al oído de March.

Es el momento que las dos psiquiatras infantiles estaban esperando y congelan el gesto, evitando a toda costa mirar a las niñas. En sus tabletas, la frase apenas audible se ha transcodificado inmediatamente y aparece subtitulada en la pantalla. Las palabras son propias de una niña, pero su interpretación no deja lugar a ninguna ambigüedad.

Sophia March sacude la cabeza, se levanta y grita:

—¡No puedes hablar de eso!

—Sí puedo.

—¡No es verdad, no es verdad!

—¿Qué es lo que no es verdad, Sophia? —pregunta una de las psiquiatras con tono afable y natural, tranquilizador. Por supuesto, al oír su nombre, las dos niñas se vuelven al mismo tiempo.

Sophia March tira las tazas, furiosa, y le grita a la otra Sophia:

—¡Cállate!, ¡cállate! Papá ha dicho que no lo puede saber nadie. Es un secreto.

La otra se encierra en sí misma, asustada, y baja los ojos. El juego ha terminado. *Betty* ha dejado de croar.

—Ven, vamos a dar una vuelta —dice una de las psiquiatras, dándole la mano a June—. Vamos a ver si tu madre quiere acompañarnos.

El secreto es París. A Sophia no le gustó.

Para empezar, estuvo todo el tiempo preocupada por *Betty*, que se quedó sola en casa, con una pequeña provisión de gusanitos para aguantar diez días en su terrario. Y luego, cuando Liam quiso tomar un *bateau-mouche* para navegar por el Sena, su padre prefirió quedarse con ella en el hotel, porque seguramente «le darían náuseas». Y cuando su madre y Liam subieron al primer piso de la Torre Eiffel, su padre le prohibió que los acompañara, porque estaba «cansada» y porque, de todos modos, «esa torre es más bajita que cualquiera de nuestros rascacielos». En ambas ocasiones la llevó al baño y le pidió que se metiera en el agua caliente. Y a Sophia no le gusta meterse desnuda en la tina con su padre, que se mete desnudo él también y la enjabona mucho rato, por todas partes, Ya estoy limpia, papá, ya por favor, Está bien, mi niña, pues ahora te toca a ti enjabonarme a mí, no le digas nada a mamá, será nuestro secreto. Pero la mirada de Sophia intenta apartarse del cuerpo de su padre, sus manos olvidar lo que deben aprender a hacer. Sus ojos se aferran donde pueden, en los percheros cromados, en el jabón de Marsella, en los grifos dorados.

Y más tarde, en mayo, cuando su padre volvió de Irak, el baño de casa dejó de gustarle a Sophia March. También en Howard Beach conoce cada cuarteadura de la pared, cada centelleo del plafón, cada irregularidad de las baldosas azul cielo. Sophia detesta los olores, el del jabón, el del champú, todos los olores. Pero es un secreto.

SLIMBOYS

Lunes, 28 de junio de 2021,
Stratford Road, Kensington, Reino Unido

—Tome un maki, señor Kaduna —dice el hombre del MI6 tendiéndole la charola de sushi a Slimboy March—. Es el mejor catering de comida japonesa que hay en Kensington. Mucho mejor que el Ishimi de Victoria Island.

Pero el músico no se calma. Si en Lagos aceptó subirse a un jet privado, si tomó su Taylor de doce cuerdas y su Gibson Hummingbird fue ante la perspectiva de hacer un dúo con una leyenda viva del pop. Pero una vez en suelo inglés, y durante todo el trayecto hasta llegar a esta mansión victoriana cercana a Holland Park, el negro alto con acento de Oxford le ha estado soltando un discurso largo y confuso. Desde entonces todo ha sido que si un «momento extraño» por aquí, que si un «fenómeno sin sentido» por allá, pero de Elton John nada de nada. Aunque no todo está perdido: en medio de la sala hay un fabuloso piano de cola Steinway de color rojo.

—¿Me han hecho venir hasta Londres y ni siquiera

voy a conocer a Elton John? He estado ensayando durante todo el viaje.

Es cierto: Slimboy se ha pasado las cinco horas de vuelo practicando *Your Song*, ese gran éxito que todo cantante debe versionar al menos una vez en su carrera, desde Billy Paul hasta Lady Gaga. La partitura es para teclado, pero Slimboy ha escogido la versión para guitarra de Rod Stewart. Ha empezado a rasgar la Gibson con displicencia, casi con desdén, tarareando esa letra tan simple: «*And you can tell everybody this is your song...*». Pero poco a poco ha ido olvidando que esa balada de hombre blanco tiene más de cincuenta años y que ha sido tocada hasta la saciedad, y se ha visto atrapado por las frases, emocionándose como un niño, y ha recordado que Bernie Taupin tenía solo dieciocho años cuando escribió la letra, y ha entendido que cada palabra estaba escrita para él, para Slimboy, para hablar de esos amores que no tiene derecho ni a vivir ni a cantar, y mientras el Falcon iniciaba su descenso hacia Heathrow, la tocaba ya sin poder contener las lágrimas.

—Estamos en un edificio protegido, pero no se preocupe. Sir Elton John no tardará en venir —suspira el agente del servicio de inteligencia—. Ahí tiene la prueba: créame, nunca he visto un piano en las dependencias del Intelligence Service.

—Entonces, ¿era de verdad su jet privado?

—Desde luego, los asientos eran de cuero rosa. Pero... ¿ha entendido lo que acabo de explicarle? ¿Está preparado para la confrontación, señor Kaduna?

—¿Quiere hacer el favor de no llamarme señor Kaduna? No sé cómo tengo que decírselo —se enoja Slimboy—. ¿Y su nombre auténtico es John Gray?

—Puede llamarme John —dice el hombre, haciéndole una señal al oficial que vigila la puerta.

Cuando aparece el otro Slimboy, el primero da un paso atrás y el segundo se queda parado. Los dos hombres se examinan, se escrutan durante un buen rato. Freud habla de la inquietante extrañeza, del doble narcisista y del espejo interior. Pero nada de todo eso puede aplicarse aquí. La extrañeza no los inquieta y su doble no los seduce, demasiado delgado, demasiado alto, incluso demasiado joven, tanto el uno como el otro descubren que no son su tipo. Slimboy June entra por fin en la sala, se dirige hacia la ventana, desde donde se ven los viejos robles de Edwardes Square, toma un maki y se lo lleva a la boca, sin apartar los ojos de su doble.

Slimboy March se sienta, toma él también un maki, y poco a poco los bocados de arroz van desapareciendo. El agente del MI6 no se esperaba algo así. El británico creía que dudarían, que empezarían a hacerse preguntas, que buscarían el error para desenmascarar al otro, que se asegurarían de que no se trataba de una mistificación, pero no. Lo extraordinario no los desconcierta, lo inverosímil no les provoca ninguna inquietud. Pero les da hambre.

En un abrir y cerrar de ojos, el sushi se ha acabado. Slimboy June, sin pronunciar palabra, muestra una cicatriz que tiene en la muñeca. Su mirada es una pregunta.

—Tom —responde escuetamente el otro, al tiempo que se arremanga y deja al descubierto la misma cicatriz reluciente. Y repite—: Tom. Ya sabes.

Sí, Slimboy June ya sabe, y es el único que sabe: tras la muerte de Tom, quiso quitarse la vida y se cortó las venas. Su madre lo salvó. Una precisión geográfica sella el pacto entre los dos:

—Ibadán.

Los dos hombres se sonríen con tristeza. Es una sonrisa cómplice, afectuosa, una sonrisa fraternal. Se acabó el mentir, el ocultar, el avergonzarse. El mundo no ha cambiado, pero los dos se sienten ahora más fuertes. Slimboy March se levanta, agarra las dos guitarras y le pasa la de doce cuerdas a June, que dice:

—Esa canción, *Yaba Girls*... La he escuchado. Me encanta. Y... ¿de verdad he tocado con Drake? O sea, has...

—Con Drake, con Eminem, con Beyoncé. En mayo participé en el Afrorepublik Festival de Londres. Y dentro de dos semanas interpretaré el papel principal en una comedia romántica *made in* Nollywood, *Wedding in Lagos*. También he firmado un nuevo contrato con Sony Music, con Coca-Cola como patrocinador, y soy la imagen de su nuevo sello, RealSlim Entertainment. Cómo ves.

Slimboy June sonríe y recuerda esa broma que dice que el día en que los norteamericanos desembarquen en Marte, se encontrarán a dos tipos de Lagos firmando un contrato.

—Y mira esto —prosigue Slimboy March.

Se baja la cremallera de la sudadera y en su pecho aparece la frase «*100 % human and valid*». Es una camiseta Rex Young, el discreto signo de pertenencia a la comunidad LGTB y de los pocos heteros que se atreven a darle su apoyo.

Los dos hombres sueltan una risa franca. Y todo gracias a *Yaba Girls*... Slimboy June no está celoso del éxito de March, ni siquiera se extraña de no estarlo. Se siente feliz, como si una herencia le hubiese caído del cielo. El tipo del MI6 no esperaba una reacción así.

—Yo también he compuesto una canción. Lo he hecho en el hangar donde nos tenían retenidos. *Beautiful Men in Uniform*, se titula.

—¿*Beautiful Men*? No me digas que tú también eres gay...

June lleva la melodía, canta en mayor, y March no

tarda en encontrar la segunda voz, improvisando los acordes. Los dos cantantes se entienden a la perfección, enriqueciéndose mutuamente sin intentar en ningún momento estar el uno por encima del otro. Entre los dos se inventan un final y, de pronto, a March se le iluminan los ojos y exclama:

—¡Espera! Bastará con decir que somos gemelos. Será muy fácil. Al fin y al cabo, somos yorubas.

Yorubas, claro. Es evidente. Los ebriés temen a los gemelos. Los mandingas más aún. Ven doble, leen los pensamientos. Para los ndembus, los bantúes y los leles, los gemelos proceden del reino animal. Los fulanis los abandonan al nacer, durante todo un día y toda una noche, lejos del poblado, para que no amenacen a los jefes y a los hechiceros. Los lubas sacrifican a uno de los dos, pues los consideran hijos de la desdicha. En toda África se dice que son fruto de la brujería, una señal del cielo y un símbolo de mal agüero. Pero entre los yorubas, desde hace un siglo, ya no se mata a los hijos del dios del trueno, a esos bebés que en otros tiempos inspiraban terror. Con el paso de los años, la maldición se ha transformado en veneración, en culto. Y es que en la etnia yoruba, caso único en el mundo, uno de cada veinte nacimientos da lugar a gemelos, hasta el punto de que la ciudad de Igbo Ora ha sido proclamada capital mundial de los gemelos, y los nombres Taiwo —«Primero»— y Kehinde —«Segundo»— son habituales. Sí, que Slimboy tenga un hermano gemelo, un hermano abandonado y reencontrado, ¿qué tiene de raro? Nadie se extrañará de algo así.

—Habrá que falsificar el registro civil —insinúa June.

—Solo es cuestión de dinero —sugiere March.

El agente del MI6 toma notas como si le estuviesen encargando unas pizzas.

—¿Una nueva identidad para quién?

—Para mí, evidentemente —responde Slimboy June.

—No hay problema. Le inventaremos un pasado y le construiremos una identidad digital. Es el tipo de cosas que sabemos hacer —remacha John Gray.

—Podríamos hacer conciertos, componer juntos. Los cantantes gemelos..., esto va a explotar —sonríe uno de los dos—. Slimboys suena bien, ¿no?

Cuando el otro está a punto de responder, aparece una interminable limusina de color rosa caramelo y se detiene frente a la mansión. Del vehículo sale un hombrecito con traje de seda amarillo canario, gorra verde botella y enormes lentes con pedrería en la punta de la nariz.

The Guardian *(Lagos edition),*
viernes, 2 de julio de 2021

DE SLIMBOY A SLIMMEN

¡Slimboy tiene un hermano gemelo! El famoso compositor del superéxito mundial *Yaba Girls* supo de su existencia en enero pasado, a raíz de una carta póstuma dejada por su madre. Demasiado pobre para criar a dos niños, lo abandonó al nacer en un orfanato y cuando quiso recuperarlo ya no lo encontró. Slimboy, que tiene tres hermanas pequeñas, se puso a buscar al hermano desaparecido y contrató los servicios de un detective de Lagos, Adawele Shehu, especialista en encontrar a personas desaparecidas. «No fue fácil —declaró—. Necesité cerca de cuatro meses para identificar a ese hermano desconocido. Aunque debo reconocer que la repentina notoriedad de mi cliente, a quien todo el mundo conoce hoy en día en Nigeria, me ha facilitado el trabajo. Solo tenía que encontrar a alguien que se le pareciera mucho.»

Así pues, Femi Ahmed Kaduna tiene un hermano, Sam, que resulta ser también un músico brillante que toca en los bares de Lagos cuando no trabaja como repartidor, pues no vive lejos de la ciudad, concretamente en Ojodu. El emocionante reencuentro de los dos hermanos se ha producido en la más absoluta intimidad. Y los dos gemelos —¡son tan parecidos que podrían confundirse! (ver foto)— han decidido hacer juntos una gira de conciertos, con el nombre de SlimMen.

Deseamos suerte por partida doble a este nuevo grupo.

SAME PLAYER DIES AGAIN

Lunes, 28 de junio de 2021,
Mount Sinai Hospital, Nueva York

La farmacología aspira a ser una ciencia exacta: cada ocho minutos, la bomba emite un pitido sordo e inyecta un bolo de morfina de dos miligramos por vía intravenosa. Gracias a esta concentración plasmática, mínima y eficaz, David Markle no sufre. Duerme, de puro agotamiento, en su habitación de cuidados paliativos. Su organismo no da para más. Si tuviese que despertarse, sería para dar su último aliento.

Jody ha vuelto a casa a descansar. Mañana, Grace y Benjamin tienen clases. Pero Paul Markle está en el hospital, tras haber recibido una citación. «Una situación excepcional», han sido las palabras del FBI. Al llegar al Mount Sinai Hospital, una oficial lo estaba esperando y se lo ha explicado todo. Él ha meneado la cabeza y ha fruncido el ceño, negándose a aceptar la «situación». Lo han llevado a la planta, que ahora se encuentra bajo custodia militar y cuyo personal ha sido evacuado, a excepción de una enfermera obligada a guardar silencio por secreto profesional. Mientras espera, Paul consulta el informe que le ha hecho llegar el equipo médico del protocolo 42. Los nuevos tacs, las nuevas resonancias magnéticas de otro David Markle.

Paul espera de pie, pero al ver al hombre que empuja la puerta de la habitación, seguido de dos agentes, la palabra *fuck* se le atraganta en la boca, las piernas le flaquean y tiene que sentarse.

David mira a su hermano Paul, luego al otro David moribundo acostado en la cama. El silencio que se instala no lo rompe ni el pitido de la bomba.

—Hemos prevenido a su mujer —dice finalmente el hombre del FBI a David—. Dos agentes han ido a buscarla. Vamos a prepararla para la...

—Déjenla dormir —dice David—. Es mejor así.

Esa voz. Paul siente una conmoción al oírla de nuevo. Se levanta, se acerca a su hermano pequeño y lo abraza. Es su olor, sí, el de antes de la enfermedad, y también su cuerpo, robusto y musculoso. Lo estrecha más fuerte, retrocede, vuelve a mirarlo. Entonces dice una tontería:

—Eres tú. Eres auténticamente tú.

—Auténticamente yo —responde el piloto—. Ven, salgamos de aquí.

Los psicólogos no saben si seguirlos o no, pero un gesto de David basta para que entiendan que deben dejarlos solos. Los dos hermanos salen de la habitación del David moribundo y se sientan en uno de esos sofás de hospital de escay gris que han visto más tragedias que milagros. David cierra los ojos, la cabeza le da vueltas.

—Pero..., Paul, ¿se puede saber qué me ha pasado? Me han dicho algo de un cáncer de páncreas, diagnosticado en... mayo.

El médico que Paul lleva dentro recupera el dominio

de la situación y, poniendo una mano en el brazo de su hermano, le dice:

—David... Las pruebas que te hicieron el sábado... en el hangar, ya sabes. Me han llegado hace un rato.

David comprende. Morir es más intolerable aún si uno sabe cuándo va a ser. Necesita caminar, se levanta, se acerca a la puerta entreabierta, observa el cuerpo demacrado, sumamente endeble, que hay en la cama, aparta los ojos y vuelve a sentarse en el sofá de color de lápida sepulcral. Entonces murmura, como temiendo que alguien pudiera oírlos:

—¿Crees que esta vez me queda tan poco tiempo?

—Será como si hubiéramos empezado la quimio y la radioterapia el 12 o el 13 de marzo, en lugar del 30 de mayo —procura tranquilizarlo Paul, mientras consulta los informes—. Y cuatro meses de tratamiento, en vez de uno, es una diferencia enorme, dada la agresividad del cáncer.

Paul le explica a su hermano pequeño lo mismo que hace un mes: que el tumor está en un sitio delicado, que se ha producido metástasis en el hígado, que hay infiltración en el intestino delgado, que esta vez tampoco se puede operar. David June hace las mismas preguntas, baraja los mismos argumentos, Paul le da las mismas respuestas, con las mismas palabras. De vez en cuando se le escapa algún «como te dije». No acaba de asumir que a este David aún no le ha dicho nada.

—¿Cuánto? —vuelve a preguntar David—. Por lo menos tres meses, eso está claro. ¿Alguno más?

—Probaremos otras cosas. Has sido tu propio conejillo de indias, al menos ahora sabemos mejor lo que no funciona.

Paul sonríe tristemente. Su fe en la medicina y en los tratamientos es más fuerte que él, por eso eligió este oficio de locos, y es de los mejores. De hecho, a veces piensa que el oficio lo ha elegido a él: nunca pierde la esperanza y sabe cómo tranquilizar a los pacientes porque se miente muy bien a sí mismo. Pero, una vez más, le cuesta respirar. Un hombre se muere a su lado, y ese hombre es David. Le gustaría poder reír y llorar a la vez. Está hecho un lío.

—¿Y Jody? —pregunta David nuevamente.

—Agotada. No te imaginas lo que ha vivido.

Sabiendo lo que le espera a David, la fórmula escogida no es la más adecuada, pero qué se le va a hacer. El teléfono de Paul se pone a vibrar. Le echa un vistazo y responde a la llamada bajando la voz:

—¿Jody?

Es un minúsculo jardín japonés. Una alta cerca de bambú negro lo aísla de los olmos y los abedules de un parquecito inglés, un riachuelo cae desde lo alto de una modesta cascada y fluye entre los pálidos cantos rodados hasta un apacible estanque donde nadan las carpas, un sendero de grava conduce a un pequeño puente de madera, desde donde se accede a una isla en la que no caben más que dos bancos de piedra. Los diseñadores del jardín pretendían que diese sensación de serenidad, que respirase vida, pero la calculada beatitud lo ha convertido en destino de los últimos paseos. Está plantado a mitad de un lujoso centro de cuidados paliativos, privilegio de los que tienen un buen seguro y desearían creer que una muerte zen no será exactamente la muerte.

Cuando Jody aparece entre los bambús, acompañada por un agente del FBI y de Paul, David la ve detenerse, alcanzada por un rayo sin luz ni trueno. Su cuerpo entero se tensa, se resiste para no dar marcha atrás. Tiene la cara más delgada, más adusta, más dura, los ojos hinchados y enrojecidos, se nota el cansancio en cada uno de sus rasgos. Finalmente, apoyándose en Paul, se acerca con pasos muy lentos, caminando hacia un espectro. Atraviesa el puente, se sienta en el otro banco, mira fijamente a David durante un buen rato y baja los ojos. Paul le hace un gesto tranquilizador a su hermano y se aleja.

Permanecen sentados en silencio durante varios minutos, hasta que David dice:

—La verdad es que habría preferido un parque con niños gritando. Cualquier cosa menos esta mierda. Los psicólogos creerán que esto es lo más adecuado. En fin, yo...

—Cállate.

Jody lo ha dicho en voz baja. David obedece, escucha el agradable rumor de la cascada, el gorjeo de un gorrión y, de pronto, el agua verde se arremolina ante sus ojos por el vivo aleteo de una carpa. Al final resultará que la idea del jardín japonés no era tan tonta como pensaba.

De repente, Jody dice con voz temblorosa:

—No he querido que los niños vinieran a verte al hospital desde que te intubaron y estuviste inconsciente por la morfina. Les diremos que has estado convaleciente.

Tanto para hablar de él, que está bien vivo, como para hablar del otro, que está a punto de morir, Jody habla de «tú», indistintamente. Es su manera de negar una realidad y aceptar otra nueva. Los psicólogos, en los próximos días, descubrirán esta misma actitud en todos los afectados.

David asiente. Desea estrecharla entre sus brazos, pero sabe que aún no está preparada, intuye su miedo, incluso su aversión. Jody no oye ni la cascada ni el gorjeo del pájaro. Sus ojos permanecen clavados en la grava blanca, incapaces de mirarlo.

—Lo siento —dice ella—. Me gustaría abrazarte, pero no puedo.

Una vez superado el estupor inicial, una vez hechas las preguntas que hacen todos, la primera cosa que le ha preguntado a Paul ha sido: ¿Y el cáncer? Y cuando Paul ha acabado por confesarle la verdad, cuando Jody ha entendido que el David de antes, ese David salido de la nada, probablemente volverá a morirse otra vez, se le ha helado la sangre en las venas. Y se echa en cara el pensar ¿Por qué demonios has vuelto, David, por qué? ¿Acaso todo esto no era más que un ensayo general, un mes de dolor para poder soportar más horrores todavía, más lágrimas de rabia y de impotencia? Le gustaría creer que el Cielo le ofrece una segunda oportunidad, pero no, será un segundo dolor, y todo lo que siente es rabia y repulsión.

Jody repite, fríamente:

—A los niños les diremos que has estado convaleciente. Sí, será lo mejor.

No añade No quiero que los niños entierren a su padre dos veces, aunque lo piense.

—Intentaré curarme, Jody. Por Grace, por Benjamin, por ti.

—Sí.

—Y también por mí, ya puestos.

Jody levanta los ojos. Por mucho que David intente hacerla sonreír, no tiene fuerzas para nada. Se sumerge en su mirada con la esperanza de encontrarlo y de ahuyentar la desesperación que la embarga. Él le tiende la mano, ella la acepta, él la estrecha, ella reencuentra su calidez, la manera que tiene de acariciarla con el pulgar.

—Eres tú realmente —pregunta.

Pero es más bien una afirmación. En ningún momento lo ha dudado. David no dice nada, se limita a contemplarla con una ternura ávida, como si quisiera retenerlo todo de ella, como si los días ya estuvieran contados.

Ninguno de los dos ve, a la entrada del jardín, cómo la enfermera se acerca a Paul y le dice algo, ni cómo a Paul se le cubren los ojos de pena. Tampoco escuchan la orden que le da el oficial del FBI.

El tiempo pasa y atenúa el sufrimiento.

Una carpa salta fuera del agua, vuelve a caer y el ruido los sobresalta.

WOODS VS. WASSERMAN

Lunes, 28 de junio de 2021,
Carroll Street, Brooklyn

¿Cómo puede un cuerpo contener tantas lágrimas? Las dos Joannas lloran y el mismo pensamiento las asalta al mismo tiempo. Tantas lágrimas.

Hay cinco personas en el taller de Aby Wasserman, entre esbozos y pinturas al agua: dos psicólogos del FBI torpemente subidos a sendos taburetes altos, las dos Joannas en un sillón y un viejo sofá, y un Aby aturdido que no sabe ni qué decir. Sin pensarlo, el dibujante se ha sentado al lado de «su» Joanna y ahora descubre la angustia en los ojos de la otra. Ella también es la mujer a la que estrechó entre sus brazos cuando bajó hace tres meses del vuelo París-Nueva York. Debería besarla, consolarla. Pero no. Está como petrificado.

Permanecen quietos y en silencio durante un buen rato.

—Necesito salir —dice de pronto Joanna, y las dos mujeres se levantan a la vez, abren la puerta acristalada y salen al gran balcón que da a la calle, seguidas por Aby.

Bajo los rayos del sol, con los ojos enrojecidos, intentan recuperar la compostura. Joanna siempre ha creído en los beneficios del aire libre, nunca ha tenido dudas de que el viento, el cielo, las nubes traen respuestas como las cigüeñas traen niños. De pequeña, cuando el mundo se le resistía, salía a buscar la paz al parque que hay en la esquina de West con Providence. Se ponía a correr a toda velocidad por la calle asfaltada, hasta que sus pulmones decían basta y tenía que tumbarse en la hierba recién cortada, mirando al cielo con los brazos en cruz y el corazón desbocado. El universo entraba en ella a cada inspiración y, poco a poco, volvía a dominarlo. Pero los arces de Carroll Street no tienen ninguna solución sencilla que ofrecerle. Una de las Joannas se suena la nariz y respira pausadamente, intentando recobrar la calma. La otra se seca los ojos.

—No quiero robarte la vida —dice una sorbiéndose los mocos.

—Yo tampoco.

—Pero tampoco quiero perder la mía.

Una de las Joannas se vuelve hacia el hombre joven:

—¿Aby? Di algo.

Aby da un respingo. Su mirada no había dejado de oscilar entre una Joanna y la otra. Solo un vientre ligeramente abultado permite distinguirlas.

—Lo siento. Estoy superado. Me... me siento incapaz de decir nada.

Baja los ojos y contempla el tatuaje que tiene en la muñeca: dos palmeras en una duna. Un homenaje a su abuelo, a su propia historia: de pequeño, viendo la palabra OASIS en el antebrazo del viejo, le preguntó el motivo de la palabra tatuada y la respuesta fue: Mira, muchachote, el oasis significa el agua en el corazón del desierto, es un lugar de paz y de fraternidad, así que me lo hice tatuar cuando tenía veinte años, como símbolo de la vida nueva que me esperaba aquí después de la guerra, es una especie de amuleto de la suerte, ya sabes, Aby, *ein Glücksbringer*, y aún hoy en día al dibujante le fascina el hecho de que en alemán se use la misma palabra, *Glück*, para designar la felicidad y la suerte: la desgracia tal vez solo sea un maldito golpe de mala suerte. El día en que cumplió once años, el abuelo de Aby le confesó que no, que la palabra tatuada no era el OASIS que había creído, leyéndolo del revés, sino el 51540, su número de deportado en Auschwitz. Al día siguiente de la muerte de su abuelo, Aby se tatuó en la piel, en el mismo lugar, un oasis de verdad cuyo origen solo él conoce y de donde saca fuerzas cuando las necesita. Pero las dos mujeres lo están mirando y el tatuaje ya no le sirve de refugio.

—¿Nos casamos, entonces? ¿Y vivimos aquí? —pregunta Joanna June—. ¿Cómo fue nuestra boda?

Ni el «nos» ni el «nuestra» son premeditados. Pero establecen, aunque solo sea lingüísticamente, una suerte de equilibrio entre Joanna Woods y esa Joanna Wasserman que lleva en sus entrañas un hijo de Aby. No es la perversa intrusa, es la infeliz olvidada.

Una brisa de verano hace oscilar las hojas plateadas, y el ruido de los coches se hace menos audible. «El viento siempre viene de algún sitio cuando sopla.» A saber por qué Joanna recuerda ahora ese poema.

—No sé qué vamos a hacer. Jurídicamente... —se aventura la primera.

No hay jurisprudencia, está a punto de decir la otra, pero entonces piensa Carajo, qué propio de ti, las cuestiones legales siempre primero. Y entonces piensa en el caso Martin Guerre, ocurrido en Francia en el siglo xvi. Un impostor, llamado Arnaud du Tilh, llega al pueblo natal de Guerre, se hace pasar por él, vive con su mujer y convence a todos los que están dispuestos a dejarse convencer de que es quien finge ser. Pero en un golpe de efecto, Martin Guerre regresa y el usurpador acaba en la horca. Para qué decir nada, piensa Joanna, convencida de que la otra ha tenido el mismo pensamiento. Así que se limita a murmurar:

—No tiene nada que ver.

Se hace el silencio, hasta que unos golpecitos discretos en el cristal hacen que los tres se den la vuelta hacia los agentes del FBI, que no se atreven a salir al balcón, quién sabe si tímidos o intimidados.

—Háganse un café —les propone Aby para quitárselos de encima.

—¿Y Ellen? —pregunta Joanna June—. ¿Cómo va con su enfermedad?

—Muy bien, ha empezado un tratamiento. Y... yo estoy trabajando en Denton & Lovell. Represento a Valdeo en el caso del heptaclorán.

—¡No inventes! ¿Con el asqueroso de Prior? ¿Cómo has... cómo he podido hacer eso?

—No es ningún asqueroso, es un sambenito que le han colgado por ser multimillonario.

Joanna June lo sabe. Es una absurda evidencia. Desde luego, ella habría hecho lo mismo, y no solo para pagar el tratamiento, sino también porque no deja de ser Denton & Lovell... Instintivamente, tiende la mano hacia Aby, que se la toma también instintivamente. Al ver el gesto, a la otra Joanna se le corta la respiración, el dolor le oprime el pecho. Su hermana será siempre su hermana, pero ella no tiene más que a un solo Aby. Hay amores que se suman, pero hay otros que no se dividirán jamás.

—Es terrible —dice Aby, tomando también la mano de Joanna March—. Yo no las amo a las dos. Yo solo amo a una mujer que se llama Joanna.

No puede continuar. Las lágrimas que hacían brillar sus ojos empiezan a brotar, sin esclusas. Tantas lágrimas.

UN HIJO, DOS MAMÁS

Martes, 29 de junio de 2021,
rue Murillo, París

Dos días antes, las PSYOP del FBI comunicaron a los servicios secretos de los países aliados el protocolo de actuación, que consta de cinco puntos: preparación, información, encuentro, seguimiento y protección. Pero tanto ceremonial no soluciona nada: en este discreto palacete parisino que el extinto SDECE —el Servicio de Documentación Exterior y Contraespionaje francés— ha conservado a pesar del cambio de siglas, en esta estancia de visillos corridos que da al Parc Monceau, las dos Lucies Bogaert llevan un cuarto de hora de confrontación, y la agresividad ha sido instantánea.

La guerra total, en realidad. Lucie June, en cuanto ha puesto los pies en Francia, ha sabido que no había otra alternativa. Lucie March tiene la misma determinación. Su hijo, el hijo de las dos, el departamento, las películas a medio montar e incluso la ropa, montones de luchas vitales y de batallas triviales.

Es lo que esperaban los psicólogos: Lucie lleva diez

años viviendo con su hijo en un nido de amor y de ternura, y la mujer no ha querido nunca compartir la custodia con el padre, un tipo demasiado joven que se desentendió de la paternidad y que nunca quiso hacerse cargo de su hijo, hasta que hace unos años empezó a mostrar algo de interés. ¿Y ahora va a tener que negociar con la otra, que aceptar sin rechistar una separación insoportable? Ninguna de las dos está dispuesta a inmolarse en aras del sacrosanto «equilibrio» del niño con el que se llenan la boca los psiquiatras infantiles de turno. En el amor materno, el egoísmo más oscuro compite apasionadamente con la generosidad más deslumbrante.

—Louis no está preparado —repite Lucie March.

—Es mi hijo —repite Lucie June—. Tanto como el tuyo.

Lucie March clava la vista en el suelo obstinadamente. Responde sin levantar la cabeza:

—Hay que pensar en su equilibrio. La respuesta es no.

¿La respuesta es no? ¿Cómo que «no»? ¿Qué derecho tienen a no dejarla ver a su hijo? ¿Acaso no entienden que ella también es su madre? ¿Que tiene la misma legitimidad? Lucie June está furiosa y no atiende a razones. Evidentemente, es la misma furia que hace palidecer a la otra, la misma furia que hace temblar su voz.

—No pienso quedarme en el hotel ni una noche más —se exalta Lucie June—. Tengo un departamento. ¿Pueden imaginarse por un instante lo que estoy viviendo?

Lucie June respira profundamente, antes de continuar:

—No puedes vivir en mi casa.

Una de las psicólogas se contiene para no resoplar. Más les habría valido traer un consejero sentimental, un especialista en divorcios. Cuando está a punto de intervenir, Lucie June añade, a regañadientes:

—No todo el tiempo.

—La situación es... inédita, señora Bogaert —interviene el hombre enviado por el Ministerio del Interior, un joven recién salido de la Escuela Nacional de Administración, promoción Hannah Arendt, que ha sido catapultado al gabinete de crisis y que no puede dejar de añorar amargamente su puesto en Agricultura. Balbucea—: Estamos intentando encontrar una solución...

—Yo no «sobro» más que ella, pero ella vive en mi casa, con mi propio hijo. ¿Sabe que llevo cinco días sin poder hablar con Louis?

Sin embargo, Louis no es el único motivo de tanta furia. Lucie June también odia en la otra ese temblor de barbilla cuando la invade la rabia, esa ínfima torsión de la comisura de los labios, esa recalcitrante forma de contenerse poniendo cara de indiferencia, esa manera de subirse los lentes frunciendo la nariz. Los mismos signos visibles en ambos rostros. Por no hablar del escalofrío que ha sentido al ver esa belleza que no deja de ser la suya, ese cuerpo tan grácil, tan delicado, ese cuerpo cuya fragilidad hace nacer en los hombres el ansia de protegerla, el deseo de poseerla. Y entonces, Lucie June, que observa airada a Lucie March, piensa en Raphaël.

Lo conoció hace un año, en un rodaje. Un camarógrafo. A pesar de su figura achaparrada y su nariz de boxeador, Raphaël tiene cierto encanto. Lucie se dio cuenta de que le gustaba. Así que de vez en cuando lo llama: si está libre, va a su casa, entra y le da un beso rápido. Se desnuda, se tumba en la cama y le pide que la coja, por detrás, siempre por detrás, jalándola del pelo, agarrándola de las caderas; cuando llega al orgasmo, se lo quita de encima, lo masturba enérgicamente y, en cuanto se viene, lo deja en la cama, se da una ducha rápida y se larga. No busca nada más. No es su refugio interior, es un terreno baldío. Antes que Raphaël, hubo otros. Es mucho más fácil cuando no hay amor.

Fue a verlo varios días antes de viajar a Nueva York con André.

Como de costumbre, ese día se quitó el abrigo, el reloj e incluso el anillo de oro blanco con zafiro que le había regalado André, antes de soltar un Tengo media hora, no más, y Raphaël, desconcertado ante tanta urgencia, no pudo satisfacerla tan pronto como ella habría deseado. Se arrodilló y metió la lengua entre sus piernas, pero Lucie lo rechazó, como siempre, No, para, así no, y volvió a ponerlo en esa postura canina en la que él no ve más que su pelo, su espalda, su trasero. Poco después, Lucie ya se estaba duchando, y Raphaël le dijo Oye, Lucie, me gustaría que nos viéramos en otras circunstancias, no solo cuando tienes un hueco en la agenda, podríamos ir a cenar, al teatro. Lucie lo miró sin decir nada, se acabó de secar, se puso las pantaletas y los calcetines. O podríamos irnos unos días por ahí, añadió él, a Brujas, a Venecia, donde tú quieras, solos los dos. Ella terminó de vestirse y abruptamente, con frialdad, repitió ¿Solos los dos? ¿Tú y yo? ¿Qué pasa?, ¿que crees que me quieres porque hago que te vengas y que yo también te quiero porque grito Cógeme, métemela, es eso? Pero tú y yo no estamos juntos, Raphaël, lo nuestro no es amor, entre nosotros no hay nada, nada de nada. Es química, un maldito fraude. ¡No te das cuenta de que es un maldito fraude!

Raphaël se quedó atónito, antes de que la rabia se le subiera a la cabeza y le gritara Lárgate, lárgate. Lucie se encogió de hombros, se puso el reloj en la muñeca y el anillo en el dedo anular y se fue. Él cerró dando un portazo y se acercó a la ventana para ver cómo ella salía a la calle, se subía al scooter y desaparecía. Se quedó allí plantado, triste y humillado por aquella mujer tantas veces poseída sin haber conseguido nunca hacerla suya. No tenía duda de que al cabo de una semana, o de un mes, volvería a llamarlo, como si no hubiera pasado absolutamente nada. Él le abriría la puerta y le diría Creí que no ibas a volver. Ella lo miraría, sorprendida. Y se desnudaría.

Lucie June nunca imaginó que algún día se avergonzaría de semejante farsa. Qué más da lo que piense Raphaël, qué más da lo que hayan pensado otros antes, se decía. Pero, de pronto, ante esta mujer con mirada de reptil, esta mujer que lo sabe todo, que incluso conoce las sórdidas escenas de dominación con las que sueña hasta llegar al orgasmo, Lucie June pone cara de asco. Se siente desnuda, fea, pornográfica. Ya no es un terreno baldío, es un basurero al aire libre.

Lucie June se estremece y se pregunta si Lucie March también ha pensado, en este preciso instante, en Raphaël, si ha seguido viéndolo estos últimos meses. Pero qué más da. Lucie March retoma la palabra:

—Tampoco tengo claro que Louis esté preparado para encontrarse..., ¿cómo decirlo?, con sus dos madres.

—Es un chico muy listo, muy maduro —interviene la psicóloga—. Todas sus reacciones demuestran que sabrá afrontar la situación. Y él también tendrá que decidir.

Porque Louis ya está al corriente. Los servicios de inteligencia han exigido que viniera con Lucie March, lleva más de una hora hablando con la psicóloga infantil en la habitación de al lado. Y lo ha entendido perfectamente: no es que ahora tenga dos mamás, sino que tiene a su mamá dos veces. Cuando la psicóloga consideró que era el momento oportuno, encendió la pantalla que retransmitía el encuentro entre ambas mujeres, con el sonido apagado. El chico se limitó a decir, arqueando las cejas:

—Es muy raro.

La terapeuta se rio, pero tuvo que darle la razón. Sí, es muy raro. La mujer vuelve a decirle que es un secreto y que tendrá que guardarlo muy bien, pues es un secreto peligroso. Pero eso no es lo que preocupa a Louis:

—¿Voy a tener que escoger entre una de las dos? Porque cuando los padres se separan, siempre se pregunta a los hijos con quién quieren quedarse, si con el padre o con la madre. Claro que, en este caso, no es lo mismo.

Louis tiene razón, no es lo mismo, piensa la psicóloga, y sin embargo, por el bien del niño, habrá que firmar un pacto o, mejor aún, una alianza, llegar a un acuerdo sin sacrificar a ninguna de las dos.

Louis no sería capaz de verbalizarlo, ni siquiera de reconocerlo, pero su mamá preferida es la de hace tres meses, la que llamaba a André todas las noches, la que se pasaba horas hablando por teléfono y lo dejaba con la abuela varias veces por semana. Para Louis, por esencial que él fuera en la vida de su madre, la irrupción de ese hombre desgarbado de pelo blanco y bastante gracioso había sido un alivio. Había roto la rutina y a Louis le gustaban el sosiego y las risas, la mirada a veces soñadora de su madre. Una madre menos omnipresente tenía sus ventajas y, cuando se separó de André, Louis volvió a ser el centro de su vida y tuvo que adaptarse de nuevo, sin muchas ganas, a los hábitos de un viejo matrimonio.

Hace ya tres años que conoció a André y, en su escala del tiempo, es una eternidad. El arquitecto los ha invitado cada verano a la casa que tiene en el sur de Francia. Fue allí donde André, una noche, bajó del desván una antigua caja y le enseñó a jugar a Dungeons & Dragons, a inventarse mundos y castillos, a adoptar el rol de un personaje, a luchar contra los orcos y los monstruos. André le regaló la caja y un set de dados poliédricos, y le enseñó a calcular las probabilidades de cada tirada, a escoger la mejor arma y la mejor estrategia. En unas pocas partidas, Louis llegó a ser un elfo brujo de nivel 3 y su madre, una enana arquera. André también le ha enseñado algunos acertijos.

—Me sé una adivinanza —dice Louis.

—A ver —sonríe la psicóloga.

—Los pobres la tienen, los ricos la necesitan y, si la comemos, nos morimos. ¿Qué es?

La psicóloga se da por vencida.

—Nada.

—¿Cómo que nada?

—Nada. Los pobres nada tienen, los ricos nada necesitan y, si nada comemos, nos morimos.

—Muy buena. A ver si no se me olvida.

—Para saber con qué mamá me quedo, podría tirar los dados —propone Louis de repente.

La psicóloga no puede evitar sonreír. Fusionando a Sartre y a Mallarmé, se podría decir que en este caso una tirada de dados no abolirá jamás la condena de ser libres. Además, le gustó tanto *El hombre de los dados* de Luke Rhinehart, ese libro de culto de los años setenta en que un psiquiatra muerto de aburrimiento y de insatisfacción decide jugarse a los dados cada decisión que toma en su vida. La psicóloga admira sobre todo la estrategia tan inteligente que ha adoptado Louis para evitar la enorme presión, esa ironía espontánea que demuestra una vez más su madurez. Y, de pronto, se queda pasmada ante la evidencia: Louis tiene razón. Es exactamente eso lo que hay que hacer: manteniendo el control de su vida, Louis se libra del peso de la decisión.

—Claro, Louis, es una idea estupenda —responde la psicóloga.

Y deja que sea él quien ponga las reglas:

—¿Cómo quieres hacerlo?

—Cada domingo, tiraré el dado siete veces, una por cada día de la semana. Si el lunes sale par, me iré con una; si sale impar, con la otra, y así sucesivamente.

—Me parece muy bien.

Con un rápido cálculo, la psicóloga concluye que el riesgo de que cada una de las madres se vea privada de su hijo durante una semana entera es de menos del uno por ciento, mientras que ocurra diez días seguidos es de menos del uno por mil. No hará falta sacrificar a ninguna Lucie y ninguna Lucie querrá oponerse a los designios de una tirada de dados. Acabarán poniéndose de acuerdo.

—¿Vamos a verlas, entonces? —propone la psicóloga.

Louis asiente, y ambos entran en la estancia donde esperan las dos Lucies. Al cruzar el umbral, las mira, primero a la una y luego a la otra, y vuelve a decir, con una sonrisa, Es muy raro. Entonces, sin decantarse por ninguna, se sienta frente a ellas y expone tranquilamente su idea.

Las dos mujeres intentan contener la lava que les hierve por dentro y sonríen a Louis, procurando despertar y atraer su sonrisa. Si su hijo fuera un perro y una de las dos tuviera un hueso, lo escondería en la mano para llamar su atención. Pero tanto la una como la otra lo observan y lo escuchan, y en su fuero interno admiran al hijo tan maravilloso que tienen.

Cuando acaba de exponer su plan, se hace un silencio incómodo, que el propio Louis se encarga de romper:

—Se me ha ocurrido pensando en Dungeons & Dragons.

Y sonríe, orgulloso, como si eso lo explicara todo. Entonces, al mismo tiempo, las dos mujeres asienten, resignadas. A veces, la peor solución es la más conveniente.

—Me sé una adivinanza —dice Louis—. Somos hijos de la misma madre, nacimos el mismo año, el mismo mes, el mismo día y a la misma hora. Pero no somos ni gemelos ni mellizos. ¿Por qué?

Las dos Lucies mueven de un lado a otro la cabeza, perplejas.

—Porque somos trillizos —se ríe Louis.

RETRATO DE VICTOR MIESEL RESUCITADO

Martes, 29 de junio de 2021,
acantilados de Yport, Normandía

Aquí es. El viento del oeste peina la hiniesta, los albatros planean en el cielo gris de la Mancha. La bruma del mar difumina los contornos de las casas blancas de Yport, ahí abajo. Victor está tumbado en la hierba, mirando las nubes. Una gaviota se ha posado a su vera y Victor desea que se acerque más aún, para poder tocarle las alas y recibir un poco de esa vida primordial que tanto necesita, envuelto como está en un mar de dudas. Se levanta, camina hacia el acantilado, se sienta al borde del precipicio y acaricia con un dedo la blanca roca caliza, tantas veces bañada por la lluvia.

Sí, aquí es, justo aquí es donde a finales de abril esparcieron las cenizas de otro Victor Miesel. El protagonista de su primera novela, *Las montañas vendrán a nosotros*, decide venir a morir aquí voluntariamente, y Clémence Balmer lo recordó y eligió este lugar. Aquí es donde leyó las palabras de Qohélet, hijo de David.

Vanidad de vanidades, dice Qohélet
Havel hevelim
Havel, dice Qohélet, todo es vanidad.
Todos los ríos van a dar al mar
y el mar no se llena.
Los ríos van a dar al mar
una y otra vez.
Lo que ha sido será,
lo que se ha hecho se hará:
no hay nada nuevo bajo el sol.

Después pronunció un discurso, sobrio y sincero, sobre la importancia de este tipo de rituales, de estos artificios que los vivos inventan para soportar lo inaceptable. Entonces se puso a llover y Clémence agradeció aquella lluvia honesta que venía a ocultar unas lágrimas inesperadas. «La muerte nunca es una cosa digna, Victor, siempre es algo solitario. Pero del momento final cabe esperar un adiós que sirva al menos de consuelo para los que se quedan. Si los estoicos tenían razón, si nada existe entre los hombres, ni el amor, ni el cariño, ni la amistad, y el cuerpo lo es todo, si es cierto que toda sensación nace y arraiga en uno mismo, entonces, Victor, estas últimas palabras no serán inútiles.»

Clémence podría repetirle el discurso a ese espectro que ahora camina peligrosamente al borde del abismo. Le grita que no se acerque tanto al precipicio, tratando de hacerse oír por encima del viento. Victor se vuelve hacia ella, la saluda con la mano y regresa a su lado, sonriendo:

—¡Qué alegría comprobar una vez más que, cuando un amigo se muere, no somos nosotros!

Clémence está impactada: su Victor ha vuelto. A primera hora de la mañana, un Airbus fletado por el ejército ha aterrizado, con él y los demás franceses del vuelo 006, en la base militar de Évreux-Fauville. Han pasado horas mentalizándolos. Él ha sido el primero en ser liberado, pues no hay ninguna confrontación prevista con un segundo Victor Miesel. Es la mitad de trabajo para la mitad de psicólogos, pero la joven que a él le han asignado no le quita el ojo de encima. Como el caso no aparece en ningún manual, a Joséphine Mikaleff no le queda otra que improvisar.

—Ha sido buena idea venir aquí a meditar —dice la psicóloga.

—No he venido a meditar —responde Victor—. No estoy de luto por mí. Tenía la esperanza de que venir a este acantilado me ayudaría a comprender, pero ahora me doy cuenta de que no. La única sensación que tengo es la de haber estado retenido cuatro días, haber salido de mi casa en invierno y haber vuelto en verano. Anda, vamos a comer al pueblo. Necesito una *andouillette*. Y una copa de médoc. O mejor, unas cuantas.

Se suben al Peugeot negro y se dirigen lentamente hacia Étretat. Conduce un agente del SDLP, el servicio de protección de personalidades. La joven psicóloga está sentada en el asiento del pasajero; Victor y Clémence, en la parte de atrás. En el coche reina el silencio, roto tan solo por el incesante teclear de la psicóloga. Victor permanece absorto en el paisaje de hierba y roca caliza, y su editora no puede apartar los ojos de él. Ya se había hecho a la idea de no volver a verlo y ahora no sabe qué pensar de los sentimientos encontrados que le provoca su reaparición. Tras haber releído todos sus libros, se siente más cerca que nunca del escritor. Su ausencia le había dejado un vacío enorme.

Al llegar al restaurante, Victor elige una mesa redonda e insiste en que coman todos juntos, incluido el policía, aunque no sea reglamentario. El escritor pide su *andouillette* y una botella de Château La Paillette de 2016.

—¿Te das cuenta? —le dice a Clémence con una sonrisa—. Cenamos juntos la semana pasada y estábamos a principios de marzo. ¿Te alegras de verme o qué?

La editora lo observa, pensativa, pero su mirada se pierde en algún punto lejano. La caminata bajo la lluvia, avanzando por el fango con la urna entre las manos. El remolino blanco de las cenizas, el rumor del viento, las palabras del Eclesiastés: «Lo que ha sido será, lo que se ha hecho se hará: no hay nada nuevo bajo el sol». Victor la saca de su ensoñación:

—¿Clémence? Que si estás contenta de verme, digo.

—Sí, Victor, muy contenta. Perdona. He vivido dos meses horribles y extraños a la vez. Y ahora esto. Es algo...

Clémence busca las palabras. Un chiste judío dice que Dios relee a menudo la Torá para intentar entender lo que ocurre en el mundo que ha creado. Clémence continúa:

—¿Por qué has pedido que me avisaran solo a mí?

—Porque confío en ti más que en nadie, valoro tu discreción. ¿Se lo has dicho a alguien? No. ¿Lo ves?

—Solo servirá para retrasar el momento —dice Clémence—. Pronto todo el mundo sabrá que ibas en ese avión.

—No necesariamente —interviene Mikaleff—. La lista de pasajeros se guardará en secreto para siempre, las autoridades lo han garantizado.

—Podría desaparecer —dice Victor—, rehacer mi vida bajo otra identidad. Es una opción que el propio gobierno nos ha propuesto.

—Mira, Victor, para empezar, no es eso lo que quieres, y además sería imposible.

Clémence enciende la tableta, entra en la web de la editorial, da clic en «Novedades», luego en *La anomalía* y finalmente en la pestaña «Dosier de prensa».

—Más de cien artículos y emisiones, y tu cara por todas partes. Estás en la portada del *Lire* de este mes. Hay ya seis traducciones en marcha, y cuando se enteren de que tú eres uno... Imagínate la avalancha... Así que lo de desaparecer..., a menos que te hagas una operación de cirugía estética...

Esta mañana, en la base de Évreux, Victor ha leído *La anomalía*. Ha reconocido su estilo, pero no se ha reconocido a sí mismo. No aprecia el arte de la fórmula sentenciosa ni lo atraen los aforismos. Francamente, no entiende el entusiasmo que ha despertado el libro.

—Parece Jankélévitch bajo los efectos del LSD —sonríe Victor—. Otro yo. No había escrito ni una sola línea antes de ir a Nueva York.

—Yo sí te reconozco —dice Clémence—, y me encanta. Si no, no lo habría publicado. Vas a tener que asumirlo, has vendido más de doscientos mil ejemplares...

—Debería haber probado antes el LSD...

Clémence apaga la tableta y se sirve una copa de médoc, con gesto decidido.

—Tendremos que anunciar tu «resurrección». Livio se pondrá loco de contento.

—¿Cómo? ¿Livio Salerno?

—Es el principal animador de tu club de amigos póstumos.

—Pero si ni siquiera es amigo mío... Tenemos amigos en común, eso es todo.

—Pues se verán mucho antes de... de tu... En todo caso, pronunció un discurso magnífico en el crematorio, con ese acento italiano tan característico que tiene, y citó varios fragmentos de tus libros.

—A Livio siempre le han gustado los entierros. La oración fúnebre es *su* género predilecto, le permite desplegar toda su modestia y toda su magnanimidad.

—Es verdad que estaba como pez en el agua. En cuanto a Aliana...

—¿Aliana? Me dejó hace seis meses. Bueno, nueve...

—Pues parece que se reconciliaron... En las últimas semanas, supongo. De hecho, ella asegura que habían vuelto a salir...

—Me extrañaría.

La mañana de otoño en que Aliana lo dejó, en el Wepler, mientras sorbía su eterno «doble descafeinado expreso muy largo con un poco de leche pero no demasiada», quiso dejarle claro que siempre había tenido un amante, y que «él sí que me falla bien». A Victor le extrañó tanto la frase que se la hizo repetir, y ella puso todo su empeño, furiosa, separando lo mejor posible las sílabas: «él-sí-que-me-fo-ya-bien». Victor se encogió de hombros y, tras soltar una carcajada, dijo: «Estás mal, Aliana, ¡estás mal!». Ella se levantó y añadió: «Qué lástima, de verdad», masticando con furia eslava la palabra *lástima*, para edificación del escaso público presente. Entonces se fue, sin darse la vuelta, pero no sin asegurarse con mirada altiva de que nadie en la sala pudiese dudar del carácter abyecto de aquel idiota. Viendo cómo se alejaba con firmes zancadas, y ante lo absurdo de la situación, Victor no pudo contener la hilaridad.

Así que mucho le extrañaría que se hubiesen reconciliado.

—Hice bien en morirme —suspira Miesel—. Sí, tienes razón, todo el mundo se alegrará de volver a verme.

—Todo el mundo no sé, pero yo sí —se ríe Clémence—. Cuando los del Ministerio del Interior vinieron a la editorial, me contaron la situación y me trajeron aquí, estaba muerta de miedo. Pensé que me iba a encontrar con un... un extraterrestre. Un individuo con los ojos vacíos y la voz gélida, como en la película esa, *The Body Snatchers*.

—Lo siento, Clémence, soy realmente yo. Por lo demás, tengo dos peticiones. De tipo material. Necesito un celular que funcione. La tarjeta SIM del mío está desactivada. Tengo la sensación de estar aislado del mundo. Tengo muchas ganas de llamar a mi «viuda»... Oír cómo salta de alegría.

—Yo me encargo, señor Miesel —interviene el oficial del SDLP—. Pero le pido prudencia con las llamadas.

—También me gustaría volver a mi casa.

—Tiene usted una habitación reservada en Levallois, señor Miesel. En las dependencias de la DGSI. Motivos de seguridad. Mañana le encontraremos un hotel en París.

—Es que... —empieza Clémence.

Pero no sabe por dónde empezar. El departamento que la familia lejana no ha tardado en vaciar, el reparto de los muebles, la puesta en venta, «y no al mejor precio, claro, por culpa del suicidio», la Sociedad de Amigos, tan activa... Victor no se indigna, no hace ningún comentario. Clémence continúa:

—En cuanto a tu biblioteca, se celebró un encuentro en tu casa, donde todo el mundo tomó lo que quiso. Pero aún quedan muchos libros en cajas, tus Jarry, tus Dostoievski... Ya nadie lee hoy en día. Tus primos se llevaron los volúmenes de la Pléiade: se ven muy bonitos en los libreros y, además, se venden bien por eBay.

—El gobierno está haciendo las gestiones necesarias para que pueda recuperar sus bienes, señor Miesel —precisa el agente del SDLP.

Una pregunta atormenta a Clémence, pero la psicóloga se le adelanta:

—Victor, ya lo hemos hablado en el avión, pero... ¿qué crees que pudo llevar al «otro» Victor a suicidarse?

El escritor parece divertido.

—Nadie se suicida, ¿no se lo han enseñado? Lo que hay es gente atormentada que se libra matando a su maltratador.

—Pero ¿no sería por... Aliana Leskov? —insiste Joséphine Mikaleff—. *La anomalía* es un anagrama de «*Amo Aliana L*».

Miesel suelta una carcajada.

—No..., ¿de verdad? ¿A quién se le ha ocurrido algo así?

—Aliana lo ha dado a entender en una entrevista.

—Vaya, parece que el latín ha acabado sirviéndole de algo. La mejor lengua es una lengua muerta, como diría el general Sheridan. Bromas aparte, desconozco por completo los motivos de ese acto. Yo no soy ningún suicida, pero tampoco tengo nada en contra de los suicidas. El problema del suicidio es que si lo dejas para más tarde suele ser demasiado tarde.

—¡Ah! —exclama Clémence, que abre su tableta, busca algo frenéticamente y muestra a Victor, con gesto triunfal, una frase de *La anomalía*—. Acabas de citar a Victør Miesel.

La editora pronuncia «Victeur», marcando exageradamente la r y alargando la ø.

—Estoy bajo los efectos del *médocamento*, Clémence, es la única explicación posible.

La editora sonríe ante el pésimo juego de palabras, abre el bolso y le da un sobre a Victor.

—Ten. Es todo lo que llevabas encima cuando saltaste.

Victor rasga el sobre. Ahí están su celular, sus llaves y una pequeña pieza de Lego, de color rojo. Se lleva la mano al bolsillo, saca a su hermana gemela y las pone juntas. Las examina, intrigado, y ensambla la una con la otra. La memoria se ajusta al recuerdo como un calcetín.

Miércoles, 30 de junio de 2021,
salón del hotel Lutetia, París

El reclamo con el que Clémence Balmer ha convocado a la prensa reza: «la doble vida de victør miesel», y va acompañado de una cita de *La anomalía*: «Temo dar demasiadas esperanzas a la incompetencia de mi futuro biógrafo».

El salón está a reventar. Victor se mantiene al margen, en una salita contigua, con el equipo de la editorial Oranger. Se siente algo intimidado por todo el despliegue: una tarima de grandes dimensiones, una mesa y dos butacas, una para Clémence y otra para él, y enfrente un centenar de sillas, todas ocupadas. Al fondo del salón, una docena de cámaras esperan a que empiece el acto.

—Ha venido la prensa internacional —dice Clémence—. Tu libro sale la semana que viene casi en todas partes... Las traducciones se han hecho a salto de mata... Algunas dejan mucho que desear.

—Bueno, tampoco es que yo sea George Clooney.

—Eres mucho más que eso. Estás entre Romain Gary y Jesucristo. Suicidio y resurrección.

Victor se encoge de hombros. Clémence le sacude el saco gris, cariñosamente. Victor espía la sala de prensa entreabriendo la puerta.

—¿Mi querida viuda Aliana no ha venido? Se habrá quedado en casa fallando...

—¿Cómo dices? —pregunta Clémence frunciendo las cejas.

—Nada, yo me entiendo.

La editora mira la hora. Las seis en punto.

—Vamos allá. Los controles de seguridad lo han retrasado todo y muchos medios quieren abrir contigo los telediarios de la noche.

—Pero ¿se siguen celebrando, como la misa de gallo? Pensaba que los informativos veinticuatro horas e internet habían acabado con ellos...

—Diez millones de personas los miran a diario. Anda, vamos. Con el medio Lexatin que te has tomado, te veo muy tranquilo. Incluso demasiado. No hagas payasadas, por lo que más quieras.

—Te lo juro por estas —dice Victor.

Sale de los bastidores, sube a la tarima bajo el crepitar de los flashes, se sienta en la butaca y ahoga un bostezo. Está realmente relajado.

—Buenas tardes a todos —dice Clémence Balmer, con el micro en la mano—. Seré breve, pues imagino que tienen muchas preguntas...

Victor no reconoce a ninguno de los cien periodistas que hay en la sala. Se va a hablar poco de literatura, los periódicos han enviado a sus reporteros, no a los críticos culturales. Si alguno de ellos ha leído *La anomalía*, habrá sido por obligación profesional. En cuanto Clémence acaba su presentación, todos los periodistas levantan la mano. Sin perder la calma, la editora toma las riendas del asunto y cede la palabra a un tipo alto de la primera fila.

—Jean Rigal, de *Le Monde*. Señor Miesel, para usted no ha transcurrido más que una semana desde que salió de París en marzo. En estos cuatro meses han sucedido muchas cosas, especialmente para usted: ha escrito un libro y ha tenido lugar su muerte, por decirlo así. ¿Cómo está viviendo esta increíble situación?

—Intento adaptarme como puedo. He leído «mi» libro y también mis necrológicas en diversos medios. Dan ganas de morir solo para verlo.

—¿Considera que *La anomalía* es un libro suyo?

—Primero habría que definir «suyo»...

Victor sospecha que Clémence acaba de maldecirlo para sus adentros, y añade:

—... si me permite la pirueta. Desde luego, me reconozco en algunas de sus frases. Pero no es un libro que yo, el Victor Miesel que le está hablando, haya escrito. Lo cual no quiere decir que no vaya a cobrar derechos de autor, que es lo más importante.

«Habíamos quedado en que no harías payasadas», parece decir el suspiro de Clémence, que ya se está arrepintiendo de haberle aconsejado que se tomara un ansiolítico.

—¿Cree usted que su libro contiene la clave para entender lo que ocurrió en el avión?

—Miles de personas la están buscando. Si hay alguna explicación, la encontrarán antes que yo. Sobre todo porque, como bien saben, cuando tenemos un martillo, todo nos acaba pareciendo un clavo.

—¿Usted piensa que vivimos en una simulación?

—No tengo ni idea. Parafraseando a Woody Allen, diría que, de ser así, espero que el programador tenga una buena excusa. Porque el mundo que ha creado, no nos engañemos, es un auténtico horror. Aunque, si lo he entendido bien, somos nosotros los que lo creamos, en realidad.

—Señor Miesel, como sin duda sabrá, casi todos los pasajeros del vuelo han preferido no revelar su identidad. ¿Por qué ha aceptado usted vivir a cara descubierta?

—No me siento amenazado por nada. Además, gozo de protección policial. Y de ayuda psicológica. Han pensado en todo.

—¿Cree usted haber notado el momento exacto de eso que algunos llaman la «divergencia», o incluso, cada vez más, la «anomalía»?

—Por supuesto, como todos los que íbamos en el avión. Las turbulencias cesaron y el sol entró en la cabina. Esta frase que acabo de decir serviría también para definir el Prozac.

Los periodistas se ríen, Victor también, se siente como en una nube, y Clémence se desespera por el show que está montando.

—¿Sabe por qué se suicidó su «doble»?

—Seguramente porque se quería morir. La gente suele suicidarse por eso.

—¿Qué relación mantiene exactamente con Aliana Leskov?

—Actualmente, ninguna. Digamos que, en el mejor de los casos, es una relación exhumada.

Victor se muestra radiante, vaya publicidad en directo le está haciendo al bromazepam.

—Anne Vasseur, del *Times Literary Supplement*. ¿Está escribiendo algo nuevo, señor Miesel?

Victor mira hacia la última fila, de donde procede esa voz femenina, deliciosamente ronca. La cara se le ilumina. Es la joven de las jornadas de traducción de Arles, la que se interesaba por el humor en Goncharov.

—Sí. Estoy escribiendo un libro.

Clémence lo mira estupefacta.

—Es un tema clásico —prosigue Miesel—: una mujer reaparece en la vida de un hombre que creía haberla perdido definitivamente. Se titulará *Ascot o El regreso de la crema inglesa.*

—Un título desconcertante —sonríe la joven.

—Una última pregunta —dice Clémence Balmer, intuyendo que su autor tiene ahora cosas más importantes en la cabeza que preocuparse por el correcto desarrollo de la conferencia de prensa.

—Andrea Hilfinger, del *Frankfurter Allgemeine Zeitung.* ¿Cómo interpreta lo ocurrido anoche en Estados Unidos?

—¿Que cómo lo interpreto? Yo creo que los Estados Unidos de América no hacen honor a su nombre. Siempre ha habido dos Américas, y ahora han dejado de entenderse. Y como yo me siento más identificado con una de las dos, pues tampoco entiendo a la otra.

EL *NIGHT SHOW*

Martes, 29 de junio de 2021,
Ed Sullivan Theater, Nueva York

La jefa de maquillaje del *Late Show with Stephen Colbert* contempla su obra, embelesada.

—Estás estupenda, Adriana. He aprovechado para retocarte un poco el peinado.

—Stephen está terminando la presentación —interrumpe la asistenta de plató—. Sígueme. Cuando te toque el hombro, entras en escena, ¿entendido?

Sin esperar respuesta, la asistenta sale del camerino: las dos chicas recorren el pasillo que lleva al escenario iluminado y esperan tras las cortinas negras a que el grupo Stay Human acabe de tocar su pieza.

Sentado a la mesa, frente al público, Stephen Colbert consulta sus notas y, cuando la cámara vuelve a enfocarlo, el presentador estrella de la CBS frunce el ceño.

—Esta noche tenemos el privilegio de recibir a una jovencísima actriz, cuya celebridad es muy relativa. *(Lamentos de decepción.)* No sean tan maleducados, al final harán que me avergüence de ustedes. *(Risas.)* Por favor, damas y caballeros, recibamos como se merece a... Adriana Becker.

Stephen Colbert hace un gesto, el cartel de «Aplausos» se ilumina y el público obedece al instante.

Entra en el escenario una joven delgada, casi una adolescente, con pantalones de mezclilla y tenis, un suéter de angora azul oscuro y los rizos de su pelo moreno cayéndole sobre los hombros. El presentador va a su encuentro y le da un beso en la mejilla para tranquilizarla.

—Buenas noches, Adriana Becker. Me alegra mucho tenerte con nosotros.

—Buena noches, Stephen, yo también me alegro de estar aquí.

—Algo impresionada, supongo. ¿Es tu primera vez en la tele?

—Sí.

—Siempre hay una primera vez para todo. Yo me acuerdo de mi primer amor, de nuestra primera cena en un restaurante, fue tan romántico, la verdad, que aún conservo la factura. *(Risas.)* Adriana, tú tienes veinte años y eres actriz. En mayo te vimos actuando en *Romeo y Julieta*, interpretando el papel de...

—Julieta.

—Claro, cómo no. ¿Y en qué teatro fue?

—En el Sandra Feinstein-Gamm Theatre.

Adriana lo ha dicho en un leve murmullo. Se oyen algunas risas ahogadas entre el público. La joven actriz se sonroja. Stephen Colbert arquea las cejas y Adriana añade:

—Está en... Warwick, en Rhode Island. Es una sala pequeña...

—No tienes de qué avergonzarte, Adriana. Mira, Matt Damon empezó como figurante: hacía de pizzero, le entregaba una pizza Margarita a un cliente y solo tenía una réplica: «Cinco dólares, por favor». Ahora él va diciendo por ahí que era una Cuatro Estaciones de siete dólares, pero es porque es un fanfarrón. *(Risas.)* Disculpa, Adriana. Ahora estás ensayando otro espectáculo, ¿verdad?

—Sí, *Deseo bajo los olmos*. Es una obra en tres actos de Eugene O'Neill. Yo hago el papel de la chica.

—¿De la chica...? Pero si solo hay una chica en la obra tenemos un problema, Adriana, ¿no te parece?

Adriana Becker se ríe. El público también, aunque aún no sepa muy bien de qué. Stephen Colbert sonríe y dice, mirando hacia bastidores:

—Y ahora, estimado público, ¡recibamos con un estruendoso aplauso a Adriana Becker! Sí, han oído bien, ¡Adriana Becker!

Entonces entra en escena una segunda Adriana, vestida con la misma ropa que la primera, excepto el suéter, que es de color rojo. La sala entera se pone de pie, atónita, grita y aplaude a rabiar, mientras Stephen Colbert se acerca a ella, le da un beso en la mejilla y la acompaña al sofá donde está su gemela. En la sala de producción, la realizadora da una fumada a su cigarro electrónico, saltándose tanto el reglamento interno como la legislación. Esto sí que es tele de verdad, carajo, le acaban de ganar a la ABC y a la NBC. Tras ella, una decena de miembros del equipo de redes sociales de la CBS empieza a tuitear frenéticamente, a subir fotos en Instagram, a sacarle humo al Facebook Live. El número de *likes* y de retuits se dispara.

Ahí están las dos, codo a codo, una con una mecha roja en el pelo, la otra con una de color azul, un toque discreto de la maquilladora que ahora se ha vuelto flagrante. La ovación no se apaga hasta que Colbert vuelve a la mesa.

—Buenas noches, Adriana.

—Buenas noches, Stephen —responde la recién llegada.

—¿De verdad no son gemelas?

—De verdad —responden las dos al mismo tiempo, con la misma sonrisa y la misma energía.

—¡Vaya! Me parece que el público lo ha captado. *(Risas.)* La gente lleva varias horas hablando sin parar de ustedes. Voy a tener que distinguirlas llamándolas Adriana June y Adriana March. June y March es el código que les ha dado el FBI, ¿no es cierto?

—Sí.

—June es la que está de rojo y March la que está de azul, es para poder reconocerlas... Y ahora no me digan que es al revés, porque los de producción se han gastado una lana en los suéteres y el tinte de las mechas.

—Ok.

La misma reacción simultánea en las dos, las mismas muestras de admiración entre el público. La joven Adriana, o, mejor dicho, las jóvenes Adrianas están causando furor.

—Adriana June, tú no has interpretado el papel de Julieta, ¿verdad?

—No.

—No, claro, no pudiste interpretarlo porque la obra se estrenó en mayo. Y cuando aterrizaste hace cinco días en la base McGuire, donde te retuvieron junto a otras doscientas cuarenta y dos personas, estabas convencida de que era el mes de marzo, ¿verdad?

—Así es, Stephen. No puedo decir el día exacto, el FBI nos lo ha prohibido. Para la seguridad de todos.

—Entiendo. Lo que me gustaría saber, y creo que a los telespectadores también, es cómo descubrieron... que estaban «dobladas» —dice Colbert observando con enorme atención a las dos chicas—. Adriana March, la madrugada del domingo al lunes, muy temprano, el FBI fue a buscarte a casa de tus padres, en... —Colbert consulta sus notas, sin ninguna prisa—... en Edison, Nueva Jersey. Tus padres debieron de asustarse mucho... Y tú también...

—Sí, los agentes del FBI nos dijeron que era un tema de seguridad nacional. Pero intentaron tranquilizarnos enseguida.

—No me cabe ninguna duda de que ver a dos agentes del FBI entrar en tu casa a las tantas de la madrugada es siempre tranquilizador. *(Risas.)* ¿Y luego qué pasó?

—Luego me llevaron a la base en helicóptero. Y me...

—¿Era la primera vez que viajabas en helicóptero?

—Sí.

—Hacen mucho ruido. Como una lavadora centrifugando. Las hélices, el viento y todo eso. Odio los helicópteros.

Stephen Colbert juega con la impaciencia creciente de su público, pero sabe parar a tiempo:

—¿Y una vez en la base militar?

—Me llevaron a un enorme edificio administrativo, vigilado por soldados, me metieron en una pequeña sala con una mesa y varias sillas, y me senté, con una psicóloga a mi lado y una oficial del FBI.

—Y ¿qué te dijeron?

—Que no tuviera miedo, que iba a vivir un momento excepcional.

—Y fue entonces cuando... —dice Stephen Colbert.

—Cuando me hicieron entrar a mí —dice Adriana June—. Yo también iba acompañada por un psicólogo.

—Menudo *shock* para ustedes. Y para los psicólogos ni te cuento... *(Risas.)*

—Tardé varios segundos en entender que me encontraba frente a... mí —continúa la chica del suéter azul—. La cabeza me daba vueltas, me pregunté quién era, si existía realmente.

—Y en tu caso, Adriana June, cuéntanos cómo fue la cosa.

—Nuestro vuelo había aterrizado tres días antes...

—En el mes de marzo, para ti...

—Sí. Habíamos pasado por una serie de turbulencias, el avión había sufrido algunos daños. Nos retuvieron sin permitirnos tener ningún contacto con el mundo exterior, sin celular ni nada...

—¿Y ni siquiera te dejaban jugar a *Candy Crush*? *(Risas.)* De manera que, después de tres días retenida, al llegar el lunes...

—Vinieron a buscarme, me dijeron lo mismo que a ella, lo del momento excepcional y todo eso, que iba a encontrarme con alguien con quien era imposible que me pudiera encontrar...

—¿Y quién pensaste que sería?

—Ya sé que suena absurdo, pero pensé que iba a encontrarme con mi abuela, que murió en enero... *(«¡Oh!» de emoción entre el público.)*

—Vaya, lo siento, mi más sentido pésame.

—Y entonces entré en la sala...

Adriana June mira a Adriana March, que sonríe. El público vuelve a aplaudir. Colbert no quiere que decaiga el ritmo y dice enseguida:

—Dios mío... A mí, en su lugar, me habría dado un patatús. O incluso dos. *(Risas.)* ¿No te cagaste de miedo, Adriana March?

—Sí, claro. Al principio no nos atrevíamos a hablar entre nosotras, nos limitábamos a responder a los psicólogos y a la mujer del FBI. Entonces nos pusieron un video... explicativo, donde se veía la cabina del avión en el momento en que..., en el instante de...

—De divergencia, o de anomalía —completa Stephen Colbert mirando sus notas.

—Eso es. Después nos propusieron hacernos las preguntas que quisiéramos la una a la otra. El FBI quería que nos convenciéramos de que ninguna de las dos era..., no sé, una especie de clon. Que teníamos los mismos recuerdos, la misma vida.

—La misma vida hasta el mes de marzo, hasta ese vuelo París-Nueva York —precisa Stephen Colbert—. Tú, por ejemplo, Adriana March, le preguntaste a June algo que solo tú sabías, ¿no es cierto?

—Sí. Algo que pasó la noche de fin de año y que solo sé yo —dice Adriana March tímidamente.

—Que solo sabemos nosotras, querrás decir —corrige Adriana June. *(Risas.)*

En realidad lo saben tres personas: ellas dos y su hermano pequeño, en cuya habitación Adriana nunca debería haber entrado sin llamar y sin darle tiempo a cerrar la computadora.

—No saben la suerte que tienen —sonríe Stephen Colbert—, yo bebí tanto en Nochevieja que mis recuerdos empiezan el 4 de enero al mediodía. *(Risas.)* Total, que ahora están convencidas de ser... las dos Adriana, ¿no es cierto?

—Totalmente convencidas —dicen ambas a la vez, provocando la hilaridad de un público fascinado.

—¿Saben? A veces pienso que ha estado a punto de ocurrir una catástrofe, podría haber pasado con el *Air Force One*. ¿Se imaginan dos presidentes? *(Gritos y aplausos.)* Ellos dos solos habrían colapsado Twitter el primer día. Supongo que les habrán explicado diferentes hipótesis científicas, como las que no hemos parado de ver en la prensa estos últimos días...

Las dos chicas asienten, el presentador continúa:

—¿Hay alguna interpretación que les parezca más verosímil que las otras?

Las dos Adrianas niegan con la cabeza.

—Para mí, en todo caso, no son ninguna simulación. Algunos piensan que son doscientos cuarenta y tres extraterrestres, que han venido a invadir la Tierra. *(Risas.)* ¿Y ahora qué van a hacer? Adriana June, lógicamente, tú has vuelto a casa de tus padres, que es donde vives...

—Me he instalado en la habitación de mi hermano pequeño, que está estudiando en Duke. Lo vi anoche, cuando el FBI nos llevó a casa.

—Oscar, se llama, ¿verdad? ¿Cómo reaccionó? ¿Adriana March?

—Repitió «Qué locura» por lo menos diez veces. Y sugirió que nos peináramos cada una de una manera distinta.

El público se ríe, ellas también, y Stephen Colbert deja de mirarlas un instante para dirigirse a cámara.

—Tenemos a Oscar en la sala. También se lo propusimos a sus padres, pero rechazaron la invitación. ¿Cómo lo están tomando ellos?

Las dos chicas se miran y es June la que responde primero:

—Mi madre tiene miedo. Ni siquiera se ha atrevido a darme un beso esta mañana.

—Tiene miedo de las dos —puntualiza Adriana March—. No consigue distinguirnos. Está convencida de que hay una...

—Una «falsa» —completa Adriana June.

—¿Y su padre?

Las dos jóvenes no dicen nada. Producción lamenta no haber informado a Stephen Colbert de lo sucedido: antes de que las dos Adrianas volvieran a Edison, un agente del FBI y una psicóloga se presentaron en su casa. Se tomaron el tiempo necesario para explicar lo inconcebible a sus padres. La madre no dejaba de repetir Pero ¿cómo es posible, Dios mío? Y cuando por fin llegaron las hijas, el padre, que estaba postrado en el sofá, se levantó horrorizado y, sin decir palabra, subió la escalera a reculones y se encerró en su cuarto. Tuvieron que parlamentar largo rato a través de la puerta para que aceptara salir. Pero su comportamiento a partir de entonces alarmó tanto al FBI que decidieron que un agente se quedara en la casa permanentemente.

Colbert se da cuenta de que es mejor evitar el tema. Antes de que la situación resulte incómoda, se vuelve hacia la Adriana del suéter escarlata.

—A todo el mundo le costaría adaptarse a una situación única como esta. Bueno, *única* no sería la palabra. *(Risas.)* Sus padres las quieren y se sentirán muy afortunados por tener a partir de ahora dos hijas tan maravillosas como ustedes.

El público aplaude el cuento de hadas, y la ovación se alarga tanto que el propio Colbert decide interrumpirla.

—Y ¿qué tal se llevan entre ustedes?

—Muy bien —dice Adriana June. Adriana March asiente con la cabeza.

No es una mentira piadosa. Las dos chicas no rivalizan entre sí. Les queda toda la vida por delante, el futuro es suyo, no tienen nada que deban compartir.

—Adriana June, ¿tú tienes novio? No soy la Santa Inquisición, así que nadie va a reprochártelo si no quieres responder.

—No, no pasa nada. Ahora mismo estoy soltera.

—Vaya, Adriana, no sé si confesarlo aquí en directo ha sido buena idea. *(Risas.)*

Colbert se vuelve hacia la Adriana azul.

—¿Y tú, Adriana March? ¿Has conocido a alguien desde el mes de marzo?

—Sí, hace tres meses.

—Gracias por compartirlo con nosotros, Adriana —dice Colbert—. Y ¿cómo se llama el afortunado?

—Nolan.

El público ruge de alegría. En la sala de producción están exultantes: no hay mejor gancho que el amor.

—Me ha dicho un pajarito —continúa Stephen Colbert— que Nolan era uno de tus compañeros de reparto en *Romeo y Julieta*. ¿No sería Romeo?

—No, era Mercucio.

—¡Ah, Mercucio, el mejor amigo de Romeo! ¿Y no estará por casualidad Nolan-Mercucio en el plató?

El foco de un proyector recorre lentamente las filas del público, desciende hasta la primera y se detiene sobre un chico negro, alto y delgado, que esboza una gran sonrisa y se levanta, aclamado por los demás.

—Damas y caballeros, recibamos con un caluroso aplauso a Nolan Simmons.

Colbert le tiende la mano y lo ayuda a subir al escenario. Los aplausos no cesan, como era de prever. Las dos Adrianas sonríen y saludan desde lejos a Nolan, Adriana March haciendo melindres y Adriana June poniendo una cara de asombro que hace reír al público asistente. Ya ha tenido ocasión de conocer a Nolan entre bastidores, pero ahora se hace la sorprendida, es su manera de captar la atención. Ninguna de las dos ha puesto reparos en interpretar esta escena, y Nolan tampoco. *The Late*

Show with Stephen Colbert es puro divertimento y ellas no han escogido este oficio para huir de los focos y hacerse las pudorosas. Todos se prestan al juego, por el bien del espectáculo.

—Puedes besar a tu chica, Nolan. Pero no te equivoques. *(Risas.)*

El joven actor besa tiernamente a Adriana March en la mejilla, antes de dar un breve apretón de manos a Adriana June. Stephen Colbert mueve la cabeza.

—No te preocupes, muchacho —dice Colbert—, nadie está preparado para enfrentarse a algo así. Dime la verdad, Nolan, si te hubieses cruzado con ellas en los camerinos, ¿habrías sabido quién era quién? ¿Te imaginas que les hemos pedido que interpreten el papel de la otra desde el principio, que les hemos puesto una trampa?

Del público emerge un runrún de estupefacción. Nolan, preso de la duda, pierde la compostura y se separa instintivamente de Adriana March. Ahora ya no está actuando. El público se inquieta, súbitamente incómodo, y Colbert lamenta el ardid.

—No te preocupes, Nolan. Es *tu* Adriana. *(Suspiros de alivio entre el público.)* Ha sido una pésima broma, no me he podido resistir. Lo siento...

Nolan vuelve a tomarle la mano a Adriana. Stephen Colbert hace un mohín. Se arrepiente de haber sido tan cruel, y todo por haberse dejado llevar por la improvisación. Repasa sus notas, se ajusta al guion y prosigue:

—Entonces..., ¿cómo se van a repartir los papeles a partir de ahora?

Mientras el *Stephen Colbert Late Show* recupera su humor amable, en la sala de producción se desata la inquietud. Varias pantallas muestran el exterior del Ed Sullivan Theater. Alertados por las redes sociales, decenas de cristianos fanáticos han acudido al local y llevan más de diez minutos asediándolo.

—No sabía que en Nueva York había tantos adoradores de Dios —dice la productora forzando una sonrisa.

Para la ocasión, se ha doblado la seguridad del show y un cordón policial, bastante endeble, intenta mantener a distancia a los manifestantes, que las cámaras de seguridad muestran gritando, escupiendo su odio y enarbolando pancartas con lemas como: «*Vade retro*», «Hijas del infierno», «Satanás las ha creado», «Blasfemia»...

—¿Blasfemia? Pero ¿cómo que blasfemia? —pregunta la productora.

—He leído que consideran que los dobles están condenados —aventura una asistenta—. Entre otros motivos, por culpa del décimo mandamiento.

—¿Y ese cuál es?

—Pues... «No desearás a la mujer del prójimo, no codiciarás su casa, etcétera.» Evidentemente, no pueden respetarlo, ya que poseen las mismas cosas. Claro que se podría argumentar que no son «el prójimo» de sí mismos...

—Buf. Me extrañaría que esos locos atiendan a matices teológicos.

De pronto, mientras van llegando los refuerzos policiales para consolidar la barrera defensiva, un coctel molotov dibuja una parábola en llamas y acaba estrellándose a la entrada del teatro. Los trabajadores apagan rápidamente el fuego, los policías repelen a los manifestantes, sacan los garrotes y empiezan a detener gente, pero no hay manera, la pequeña muchedumbre sobreexcitada va haciéndose cada vez más grande, tira al suelo las vallas e intenta abrirse paso hacia la escalera del teatro.

La emisión está llegando a su fin y Stephen Colbert, advertido de los incidentes, se dirige al público que hay en la sala:

—Queridos amigos, deberán permanecer más tiempo del esperado en el interior del teatro. Fuera hay una manifestación muy agresiva y está habiendo enfrentamientos con la policía. Sería un riesgo dejarlos salir en estos momentos. De hecho, la última pregunta que quería hacerles a las dos tiene que ver con el peligro del fanatismo religioso, del que el FBI ya les habrá advertido. Los responsables de algunas congregaciones han hecho declaraciones en las que las califican, tanto a la una como a la otra, de criaturas satánicas, de «abominaciones». Incluso han llegado a recibir amenazas de muerte, ¿no es cierto?

—Sí, cientos de ellas, a través de mi cuenta en Facebook, o sea, de nuestra cuenta...

—Me siento mal por ustedes... ¿Les gustaría decirles algo a esas personas, que a veces simplemente tienen miedo porque no entienden lo que ocurre?

Stephen Colbert deja que se haga el silencio. Es el momento de mayor intensidad de todo el programa, el momento que todo el mundo recordará. Stephen y las chicas de producción lo han estado preparando a conciencia, junto con los especialistas designados por el gabinete de crisis. Se trata de un discurso muy ensayado que debe parecer improvisado, y es Adriana June quien debe pronunciarlo —así lo han decidido los psicólogos—, pues ella será, para la mayoría de la gente, quien sea percibida como intrusa.

—Evidentemente, yo no sé cómo ese avión pudo aterrizar por segunda vez —dice Adriana June sin alterarse—. Nadie lo sabe. *Eso es, lo importante es hablar lenta-*

mente, con voz serena, mostrar la dificultad de encontrar las palabras, transmitir la emoción. Lo que me gustaría decirle a esa gente que tiene miedo es que yo también tengo miedo. Que intenten imaginar lo que estamos viviendo. A mí nadie me ha escogido, no soy una «elegida». Ni yo ni ninguna de las doscientas cuarenta y tres personas que íbamos a bordo. Lo que me está pasando, lo que nos está pasando, podría haberle pasado a cualquiera de los que están aquí. Yo soy una persona cualquiera... *Si es posible, repetirlo; no, sería demasiado.* Yo no tengo nada de especial, *hacer una pausa*, solo soy una chica de diecinueve años que vive en Edison y que quiere ser maestra, *no decir «profesora de francés», los franceses caen mal a mucha gente, no decir ni siquiera profesora, no, mejor maestra, es más sencillo y todo el mundo quiere a las maestras*, una chica que hace teatro en plan amateur, *insistir en lo de «amateur»*, que volvió de Europa a principios de marzo, *aquí igual, mejor «Europa» que «Francia»*, y que de pronto está en junio y no entiende nada de lo que pasa, pero que va a tener que arreglárselas como sea. *Otra pausa, balbucear un poco, no encontrar las palabras a la primera.* Igual que ella..., esta otra chica que tengo a mi lado y que es tan yo como yo misma..., ella también tendrá que arreglárselas como sea. Esta Adriana ha vivido tres meses más que yo, pero tenemos los mismos recuerdos, la misma fe en Dios, *rayos, casi me olvido de Dios, y eso que era lo más importante, mira que han insistido, recalcar que somos creyentes, un poco más y se me olvida, es increíble*, tenemos los mismos amigos y los mismos padres, y los queremos igual la una que la otra, y encima tenemos que compartir mi ropa, que es también la suya.

—Y además —la interrumpe Adriana March—, siempre tenemos ganas de ponernos lo mismo al mismo tiempo. *Esto ha sido idea de Colbert, no está mal, esperar las risas, ahí están, y continuar.*

—Es verdad —dice Adriana June—. Pero a partir de ahora nuestras vidas van a divergir, lógicamente. De hecho, ya han empezado a hacerlo. *Mirar a Nolan, notar la emoción del público.* Por ejemplo, no sé lo que habría pasado si yo hubiera conocido a Nolan antes de viajar a Europa, si ya estuviese enamorada de él. *No insistir, dejar simplemente que el público se identifique y tome conciencia del alcance de la situación.* Por nombrar solo una de las muchas cosas que me dan vueltas por la cabeza.

—Yo creo —retoma la palabra Adriana March—, *cambiar un poco la voz, insinuar la posibilidad de que exista una pequeña diferencia entre nosotras*, yo creo que me conformaría con que la gente no tuviese miedo ni de mí, ni de la otra Adriana, ni de nosotras. Con que sean indulgentes. *Hacer aquí una larga pausa. Y concluir.* Estamos confundidas y necesitamos el amor de la gente que nos quiere. *Bajar los ojos, tomarle la mano a Adriana June, esperar los aplausos. Y si nos sentimos con ánimos de llorar, no dudarlo ni un instante.*

Una lágrima se desliza por la mejilla de Adriana June, ni siquiera ha tenido que forzarla, la emoción está a flor de piel, podría ponerse a sollozar, si quisiera. Adriana March se le acerca y le pasa un brazo por los hombros, mientras Stephen Colbert sonríe.

—Muchas gracias a las dos. Sé que mucha gente las entiende. Tengo una última petición: su hermano me ha dicho que las Navidades pasadas cantaron en familia la famosa bossa nova *The Girl from Ipanema.*

—Sí, en la versión de Amy Winehouse —dice Adriana June.

—Pues podrían, no sé..., las dos juntas, antes de irse... ¿Qué les parece?

El público grita, las chicas sonríen.

—Que conste que esto es improvisado —precisa Colbert mintiendo descaradamente, pues se han pasado media hora ensayando.

El baterista de Stay Human empieza a tocar el charles y la caja, la bossa nova de Jobim y Moraes se hace reconocible, la luz del plató se atenúa, dos efectos suaves iluminan a las dos Adrianas, rojo sobre una, azul sobre la otra, anulando sus diferencias. El juego de colores ha sido idea de producción. Vinícius de Moraes dijo una vez que su canción habla simplemente del paso del tiempo, de esa triste belleza que es de todos y de nadie, de la resaca melancólica de las olas que vienen y van. Y el plató del *Stephen Colbert Late Show* se convierte en la playa de Ipanema cuando una de las dos Adrianas empieza a cantar y la otra se le suma a partir del segundo verso: «*Tall and tan and young and lovely...*».

Las dos Adrianas le cantan en un dúo perfecto a la ninfa de Ipanema que camina hacia el mar sobre la arena. Una empieza una frase y la otra la termina, juegan a ser una y, sin embargo, diferentes, su armonía roza la magia y produce mareos. Y cada escalofrío de vértigo contiene su dosis homeopática de terror.

—Esto sí que es tele de verdad, carajo —dice la realizadora en la sala de producción—. Tele de verdad.

LA VOZ QUE OYE JACOB EVANS

Martes, 29 de junio de 2021, 23:00 h,
Ed Sullivan Theater, Nueva York

La mano de Dios nunca flaquea. Y Él guía los actos de Jacob Evans. Jacob nació en la fe de Cristo en Scottsville, Virginia, y su padre John le enseñó que los que no nacen con sufrimiento no son criaturas de Dios, pues no hay creación que no sea de Dios, y la voz que le habla sin cesar dentro de su cabeza repite las palabras que oyó en su infancia cuando trabajaba en la granja.

Desde que la Abominación fue revelada por los medios y las redes sociales, Dios ha guiado a Evans. El primer día, él y sus hermanos del Ejército del Séptimo Día se reunieron en la iglesia bautista y escucharon al reverendo Roberts hablar de las criaturas de Satanás, de toda esa legión de infieles que han ofendido a Dios, pues en el Apocalipsis de san Juan se habla ya de relámpagos y de un gran temblor y de piedras de granizo de un quintal que cayeron del cielo sobre los hombres. Y gracias a Dios, que sabe y que guía, el reverendo Roberts y, con él, Jacob y todos los fieles reconocieron la tempestad y el avión sorprendido por la tormenta sagrada que el Señor puso en su camino. Y a bordo del avión viajaban todos aquellos que blasfemaron y mencionaron el nombre de Dios en vano a causa de la plaga de granizo, tan grande fue el azote.

Y el éxtasis del Señor recorrió el cuerpo de Jacob Evans y Su cólera bajó hasta sus brazos y Él quiso que Jacob cumpliera Su gloria en el mundo de los hombres.

Por muchas explicaciones que den y repitan los periódicos, por muchas hipótesis que barajen los expertos y los sabios, Jacob se acuerda de Isaías, *Destruiré la sabiduría de los sabios, Desecharé la inteligencia de los inteligentes*, solo los orgullosos y los que desprecian al Todopoderoso buscan en sí mismos la salvación. Tal es el mensaje que Pablo dirige a los corintios que quieren liberarse de la palabra de Dios y buscan la sabiduría en la vanidad del hombre, cuando no deberían reinar más que la humildad y el temor a Dios y la fe en Nuestro Señor Jesucristo. *Ha resucitado, ha resucitado de verdad.* En el mensaje que Dios envía con su Abominación, la salvación solo se encuentra en la gloria del Señor y en la destrucción del Mal. Los ojos de Jacob estaban cerrados, oh, sí, pero el Altísimo se los ha abierto de par en par.

Y en el corazón de ese incendio sin fin que desde tiempos remotos ha devorado a América, en esa guerra que la oscuridad libra contra la inteligencia, donde la razón retrocede paso a paso frente a la ignorancia y la sinrazón, Jacob Evans cubre de sombra la coraza de su esperanza primitiva y absoluta. La religión es un pez carnívoro de los abismos. Emite una luz ínfima y, para atraer a su presa, necesita que sea noche cerrada.

Evans y los demás miembros del Ejército del Séptimo Día condujeron durante siete horas formando una comitiva de coches que llevaban la cruz del Cristo Salvador y proclamaron la Cólera de Dios frente a la base militar, pero los soldados los echaron de allí. Entonces, gracias a Dios y a Instagram y a Facebook, Jacob se entera de que una de esas Monstruosidades va a mostrarse esta noche ante todo el mundo, mira con asco y furia a esa chica morena, y Jacob sabe que encarna la Gran Mentira y la perfidia del Ángel Caído.

Jacob y otros muchos se dirigen hacia el teatro de la CBS y salen por la boca de metro de la estación 50th Street, a mitad de los neones y las luces de colores de Broadway. Caminan por la gran Babilonia, por la Gran Prostituta hecha ciudad, pero la policía corta el acceso a la avenida por el sur y la entrada a la sala está protegida por vallas de metal. La muchedumbre exaltada se hace cada vez más grande y aumenta minuto a minuto por las llamadas a la concentración que se hacen a través de las redes.

A medianoche, la primera botella encendida vuela y se estrella contra el panel luminoso del teatro, el fuego provoca un cortocircuito y apaga los miles de focos y el resplandeciente rótulo del *Late Show with Stephen Colbert*, pero Jacob avanza entre las llamas. *No temas al Infierno, Jesús está contigo.* La policía carga contra los manifestantes, detiene a algunos alborotadores. Y Jacob suplica al Señor que lo deje acercarse a las Impuras, que le deje cumplir Su voluntad y, en el calor del incendio, reza al Señor y sabe que pronto saboreará la miel del Paraíso entre los elegidos.

Desde lo alto de Su montaña, el Señor observa a su cordero Jacob Evans y lo guía hacia la calle Cincuenta y tres. Jacob avanza siguiendo Su luz, pues *Solo Dios conoce el camino*. Y entonces, mientras sus hermanos gritan en Broadway, Jacob ve salir de un garaje subterráneo, a escasos metros de donde él se encuentra, una limusina negra.

El vehículo pretende girar a la izquierda y perder a la manifestación de fieles, pero la calle está colapsada y se queda atrapado a la altura de un Deli Special Broadway. Las ventanillas traseras se suben a toda prisa, pero a la cruda luz de la noche neoyorquina Jacob distingue en el asiento de atrás los rostros idénticos de las dos chicas. *La sabiduría de Dios es impenetrable.* Las Impuras cacarean y sonríen de oreja a oreja, mostrando unos dientes demasiado perfectos en unas bocas infectas, y sus rostros seráficos exhiben la imagen perjura del Ángel de la Sombra. *Y el Señor guiará mi espada vengadora.*

Que perezcan las Criaturas y *el cielo cubrirá a los hombres*, y Jacob saca una Grendel P30 del bolsillo, *y la luz brillará tan ligera y tan cálida, Sostén mi mano, Señor*, y dispara a la ventanilla, que estalla en mil pedazos, *Las expulsaré en nombre de Jesucristo*, y a su alrededor se oyen gritos de espanto, vuelve a disparar y el tiro impacta en un rostro, *El arcángel Gabriel descenderá sobre mí*, Jacob sigue disparando y vacía el cargador en la otra Adriana ensangrentada y se deja caer de rodillas, *Jesús ha nacido*, luego de bruces sobre el sucio asfalto, con los brazos abiertos como el Cristo Salvador, *Di una palabra, Señor, y mi alma estará salvada*, y mientras se le echan encima y le esposan las manos a la espalda bajo el zumbido de las sirenas y el resplandor de las luces giratorias y de los flashes, *El Señor es mi pastor, Él da y Él quita*, un Jacob Evans sonriente y con los ojos cerrados ve salir de la boca del dragón y de la boca de la Bestia y de la boca del falso profeta tres espíritus impuros con forma de rana.

TOCA ESFUMARSE

Miércoles, 30 de junio de 2021,
Clyde Tolson Resort, Nueva York

00:43 horas: en el edificio del FBI, todas las pantallas muestran ahora las cadenas de informativos, y el equipo del protocolo 42 asiste a la emisión en bucle del doble asesinato. 01:00 horas: CBS emite un programa especial: un Stephen Colbert consternado modera un plató lleno de periodistas especializados en cuestiones religiosas. La llamada a la calma ideada por Pudlowski y sus expertos no habrá servido de nada: en Hope Channel, los predicadores denuncian la veneración de falsos profetas, y en Fox los televangelistas condenan el crimen, como debe ser, pero claman al cielo y hablan del fin del mundo. De buena mañana, los encuestadores de Gallup tomarán las calles: un 44 % de los estadounidenses considera que se trata de «una señal del fin de los tiempos», un 34 % de ellos piensa que el fin está «próximo» y un 25 %, «muy próximo». Incluso hay un 1 % que cree que ya ha llegado. Durante todo el día, a lo largo y ancho del planeta, los lugares de culto van a experimentar una afluencia nunca vista. Cuando siete mil millones de seres humanos descubran que tal vez no existan de verdad, la cosa va a ponerse difícil.

Una Jamy furibunda recorre a grandes zancadas la sala de conferencias del Clyde Tolson Resort adonde se ha trasladado el equipo del protocolo 42. Y repite:

—Debemos garantizar el anonimato de todos los pasajeros. Como hacemos con los testigos de los juicios a mafiosos. Esa gente tiene que poder evaporarse, cambiar de identidad.

Ya lo había dicho ella, que Dios sería un problema... Si nada debe cuestionar Su omnipotencia, el Boeing surgido de la nada solo puede ser fruto de Su propósito. Lo irónico es que, en la hipótesis de una simulación, hay algo incuestionable: el ser humano es la creación de una inteligencia superior. Pero ¿quién está dispuesto a adorar al programador de un monumental juego de rol?

—Tras el anuncio del presidente —interviene Mitnick—, los ingresos hospitalarios por suicidio han aumentado exponencialmente. Mucha gente que ya tenía problemas ha pasado al acto. Las tesis conspiranoicas están ganando enteros: todo es un montaje, y lo único que pretende la hipótesis de la simulación es ridiculizar cualquier tipo de lucha, desde la lucha contra el capitalismo hasta la lucha contra el cambio climático. Los defensores de la Tierra plana ven confirmadas sus convicciones. Y así todo.

—Siempre hay que desconfiar de la gente que nos dice que tenemos que desconfiar —resume Pudlowski.

—Los extraterrestres también están conociendo un extraordinario *revival* —continúa Mitnick—, como no podía ser de otro modo... Y luego está la chica esa, Tomi Jin, una *influencer*... Acaba de subir esto.

Mitnick muestra en la pantalla la selfi de una mujer morena y delgada, de rasgos asiáticoamericanos. Va por los 1 512 *likes*. Un mechón rizado de pelo escarlata le cae sobre la frente, bajo un texto que dice: «1, 2, 1 000 Adrianas». A las dos de la madrugada ya se ha compartido 12 816 veces. A las ocho alcanzará los siete millones. Y a lo largo de la mañana, en todas partes, de París a Río de Janeiro, de Hong Kong a Nueva York, miles de personas saldrán a las calles con la mecha tintada de rojo de Adriana June. El mensaje no está muy claro, pero la libertad de pensamiento en internet resulta mucho más efectiva desde el momento en que la gente ha dejado de pensar.

En pocas horas, la empatía, la emoción y la miseria se convierten en un estupendo negocio, no tardan en aparecer camisetas con lemas como «*Stimulate me, don't simulate me*», «*I'm a program, reset me*» o «*I am 1, U are 2, we are free*». En los programas matinales de humor proliferan los *sketches* sobre la duplicación.

—¿Sabe usted lo que es una simulación, Hillary? —pregunta el periodista a la imitadora.

—Peter —responde la voz de Hillary Clinton—, todas las mujeres de América saben lo que es la simulación.

Hasta ahora, apenas un centenar de sabios especulaban en un hangar. De pronto, diez millones de investigadores de todo el planeta tienen que ponerse a debatir sus teorías y a proponer alternativas. La «fotocopiadora» y el «agujero de gusano» encuentran de entrada pocos adeptos. Qué se le va a hacer si la teoría más simple es también la más loca.

Sin embargo, los astrofísicos no aprecian demasiado

la simulación. Y las agencias espaciales todavía menos. Explorar el espacio ya es caro, pero si encima no hay espacio, entonces es desorbitado. A los teóricos de partículas tampoco les gusta especialmente. ¿Qué pasaría con sus hermosas partículas, los quarks, los gluones, la materia oscura? ¿Todo sería virtual? Y sus enormes aceleradores, de los que tan orgullosos están, ¿no serían más que una estupenda broma en 3D? ¿Y el tiempo? Si el tiempo en sí es un artificio, como lo es en un videojuego donde todo está calibrado y ralentizado para que un humano pueda jugar, ¿cómo medir el tiempo real a partir de nuestro tiempo virtual? Por no hablar de los biólogos, que se muestran indignados. ¿Qué pasa con la evolución y la desaparición de las especies y la pérdida de la diversidad biológica? Pero todos saben muy bien que el universo, virtual o no, está enteramente regido por leyes cada vez más conocidas. No hay ni uno solo de esos científicos que no haya hecho en los últimos años alguna simulación ayudado por supercomputadoras, cuya potencia en la última década se ha multiplicado por cien. Y no les cuesta nada imaginar el poder de máquinas trillones de veces más potentes.

Mejor no prestar atención a la productividad de este miércoles por la mañana. De hecho, los únicos que trabajan de verdad son los hombres y mujeres del protocolo 42.

Y es que acaba de empezar la «operación Hermes». Ha sido Meredith quien la ha bautizado así, en alusión al viaje y al secreto de los pasajeros del vuelo 006, a quienes ha llegado el momento de esfumarse. El crimen cometido por Jacob Evans habrá servido al menos para convencer a los pasajeros del peligro que corren, y todos han acabado aceptándolo, al menos los que viven en Estados Unidos.

La NSA ha hecho desaparecer cualquier rastro digital del vuelo, los agentes franceses y norteamericanos han recuperado las hojas de ruta. La gente sabe que se trata de un París-Nueva York de Air France que voló en marzo, pero hubo más de doscientos.

Miércoles, 30 de junio de 2021,
Studio 4, France 2, Esplanade Henri-de-France, París

Lo cierto es que, en pocas horas, el mundo entra en un vacío de sentido. Mientras la religión da una respuesta doctrinal y falsa, la filosofía ofrece una respuesta abstracta e inexacta. Se multiplican las tertulias televisivas en todo el planeta. Sobre todo en Francia, país que se caracteriza por tener una concentración legendaria de filósofos mediáticos. Uno de ellos se llama Philomède, pongamos por caso. Y ahí lo tenemos, en el plató de una televisión estatal, con otro invitado, Victor Miesel.

—Yo no quiero pronunciarme —dice Philomède— sobre la idea de la simulación. Aunque, bajo mi punto de vista, no cambiaría nada. Yo soy materialista: no hay ninguna diferencia entre pensar y creer que pensamos; ni, por tanto, entre creer que existimos y existir.

—En todo caso, Philomède —dice la presentadora—, no es exactamente lo mismo que existamos de verdad o que seamos virtuales.

—Lo siento, pero sí, es lo mismo: pienso, y aunque no sea más que un programa pensante, existo. Siento el amor y el dolor igual, y moriré del mismo modo, afortunadamente. Mis actos tienen las mismas consecuencias tanto si mi mundo es virtual como si es real.

—Philomède, hoy nos acompaña un escritor, Victor

Miesel, cuyo libro *La anomalía* se ha convertido en un libro «de culto», y más aún tras lo ocurrido estos últimos días. Victor, usted iba a bordo de ese avión, sabemos que su «doble» se suicidó, hace apenas unas horas ha dado una conferencia de prensa y queremos agradecerle su presencia aquí, esta noche. ¿Qué destino imagina para los demás pasajeros desdoblados?

—Somos más de doscientas personas observando los caminos que han tomado nuestros «dobles» entre marzo y junio, tal vez lamentando no haber estado en su piel. Algunos creen que se habrían comportado de otro modo, que lo habrían hecho mejor, que habrían tomado otras decisiones. Pero yo no me he encontrado frente a mí mismo. Aunque...

El escritor saca del bolsillo las dos piezas de Lego rojas.

—Desde que murió mi padre, hace más de treinta años, llevo en el bolsillo este Lego. No es ni un fetiche, ni un amuleto de la suerte. Tan solo unos gramos de recuerdo, casi una costumbre. Me han devuelto el que llevaba el Victor que se suicidó, y ahora tengo dos. Ya no sé cuál es cuál, y los he unido. No sabría decir qué simbolizan, pero me da la impresión de que ahora dispongo de más opciones, de que soy más libre que nunca. A pesar de todo, no me gusta demasiado la palabra *destino*. No es más que una diana que dibujamos, después de disparar, en el sitio en que se ha clavado la flecha.

Entre el público, Anne Vasseur, la periodista del *Times Literary Supplement* se la pasa en grande. Aunque prefiere esa otra *boutade* que dice que, para que una flecha dé en el blanco, por el camino tiene que haberlo errado todo. Cuando se enteró de la muerte de Victor, en abril, se quedó impactada, afligida, y la intensidad del sentimiento la dejó desconcertada. Claro que se había fijado en él, en Arles, y que su intervención le había parecido inteligente y sensible, y es cierto que sus esfuerzos de adolescente para abordarla durante la cena no la habían dejado indiferente. Pero por entonces ella estaba en otra relación y no quiso seguirle el juego, reprochándose el momento de debilidad, de ligereza, de presunción, maldiciéndose por haberle gustado, precisamente porque él le había gustado a ella también. Así que se fue de Arles antes de lo previsto, avergonzada por aquel deseo egoísta y caprichoso, negándose a ser una mujer que traiciona, que disfruta, que hace sufrir y acaba por no saber ni dónde vive. Huyó, en definitiva. En algún momento pensó que más le habría valido arrepentirse de lo que había hecho que de lo que no había hecho, pero lo cierto es que no buscó ninguna excusa para volver a ver al traductor de Goncharov. Entonces, al enterarse de su «resurrección» prodigiosa, no pudo dejar de verlo como una señal, una señal incomprensible, pero una señal al fin y al cabo. Y ella, la crítica literaria, había conseguido que la jefa de redacción del *Times* la enviara a la conferencia de prensa, en lugar de mandar al enviado especial. Y ahora estaba allí, en aquel plató televisivo, mirando a un hombre que podía ser, por un largo periodo de tiempo, lo más parecido a un destino.

—Y dígame, Philomède —interviene la presentadora—, si estuviese en su situación, ¿cómo reaccionaría?

—Para empezar, no creo que me embargara durante mucho tiempo la sensación de irrealidad. Si tuviese dudas sobre mi propia existencia, me bastaría con pellizcarme. Luego, ciertamente, ese otro es un espejo insobornable, pero es también el único que lo sabe todo de mí, que conoce mis secretos. Visto así, lo más probable es que decidiera cambiar o marcharme. Porque ser dos en una sola vida es multitud: sobra uno por lo menos. Seguramente pensaría: cuánta vanidad, la casa, el trabajo, todo ese montón de cosas materiales... Me centraría en mi círculo más íntimo, en preservar lo indispensable a toda costa. Yo tengo una hija, quiero a una mujer, y cuando hablo de «mi mujer», de «mi hija», sé todo lo que significan esos «mi»... Si tuviera que compartirlas, quizá aprendería a relativizar el deseo de posesión. La verdad es que no sé cómo reaccionaría.

—Y ¿cómo interpreta las declaraciones del papa Francisco?

—Lo siento, pero no tengo ni idea de lo que ha dicho el papa.

—Cito sus palabras textuales: «Dios ha ofrecido a la humanidad una muestra de Su omnipotencia y la oportunidad de rendirse ante ella, de acatar Sus leyes».

—¿Eso ha dicho?

—Esta mañana.

—Suena un poco a «Arrepiéntanse, pecadores». Que el papa me perdone, pero esperaba algo más de él. Dicho lo cual, no deja de ser el vademécum de todos los religiosos: «He aquí nuestras creencias, busquemos los hechos que las demuestran». Como el Pangloss de Voltaire, creen que la nariz está hecha para llevar los lentes y que si existen los lentes es porque tenemos nariz. En todo este asunto yo no he oído a Dios ni lo he visto asomarse entre las nubes. Francamente, si tenía algo que decirnos, era ahora o nunca. En ese punto estamos. No, el único y verdadero razonamiento filosófico y científico sigue siendo este: «He aquí los hechos, veamos cuáles son las posibles conclusiones».

—Y en su opinión, Victor Miesel, si tuviera que predecir lo que va a pasarnos al resto de los mortales, ¿qué diría?

—Nada.

—¿Cómo?

—Nada. Que no va a cambiar nada. La gente se levantará por la mañana, irá a trabajar porque hay que seguir pagando la renta, comerá, beberá y hará el amor igual que antes. Seguiremos comportándonos como si fuéramos reales. Haremos la vista gorda a todo lo que pueda demostrar que estábamos equivocados. Es propio del ser humano. No somos racionales.

—Lo que acaba de decir Victor Miesel vendría a ser, en cierto modo, lo que usted, Philomède, ha llamado en su artículo de esta mañana en *Le Figaro* la necesidad de reducir la «disonancia cognitiva», ¿no es así?

—Sí. Estamos dispuestos a deformar la realidad si con ello salvamos lo que está en juego. Queremos respuestas para todo lo que nos angustia, por insignificante que sea, y necesitamos encontrar la manera de pensar el mundo sin poner en entredicho nuestros valores, nuestras emociones, nuestras acciones. Un buen ejemplo es el cambio climático. Hacemos oídos sordos a lo que dicen los científicos. Generamos sin parar carbono virtual a partir de energías fósiles, ya sean virtuales o no, calentamos la atmósfera, ya sea virtual o no, y nuestra especie, ya sea virtual o no, se extinguirá tarde o temprano. Nada cambia. Los ricos confían, absurdamente, en salvarse ellos solos, mientras los demás se limitan a esperar.

—¿Está usted de acuerdo con Philomède, Victor Miesel?

—Desde luego. ¿Se acuerda de Pandora y de su caja?

—Sí —se sorprende la presentadora—. Pero no veo la relación...

—Pues la hay: no olvidemos que Prometeo roba el fuego del cielo y que Zeus, para vengarse de él y de los hombres blasfemos, ofrece a su hermano Epimeteo la mano de Pandora. Entre el equipaje de Pandora, Zeus incluye un regalo, una caja misteriosa, en realidad una vasija, y le prohíbe que la abra. Pero la curiosidad puede con ella y desobedece. Entonces, todos los males de la humanidad que hay encerrados se escapan: la vejez, la enfermedad, la guerra, el hambre, la locura, la miseria... Solo hay uno demasiado lento para escaparse, o quizá no lo haga porque Zeus no quiere. ¿Recuerda cuál es?

—No. Ilústrenos, señor Miesel.

—Se trata de Elpis, la Esperanza. El peor de todos los males. Y es que la esperanza nos impide actuar, la esperanza alarga la desdicha de los hombres, pues «todo se arreglará», ¿no es cierto? Lo que no debe ser no puede ser... La auténtica pregunta que deberíamos hacernos siempre es: «¿En qué me beneficia adoptar tal o cual punto de vista?».

—Ya veo —dice la presentadora—. Y eso es lo que está pasando ahora, ¿verdad, Philomède? Que cada cual se las arregla con la nueva realidad a la que se enfrenta.

—Eso es. Exactamente. Si puedo permitirme recordar lo que decía Nietzsche: «Las verdades son ilusiones que hemos olvidado que lo son». Ahora todo el planeta se enfrenta a una nueva verdad que pone en tela de juicio todas nuestras ilusiones. Se trata de una señal, indudablemente. Ah, pensar lleva su tiempo. Lo irónico de todo esto es que el hecho de ser virtuales quizá nos obligue a respetar aún más a nuestro prójimo y a nuestro planeta. Y deberemos hacerlo de manera colectiva, eso es fundamental.

—¿Por qué?

—Porque, y esto ya lo ha dicho un matemático, el test no está destinado a evaluarnos como individuos. La simulación piensa en el océano y le tiene sin cuidado el movimiento de cada molécula de agua. La simulación espera una reacción de la especie humana en su conjunto. No habrá un salvador supremo. Tendremos que salvarnos por nosotros mismos.

TRES CARTAS, DOS CORREOS, UNA CANCIÓN, CERO ABSOLUTO

Sábado, 10 de julio de 2021,
Carroll Street, Brooklyn

En la dirección del sobre dice «Aby y Joanna Wasserman», y Joanna reconoce su propia letra, apretada y elegante. Aby lo abre y saca una hoja doblada en cuatro y otras dos cartas cerradas:

> Aby, Joanna:
>
> En este sobre encontrarán una carta para ti, Joanna; sé que se la leerás a Aby, porque es lo que yo habría hecho. Y otra para ti, solo para ti, Aby.
>
> Igual que tú, Aby, igual que tú, Joanna, igual que muchos de los que iban en el avión, he buscado respuestas, o por lo menos indicios, en *La anomalía*, ese extraño libro escrito por el autor francés que viajaba a bordo. No he encontrado nada más que esto: «Hay que matar al pasado para que aún sea posible».
>
> También nosotros quisimos resucitar el pasado y fuimos unos días al chalet de Vermont, a sumergirnos en su

acogedora naturaleza. Aby me había llevado, te había llevado, Joanna, en aquel otro viaje de nieve y hielo en el que decidimos tener un hijo. Lo que habíamos vivido allí, Aby, había sido tan intenso que los tres pensamos que el recuerdo nos ayudaría y nos dictaría el camino que seguir.

Pero en ese estrecho sendero lleno de piedras que discurre entre las píceas y los abetos, ese simbólico sendero en el que no podíamos caminar de frente, tú ibas de la una a la otra, mi pobre Aby, infeliz como un perro de aguas entre dos amos, con esa sonrisa triste que nos pedía perdón a todas horas por haber estado con la otra y luego por tener que volver tan pronto a su lado. Nunca estabas allí, nunca estabas de verdad, ni conmigo, ni con ella, no, eras la viva encarnación del sufrimiento. Dibujaste sin parar, era la única manera que tenías de esquivar tantas preguntas sin respuesta, y yo me fui con esas acuarelas tuyas que siempre me recordarán a ti.

Porque me fui y los dejé solos en aquel chalet lleno de tristeza, antes de que nos destruyéramos. Joanna, tú que llevas el hijo de Aby en tus entrañas, sabías perfectamente que yo sería la primera en dar mi brazo a torcer, en venirme abajo. La primera en huir. Y yo sabía que tú lo sabías, por supuesto.

Así que hui.

He vuelto a Nueva York y he ido a ver a Jamy Pudlowski, a la oficina central de Manhattan. En un solo día, el FBI me ha creado una nueva identidad y seis años de vida digital, con el nombre de Joanna Ashbury, para mayor prudencia. Ashbury, como una pequeña ciudad inglesa, al norte de Londres, que solo destaca por su iglesia románica. Además, Woods es bosque y Ashbury es ceniza enterrada: si lo hubiesen hecho adrede, aun habría tenido gracia.

Esta Joanna Ashbury trabajará a partir de ahora en la dirección de los servicios jurídicos del FBI y, gracias a la NSA, posee un título por la Universidad de Stanford. El FBI se ha ofrecido también a correr con los gastos del tratamiento médico de Ellen. Una propuesta tan generosa que no he podido rechazarla. Pero no se te ocurra dejar tu puesto en Denton & Lovell, Joanna, aunque no sé para qué te doy ningún consejo, si ya sé cuál será tu decisión.

Sin duda, volveremos a vernos. Algún día nos cruzaremos cuando vayamos a visitar a Ellen.

Les deseo toda la felicidad posible.

Joanna Ashbury

Joanna:

Qué extraño se me hace llamarte así.

Ahora tú te llamas Wasserman y yo me llamo Ashbury. Wasser, el agua, y Ash, la ceniza, vaya ironía. Joanna Ashbury suena a John Ashbery, el autor de ese largo poema titulado «Autorretrato en espejo convexo» que siempre había querido leer, como bien sabes. Ashbery habla de un cuadro del *Cinquecento*, pintado por Parmigianino, me encantó el poema y quise conocer la historia del cuadro.

Un buen día, el pintor —que aún es joven, veintiún años recién cumplidos— se ve en uno de esos espejos convexos que tienen los peluqueros y decide pintar su autorretrato. Se hace construir en un torno una semiesfera de madera, con tal de reproducir la imagen en su forma exacta. Abajo, en primer plano, pinta su mano, muy grande, tan hermosa que parece auténtica, y en el centro, apenas deformado, su rostro angelical, afable, como el de un niño. El mundo gira alrededor de su cara y todo se deforma, el techo, la luz, la perspectiva: un caos de curvas fenomenal.

El cuadro no era una imagen de nosotras, de ti, espejo de mi espejo, y sin embargo tenía que ser la alegoría de algo, pues me quedé mirándolo y, de pronto, me puse a llorar (lloro tanto últimamente). Entonces comprendí que aquella mano demasiado grande era una mano que me sujetaba, que me amenazaba, que me robaba todo lo que recuerdo.

En el chalet de Vermont tuve un sueño. Tú te morías inesperadamente y yo recuperaba mi vida anterior, estaba tan feliz de verte muerta. Yo consolaba a Aby, iba a ser tan fácil reconquistarlo, hacer que te olvidara. Me desperté, estaba amaneciendo y no pude volver a dormirme, así que salí a la terraza, con una taza de café en las manos. Tú ya estabas allí, tampoco podías dormir. Igual que yo, te habías hecho un café; igual que yo, ibas descalza y llevabas el pelo recogido con una horquilla de plata igual que la mía, y aguantabas la taza con ambas manos, con los dedos en la misma posición. Frente a nosotros, la niebla se aferraba a la montaña, el sol no se atrevía a asomar, y tú y yo nos dirigimos una mirada gélida. Al instante me di cuenta de que tú también acababas de asesinarme en sueños. Fue entonces cuando decidí irme. No porque tuviera miedo, sino porque los celos y el sufrimiento me convertían en alguien repulsivo, y porque esa repugnancia la veía también en ti, por todas partes, sin disimulo.

No sé qué me deparará el futuro. Pero sé que lejos de ti, lejos de ustedes, tendré la oportunidad de reencontrarme con la persona que soy, con la que quiero ser.

Joanna

Aby sale al balcón, abre la carta dirigida solo a él y cada palabra que lee le oprime un poco más el pecho.

Aby:

Eres lo que más quiero en el mundo y, sin embargo, me voy.

Hace un año ni siquiera nos conocíamos. Tú, que no crees en nada, hablaste de milagro y yo sonreí, feliz, yo que solo hablo de coincidencias.

Sé que la otra Joanna te dejará leer mi carta. Así que no añadiré mucho más.

El día que llegué de la base militar, me propusiste que nos viéramos, tú y yo solos, en el parque que hay enfrente de tu taller, en ese banco en el que tanto hemos hablado. Me rodeaste con tus brazos, apoyé la cabeza en tu hombro y me pusiste la mano en el vientre. Enseguida me di cuenta de que tu gesto había sido inconsciente, de que era un ritual establecido entre ustedes: una manera de proteger a tu hijo, a su hijo. Pero en mi vientre no había nada que proteger, Aby, tan solo mi deseo por ti, y entonces tú, confundido, retiraste la mano y te pusiste a hablar de cualquier cosa, pero todo en tu mirada delataba la esperanza de que yo no me hubiera dado cuenta. Cuando salimos del parque, sentía un vacío tan grande como vacío estaba mi vientre.

Acuérdate también de cuando fuimos a tu chalet de Vermont, aquella noche calurosa y húmeda en que te llevé al bosque y deseé ardientemente que me hicieras el amor bajo los árboles, tú, que no te atrevías a hacernos nada ni a mí ni a la otra, tú, que no te permitías mostrar el menor atisbo de deseo. Me habría encantado que me hicieras tuya, sí, notar toda la fuerza de tu deseo abalanzándose sobre mí. Y si salí corriendo a toda prisa no fue porque tú me rechazaras, no, sino porque sentí asco de mí misma. Porque lo que deseaba por encima de todo, Aby, era quedarme yo también embarazada y que el destino me diera algo con lo que poder rivalizar.

Ya ves la mujer en que el dolor me ha convertido. Es mejor que me vaya. Pero no te preocupes, querido Aby: tú, que has leído *Guerra y paz*, sabes muy bien, como el general Kutúzov, que los dos guerreros más poderosos son la paciencia y el tiempo.

Otro hombre llegará, otra coincidencia, otro milagro. No tengo ninguna duda. Volveré a enamorarme. Amar evita al menos tener que buscarle continuamente un sentido a la vida.

Contemplo ese retrato tan entrañable que me hiciste a la luz del atardecer, con la cabeza apoyada en la viga y los ojos cerrados.

Te quiero, te querré siempre, y tú lo sabrás, ya que estaré, de un modo extraño, a tu lado.

Joanna

El día anterior, Clyde Tolson Resort, Nueva York

—¿Estás bien, Joanna? —pregunta Jamy Pudlowski a través de la puerta de los baños *all-gender* del FBI.

No, Joanna June no está bien. Demasiado whisky, demasiado dolor. La cabeza le da vueltas y el corazón le da vuelcos, le gustaría mandarlo todo a la mierda y lo único que conseguirá es hundirse en ella.

Joanna ha escrito las cartas hace unas horas, creyendo que no tendría valor para mandarlas. Las ha metido en el bolso y ahora son como ese revólver que hemos cometido el error de comprar. Lo escondemos bajo la almohada, pero su presencia va ocupando todo el espacio, convirtiéndose en una obsesión y, al reclamar que nos sirvamos de él, acaba haciendo de nosotros unos asesinos o unos suicidas. Joanna June no ha sido capaz de quemar las cartas, y ahora exigen ser echadas al buzón.

Para dejar a la persona amada, hay que deconstruir el mundo. Joanna June ha tenido que reescribir su historia, desenterrar viejas dudas, consumir la atracción que sentía por Aby del mismo modo que, repitiendo una palabra decenas de veces, conseguimos vaciarla de sentido. Ha aprendido a aborrecer los rizos demasiado rubios de su pelo, su pinta de nerd, su torpeza de chico enclenque, su ropa un poco esnob, sus ganas de reírse de cualquier cosa y hasta su manera de desternillarse como un niño. Rememora el malestar que le produjo su exaltación, como si tuviera prisa por casarse, por firmar un contrato, como si todo fuera a desaparecer de la noche a la mañana, como si no tuviese suficiente confianza en ella, o en él, o en los dos. En una noche de dolor, Joanna se ha obligado a revivir cada momento pasado con Aby, a armarse de valor para contemplar de frente esa repugnante estampa de ternura, y poco a poco ha conseguido transformar la emoción en asco. La abogada se ha convertido en fiscal; sin piedad alguna, ha puesto toda su inteligencia al servicio del crimen, y ese Aby absolutamente perfecto, esa simple rama donde el amor de Joanna había hecho cristalizar una infinidad de diamantes de sal, móviles y deslumbrantes, se ve de pronto cubierta por un manto de indiferencia, y los cristales agonizan y la rama vuelve a mostrarse desnuda, sin ninguna gracia, tan banal y tan triste que dan ganas de llorar.

Entonces, en el momento de mandar las tres cartas y

durante la hora siguiente, Joanna no ha querido a Aby. Luego, todo su amor ha vuelto como una ola y ha tenido que abrir la botella de Talisker.

De: andre.vannier@vannier&edelman.com
Para: andre.j.vannier@gmail.com
Fecha: 1 de julio de 2021, 09:43
Asunto: Ruptura

Querido André (¿de qué otro modo podría llamarte?):

Te escribo desde la Drôme, donde me quedaré una temporada para que tú puedas quedarte en París en mi casa, en tu casa, el tiempo que haga falta. Te adjunto todos los mails que intercambié con Lucie desde que volvimos de Nueva York. Cuando los leas, lo entenderás. Yo escribí mucho, ella respondió más bien poco. Verás unos cuantos «No quiero atosigarte, insistir en vano» de lo más embusteros, ya que no dejé de escribirle, una y otra vez, inútilmente. Y luego ese último mail, interminable —lo bueno si breve dos veces bueno, rayos—, ese mail que acaba con una frase de lo más pretenciosa: «recorrer contigo el más largo de todos los posibles caminos». Fui, sucesivamente, grandilocuente, insistente, llorón y quejumbroso, y cuando ella ya me había echado definitivamente de su vida, seguí pretendiendo que diera marcha atrás.

No soy tu enemigo, ni tu rival, tampoco un aliado. Pero tengo mi pasado en el buzón y, si no quieres que sea tu futuro, haz algo.

Hasta pronto,

André

De: andre.j.vannier@gmail.com
Para: lucie.j.bogaert@gmail.com
Fecha: 1 de julio de 2021, 17:08
Asunto: Tú y yo y yo y tú

Lucie:

Te escribo desde mi nueva cuenta a tu nueva dirección, ya que las antiguas están ocupadas por otros, verás que he hecho como tú, añadir la «j» de junio. ¿Por qué tenemos que ser nosotros los que se adapten? Supongo que esos cuatro meses que ni tú ni yo hemos vivido dan ventaja al otro André y a la otra Lucie.

Tanto tú como yo sabemos ahora lo que «nos» ha pasado. «Tú» me has dejado, harta de mi celo excesivo, de mi impaciencia. He leído los mails que «hemos» intercambiado, las palabras de esa otra Lucie que reflejan su distanciamiento de ese otro André, he leído frases en las que me reconozco, con toda mi fragilidad y toda mi estupidez.

Seré breve. Salir conmigo nunca fue para ti una decisión muy razonada, por no decir razonable. Sin embargo, te dejaste querer. Estar contigo era un milagro para mí y, otra vez, sin embargo, me las arreglé para perderte.

Pocas veces tiene uno la oportunidad del salvar un amor incluso antes de que se vea amenazado. Me gustaría tener una segunda oportunidad antes de echar a perder la primera.

Te quiero y te abrazo, pero no demasiado fuerte.

André

GHOST'S SONG

Music & Lyrics:
Femi Taiwo Kaduna & Sam Kehinde Chukwueze

Here I dance with a holy ghost
On the sandy Calabar beach
Because now love is so out of reach
Oh we did not see them comin'
I loved your skin that was our sin
That's how they burned you in a tyre
And threw our rainbows in their fire

I have remembrance of every kiss
So many things of you I miss
O fallen hearts from the abyss

And I sing a gone away ghost
On the sunny Calabar beach
Even love now is out of reach

Hear the barking dogs around us
The blowing wind over the dust
Of my sweet love gone in the dark
Come on, let us swim with a last shark

I have remembrance of every kiss
So many things of you I miss
O fallen hearts from the abyss

As I walk with you lover Tom
On the crying Calabar beach

See, even hate is out of reach
I want a mist of forgiveness
But I shall beg for nothing less
To cover the blood and tears
I just want some love if you please

I have remembrance of every kiss
But everything of you I miss
O fallen hearts from the abyss

To cover the blood and tears
I just want some love
if you please
if you please.

Aquí estoy bailando con un santo fantasma
En la playa arenosa de Calabar
Porque ahora el amor está fuera de mi alcance
Ay, no los vimos venir

Amaba tu piel, ese fue nuestro pecado
Así te quemaron en un neumático
Y arrojaron nuestros arcoíris al fuego

Recuerdo cada beso
Extraño tantas cosas tuyas
Oh, corazones caídos al abismo

Y canto a un fantasma que se fue
En la playa soleada de Calabar
El amor sigue estando fuera de mi alcance
Escucha los ladridos de los perros a nuestro alrededor

El viento que sopla sobre el polvo
De mi dulce amor perdido tragado por las tinieblas
Ven, nademos con un último tiburón

Recuerdo cada beso
Extraño tantas cosas tuyas
Oh, corazones caídos al abismo

Cuando camino contigo, Tom, amor mío
Por la playa llorosa de Calabar
Incluso el odio, fíjate, está fuera de mi alcance
Quiero una bruma de perdón
Pero no rogaré por nada menos
Para cubrir la sangre y las lágrimas
Solo quiero algo de amor, por favor

Recuerdo cada beso
Extraño tantas cosas tuyas
Oh, corazones caídos al abismo

Para cubrir la sangre y las lágrimas
Solo quiero algo de amor
por favor
por favor.

Jueves, 1 de julio de 2021,
Clyde Tolson Resort, Nueva York

—¿Quiere oír otra vez las grabaciones, señora Kleffman?

April June niega con un gesto. Jamy Pudlowski observa cómo cabecea en la silla con aire ausente. El juego, la boca, el jabón, el mundo da vueltas y cada palabra resuena sin cobrar sentido. La mujer del FBI le da un vaso de agua, pero April tiene que volver a dejarlo sobre la mesa, de tanto que le tiemblan las manos. Primero lo del avión y ahora esto.

—La psiquiatra infantil dejó que su hija hablara, no la orientó en ninguna dirección. Se creó un clima de confianza y Sophia le explicó cada uno de los dibujos y le habló del secreto. ¿Entiende lo que le digo?

April está paralizada. Clark, su propia hija, el baño, es incapaz de conformar ninguna imagen. *April tender, April shady*, Abril tierno, abril en vela, decía el poema que no era de Clark. La oficial va haciendo pausas. Pero una y otra vez reanuda sus explicaciones, con delicadeza.

—Señora Kleffman, mi nombre es Jamy. ¿Puedo llamarla April?

—Sí, ese es mi nombre —dice April con voz átona.

Jamy le alcanza de nuevo el vaso de agua.

—Beba un poco, April.

April obedece, mecánicamente. *April soft, so sleepy warm*, April dulce, tibio hechizo...

—Gracias.

—Escúcheme, April... —dice Jamy—. Su hija no está destruida. Ha podido hablar de ello. Es importante verbalizar las cosas, muy importante. Los especialistas cognitivos han conversado mucho con ella, han hablado de su miedo al agua, a la oscuridad, de la relación con su propio cuerpo. Y se muestran optimistas sobre las consecuencias que pueda tener a corto plazo el trauma que ha sufrido. Pero, evidentemente, no podemos afirmar nada con rotundidad sobre el desarrollo futuro de su hija, señora Kleffman. Confiamos en que todo irá bien.

—... en que todo irá bien.

—Esto es lo que va a pasar: su marido será juzgado y, a raíz de las declaraciones de Sophia, de las dos Sophias, no me parece arriesgado afirmar que será condenado. Porque tras volver de París, en esos tres meses que usted... se ha perdido..., su hija, en fin..., la otra Sophia ha sufrido nuevos tocamientos en el domicilio familiar. ¿Entiende lo que le estoy diciendo? En el estado de Nueva York, de cuya jurisdicción dependemos, semejante delito puede acarrear penas de entre diez y veinticinco años de cárcel.

—Veinticinco años. Sí.

—Podría ser menos si acepta el tratamiento, los controles, la orden de alejamiento. Habrá que explicárselo a sus hijos, sobre todo a Liam, que se pondrá furioso, contra usted, contra su hermana, contra sí mismo...

—Quiere decir que... Liam...

—No. Puede estar tranquila en ese sentido. Las charlas que hemos tenido con él no dejan lugar a dudas.

April se pasa un dedo por los labios y la mano por el pelo, con la vista perdida en el vacío. Jamy la mira con inquietud y continúa:

—Podrá cambiar de nombre y de estado. Su doble hará lo mismo. Ella ya ha aceptado nuestra propuesta. He negociado con el ejército: conservará la pensión de su marido, como si hubiera muerto en combate.

—Muerto en combate —repite April, sin fuerzas.

Entonces se pone a pensar en potros, como los que

dibujaba para su madre. Potros. De color sangre. Flotando en un cielo azul acero. Hace frío, mucho frío. Ya nada se mueve. Cero absoluto. *April caught in the icy storm,* April presa del granizo.

—Gozará de ayuda médica y psicológica para usted y para sus hijos.

April no tiene tiempo de decir nada, los ojos se le abren horrorizados y le dan náuseas, una oleada negra, biliosa, irreprimible, quiere vomitar, pero ni siquiera puede.

LA ÚLTIMA PALABRA

21 de octubre de 2021, 13:42 h

El piloto del Super Hornet se ha hecho repetir la orden tres veces. Pero él no es más que el último eslabón de una cadena, y ¿de qué sirve la mano si se niega a obedecer al cerebro?

La decisión acaba de tomarse en «el Tank», la sala más recóndita del Pentágono. Es una habitación acorazada sin ventanas, oficialmente llamada «Room 2E924», que parece una simple sala de reuniones de empresa, con su mesa de roble dorado, sus butacas de cuero giratorias y su decoración atemporal. En un cuadro que hay colgado en la pared, el presidente Abraham Lincoln mantiene una reunión estratégica durante la guerra de Secesión. A su alrededor se encuentran el teniente general Ulysses Grant, el general de división William Tecumseh Sherman y el contraalmirante David Dixon Porter. Todos estos oficiales de tela han sido testigos de la decisión más secreta jamás tomada por los jefes del Estado Mayor de todos los ejércitos, tras una larga discusión en la que el presidente se ha reservado la última palabra.

El misil se desprende del ala del caza, que pone rumbo hacia el noroeste. Acto seguido, el AIM-120 se activa en modo cohete y alcanza en unos instantes la velocidad de crucero, dejando a su cola una estela gris y rectilínea. El sol se refleja en su pared de acero, es el centelleo de la muerte. A Mach 4, el blanco está a tan solo quince segundos.

En París, Victor y Anne se toman el último café en una terraza antes de ir a cenar. Estamos a finales de octubre, pero aún hace buen clima, el veranillo de San Martín, lo llaman. Anne levanta los ojos hacia Victor y sonríe. El escritor nunca se había sentido tan vivo, a veces piensa que la muerte de otro Victor ha hecho de su existencia algo tan vaporoso como preciado. Las dos piezas de Lego que ha dejado sobre la mesa parecen dos terrones de azúcar de un rojo intenso, y las ensambla y desensambla mecánicamente.

Vanidad de vanidades, dice Qohélet
Havel hevelim
Havel, dice Qohélet, todo es vanidad.

Victor acaba de poner la última palabra a un breve libro en el que cuenta lo ocurrido en el avión, la anomalía, la divergencia. Como título había pensado *Si una noche de invierno doscientos cuarenta y tres viajeros*, pero Anne ha meneado la cabeza; luego ha querido usarlo como íncipit, y Anne ha soltado un suspiro. Al final optará por un título breve, de una sola palabra. Lástima que *La anomalía* ya esté tomado. No ha pretendido explicar nada. Se ha limitado a dar su testimonio, de la manera más sencilla posible. Se ha quedado con once personajes y sospecha que incluso son demasiados. Su editora se lo ha pedido encarecidamente, por favor, Victor, no lo compliques tanto, vas a perder a tus lectores, simplifica, recorta, céntrate en lo esencial. Pero Victor hace siempre lo que le da la gana. Ha empezado la novela como si fuera un pastiche de Mickey Spillane, con ese personaje del que nadie sabe gran cosa. No, no, el primer capítulo tiene que ser más literario, le ha reprochado Clémence, ¿cuándo vas a dejar de jugar? Pero Victor se siente más juguetón que nunca.

A seis mil kilómetros de allí, en el Mount Sinai Hospital, Jody Markle se ha quedado sin lágrimas y cierra los ojos. Está a punto de perder por segunda vez a David, que lleva cuatro días en sedación profunda, pues ni siquiera el nanomedicamento francés ha conseguido aliviarle el dolor. Paul permanece de pie junto a su hermano, enflaquecido, macilento, silencioso. Lo distrae un ruido de cristales procedente del exterior, entreabre la persiana, se asoma y observa la calle: en el estacionamiento, dos hombres se insultan por culpa de una luz rota, mientras en el monitor de la habitación la sinusoide del electrocardiograma va allanándose hasta dibujar una línea recta y el débil pitido intermitente se convierte en una nota continua.

En Lagos, el concierto de los SlimMen llega a su fin al caer la noche tropical. En la última canción, un invitado sorpresa sale al escenario, un hombrecito rubio con un traje rosa de lentejuelas y enormes y deslumbrantes lentes dorados, entre los hurras y los aplausos de más de tres mil jóvenes nigerianos, que entonan junto con sus ídolos el estribillo, cuyo sentido oculto ya todos conocen:

I want a mist of forgiveness
But I shall beg for nothing less
To cover the blood and tears
I just want some love if you please

Joanna March ha engordado y el bebé podría llegar antes de lo previsto. Será una niña y se llamará Chana, que es el nombre de una princesa japonesa olvidada y significa «año» en hebreo. Joanna ha bajado el ritmo de trabajo, pues finalmente no habrá juicio a Valdeo. Han llegado a un acuerdo con los demandantes y el heptaclorán se retirará del mercado. Joanna nunca llegó a ir a la reunión del Dolder Club, donde se habló de la búsqueda de la inmortalidad y después, durante la cena, de los lugares del planeta donde resguardarse de los efectos del calentamiento y de las olas migratorias. Prior se ha comprado cien hectáreas de terreno en Nueva Zelanda.

A Aby le habría gustado seguir escribiéndose con Joanna, en una turbia mezcla de confusión y culpabilidad, pero ella ha preferido evitar cualquier contacto. Más adelante, tal vez. Ha conocido a alguien en el FBI, un experto en tráfico de obras de arte. Él cree que la cosa va en serio, ella tiene sus dudas, pero quiere darle una oportunidad a la relación.

Acaba de empezar la primavera en el *indlandsis* de la Antártida occidental, y el glaciar Thwaites, ese enorme cubito de hielo de dos kilómetros de grosor y una superficie como la de Florida, podría desgajarse en tres meses y hacer subir un metro el nivel del mar, pero Sophia, Liam y su madre ya no viven en la casa inundable de Howard Beach. Los June se han instalado en Akron, cerca de Cleveland, y los March en Louisville. El ejército y el FBI han cumplido sus promesas y, por su parte, las dos mujeres han aceptado no volver a contactar la una con la otra. El único nexo entre ellas sería Clark, pero los términos de la condena excluyen cualquier contacto posterior con su familia. Y, poco a poco, la cólera ha ido apaciguándose en los dos Liam.

Blake no tiene motivos para estar preocupado. En el FBI ya nadie lo busca. A partir de las dos imágenes borrosas de un hombre que podría ser el pasajero del asiento 30E, captadas por las cámaras de la aduana del aeropuerto John F. Kennedy, la NSA ha identificado por reconocimiento facial 1 049 278 caras entre los perfiles de las redes sociales. De ese millón, 1 553 pertenecen a individuos captados también por las cámaras de alguno de los aeropuertos de la Costa Este durante la siguiente semana, aunque eso no demuestra nada; otras 4 482 caras no corresponden a ningún perfil y solo aparecen en fotos de otras personas, a veces en segundo plano. Es cierto que el hombre está duplicado, pero hace todo lo posible por pasar desapercibido. Además, ¿de qué se le acusa, de haber forzado la puerta de un hangar y de haber robado un coche?

André March cuelga un plato de cerámica sobre el aparador de la cocina de su nueva casa en Montjoux. Cuando a principios de agosto, en un concierto celebrado en la iglesia, conoció a una contrabajista que vive en el pueblo vecino, sintió que ya estaba preparado. Una mujer alta y delgada, muy morena, de ojos azules y profundos, que lo hace reír y que no para de fumar. A veces lleva un peto holgado que hace las delicias de las manos de un André que ha descubierto las virtudes de la bicicleta eléctrica. Esta mañana, después de hacer el amor, ella se ha quedado remoloneando en la cama y, mientras él preparaba la mesa para el desayuno, Lucie March lo ha llamado, por el simple placer de charlar un rato. Últimamente trabaja «demasiado no, lo siguiente», le ha dicho, pero poco a poco va recobrando la calma y adaptándose al ritmo pactado entre ella y Lucie June para la custodia de Louis. Que está muy bien, por cierto. «Sorprendentemente bien.»

Al chico tampoco le desagrada que su «otra» madre, Lucie June, esté embarazada. El centro de gravedad de la vida de esta Lucie se ha desplazado tanto en los últimos meses que lo inimaginable se ha hecho posible. ¿Estás segura?, le preguntó André June, tan feliz como inquieto. Sí, está segura. Supone un nuevo punto de equilibrio y una forma de vengarse del destino. No ha vuelto a llamar a Raphaël y no lo ha sustituido por ningún otro amante ocasional.

Adrian y Meredith están en Venice, Italy, Europe. No pueden salir de su hotel por culpa del *acqua alta*, pero el momentáneo confinamiento no parece importarles demasiado. Su soleada habitación da a la Fondamenta del Passamonte, el servicio de habitaciones es impecable —el director del hotel ha confundido a Adrian con un actor americano, pero ¿con cuál?— y la camisa-souvenir de la Casa Blanca, menos blanca y menos inmaculada, está tirada en el suelo, cubierta por un vestido negro. Hablan a media voz, bajo una pirámide de sábanas que los hace invisibles, y de pronto se oye la risa franca de Meredith.

En septiembre, el Departamento de Defensa puso fin al protocolo 42, para centrarse en la operación Hermes. Las especulaciones del grupo de trabajo se alargaron durante todo el verano, sin que nadie consiguiera encontrar la manera de refutar una teoría o de confirmar otra. Los norteamericanos siguen sin conocer la existencia de ese otro avión duplicado en China, de cuyos ocupantes no hay noticias.

Jamy Pudlowski se toma un dry martini en uno de los bares de Quantico, tras la última sesión de formación. Hace dos días dio por terminado el plan de protección de los pasajeros del vuelo 006 y ha obtenido el traslado que había pedido a la Costa Oeste, a San Francisco, donde la semana que viene pasará a ocupar el puesto de directora de la oficina regional y de las siete agencias satélite. Si alguien le preguntara qué está pensando ahora mismo, se limitaría a pedir otro dry martini.

La cámara lateral del ala izquierda del Super Hornet sigue la trayectoria del AIM-120 y, en la sala de mando situada en el subsuelo de la Casa Blanca, el presidente de los Estados Unidos de América observa la enorme pantalla, con el ceño fruncido y los puños apretados. Sí, no era una decisión fácil y la he tomado yo solito, pues mi oficio consiste en tomar decisiones yo solito. Al enterarse de que un tercer vuelo Air France 006 ha aparecido sobrevolando el Atlántico, pilotado por el mismo comandante Markle, asistido por el mismo Favereaux y llevando a bordo a los mismos pasajeros, el presidente ha ordenado destruir el aparato. No vamos a dejar aterrizar una y otra vez al mismo avión, solo faltaría.

¿Y si tomamos un último café?, dice Victor, y atrae a Anne hacia sí, le acaricia los dedos fríos, la besa con ternura en la boca, que exhala un aroma a tabaco y mentol. Es entonces cuando ocurre. Al principio no es más que un soplo, un efímero remolino de hojas muertas en el suelo. Hay en el aire una nota, muy débil, un fa de contrabajo. El aire vibra, el cielo se vuelve un poco más claro. Una mujer emperifollada que arrastra un cesto del mandado se detiene frente a una librería, un hombre con gabardina pasea a un enorme perro negro, una joven pasa en bici junto a ellos, se detiene, mira algo en su celular y sonríe. Es un momento apacible, sereno.

El misil está a tan solo un segundo del avión comercial Air France 006 y el tiempo se dilata, se dilata antes de la explosión.

Es difícil describir lo que sucede, no existe en la lengua ninguna palabra precisa para definir esa vibración lenta del mundo, esa pulsación infinitesimal que, a lo largo y ancho del planeta, en el mismo instante, afecta tanto al gato que dormitaba junto a la chimenea en un chalet de Arkansas como al ganso común que atraviesa el cielo de Burdeos, tanto a las cascadas del río Zambeze como a las inmaculadas nieves del Annapurna, al puente de Rialto que cruza el Gran Canal de Venecia y a la autovía congestionada que bordea el barrio de chozas de Dharavi y a la esponja sucia que hay en un fregadero de Montjoux y a la vieja rueda pinchada en el patio interior de un garaje de Bombay y a la taza de café roja de la mar a

I y n la man de ctor Mi el y l d tar d ir so la ca de An

Va so isa de mu ra it

p a po se a

re a f l

s e r

u l c e

r a c i

o n e s

y « a

r e

n a

a l

f

i

n

AGRADECIMIENTOS

Ali Amir-Moezzi, Paul Benkimoun, Eduardo Berti, Élise Bétremieux, Hadrien Bichet, Nick Bostrom, Hélène Bourguignon, Olivier Broche, Sarah Chiche, Christophe Clerc, Claire Doubliez, Paul Fournel, Jacques Gaillard, Thomas Gunzig, Jacques Jouet, Philippe Lacroute, Jean-Christophe Laminette, Daniel Levin Becker, Clémentine Mélois, Anaëlle Meunier, Victor Pouchet, Anne-Laure Reboul, Virginie Sallé, Sarah Stern, Jean Védrines, Pierre Vivares, Charlotte von Essen, Ida Zilio-Grandi.

ÍNDICE

I. TAN NEGRO COMO EL CIELO

II. LA VIDA ES SUEÑO, DICEN

III. LA CANCIÓN DE LA NADA